AF290763

Über die Autorin

Caroline Schmidt wurde am 03.09.2001 in Dresden geboren und lebt seither in einem wundervollen kleinen Turm, welcher den von Rapunzel in den Schatten stellt. Wie sie besitzt Caroline eine große Leidenschaft für eine gute Geschichte. Schon als Kind gab es für sie nichts Schöneres als dass geschriebene Wort und das gemalte Bild. Mit ihrem Buch Shadowlight feiert sie ihr Debüt.

CAROLINE SCHMIDT

SHADOWLIGHT

ERSTES BUCH DER SEELEN

WREADERS TASCHENBUCH
Band 130

Dieser Titel ist auch als E-Book erschienen

Vollständige Taschenbuchausgabe
Deutsche Erstausgabe

Copyright © 2021 by Wreaders Verlag, Sassenberg
Verlagsleitung: Lena Weinert
Druck: BoD – Books on Demand, Norderstedt
Umschlaggestaltung: Lisa Umminger
Lektorat: Keah Rieger, Hannah Koinig
Satz: Annina Anderhalden

www.wreaders.de

ISBN: 978-3-96733-253-7

*Für meine verstorbene Tante Maika
Nur weil der Krebs gewonnen hat, heißt das nicht, dass wir dich verloren
haben.
Die Erinnerungen an dich werden in unseren Herzen weiterleben.*

»To die will be an awfully big adventure.«

J. M. Barrie in Peter Pan

Prolog

31.10.2015

Ich falle.

Das ist das Einzige, was ich noch weiß.

Ich spüre den Wind in meinem Gesicht und wie er mir jeden Gedanken, jede Erinnerung nimmt und von mir fort trägt. Ich unternehme nichts dagegen, bleibe ganz still und lasse die Welt um mich herum verschwimmen, bis mich nichts anderes als tiefste Dunkelheit umhüllt. So beängstigend das auch klingen mag, in diesem Moment fühlt es sich richtig an. Als wäre ich ein Teil von alledem. Eine innere Ruhe erfasst mich, ich weiß, dass ich sterben werde, dennoch bereitet mir der Gedanke keine Angst mehr. Mein Kopf fühlt sich wie benebelt an und raubt mir jegliche Empfindungen. Dort, wo Panik in mir sein sollte, ist nichts weiter als ein dumpfes Gefühl. Und Kälte. Ich spüre, wie sie mein Herz hinaufkriecht, jede Zelle für sich beansprucht und es immer langsamer werden lässt. Lebe ich noch, oder bin ich längst tot? Nein, da ist noch ein Herzschlag. Ganz schwach, aber ich höre ihn. Ich beginne die Schläge zu zählen und frage mich, welcher Schlag wohl der letzte sein wird, als plötzlich kein weiterer folgt. Vor Schreck reiße ich die Augen auf. Viel gebracht hat es mir jedoch nichts. Um mich herum ist es pechschwarz.

»KAITHY!«, ruft eine rauchige Stimme und ich versuche mich umzudrehen, was sich als unmöglich erweist. Durch die anhaltende Kälte fühle ich mich wie gelähmt und kann mich nicht bewegen. Was war das nur für eine Stimme?

Und wessen Namen rief sie da?

Etwa meinen?

Eine Gewissheit überkommt mich, ebenso wie eine Gänsehaut.

Ja, es war mein Name. Wie konnte ich den nur vergessen?

Da kommt sie, die befürchtete Panik.

Mir wird augenblicklich klar, dass hier etwas ganz und gar nicht stimmt, als ein unsichtbarer Sog an mir reißt und mich aus der Schwärze hinaus katapultiert. Ich werde durch die Luft geschleudert, als wäre ich leicht wie eine Feder. Der Boden, auf dem ich eine Sekunde später aufkomme, ist hingegen hart wie Stein und mir entweicht ein spitzer Schrei. Verzweifelt versuche ich mit den Händen meinen Fall abzubremsen, aber genauso gut könnte ich versuchen, einen fahrenden Laster mit bloßen Händen zu stoppen. Ein hoffnungsloses Unterfangen.

Einige Meter schlittere ich noch weiter über den Boden und schürfe mir dabei meine Hände und Knie auf.

»Scheiße!«, höre ich jemanden laut fluchen. Wer auch immer diese Worte äußerte, er spricht mir damit aus der Tiefe meiner Seele. Suchend blicke ich mich nach dem Besitzer der Stimme um und versuche dabei wieder auf die Beine zu kommen. Doch noch während ich mich aufrichte, prallt etwas Schweres von oben auf mich herab und drückt mich zurück auf den schmutzigen Schotterboden. Ich ächze laut auf, denn das zusätzliche Gewicht presst jegliche Luft aus meinen Lungen.

»Runter von mir!«, krächze ich und drehe mich unter größter Anstrengung auf den Rücken. Überrascht und gleichzeitig schockiert, blicke ich in ein paar leuchtend grüne Augen, die mich ebenso erschrocken und misstrauisch mustern wie ich sie. Nur langsam kann ich mich von ihnen lösen. Als ich es endlich schaffe, erkenne ich, dass die Augen einem jungen Mann zu gehören scheinen. Seine Gesichtszüge wirken hart und kalt, doch in seinem Blick liegt so viel Wärme, dass ich mich in seiner Gegenwart automatisch geborgen fühle. Etwas an ihm kommt mir bekannt vor, aber ich kann nicht sagen, was. Sein Haar glänzt in einem dunklen Braun und steht ihm wirr vom Kopf ab. Es bildet einen starken Kontrast zu seinem sonst eher hellen Hautton, welcher mich an Marmor erinnert. Ich bin völlig gefangen in diesem Moment, sodass es mir unmöglich ist, auch nur einen klaren Gedanken zu fassen, geschweige denn mich zu bewegen. Besonders, als er plötzlich seine Hand ausstreckt und ganz vorsichtig an meine Wange legt.

Ich schnappe nach Luft und halte gleich darauf den Atem an, als sein Daumen federleicht über sie gleitet.

»Ich kenne dich«, flüstert er so leise, dass ich glaube mich verhört zu haben. Seine Worte bescheren mir eine erneute Gänsehaut. Mir wird klar,

dass er es auch fühlt, diese seltsame Verbundenheit zwischen uns. Skeptisch betrachte ich sein Gesicht. Er scheint genauso überrascht über seine Worte zu sein wie ich. Seltsam. Er öffnet die Lippen, vermutlich um sich zu erklären, doch zu unser beider Entsetzen strömt schwarzer Rauch aus seinem Mund. Erschrocken schreie ich auf und versuche schnellstmöglich unter ihm hervorzurobben. Dabei strample ich wie wild mit den Armen und Beinen um freizukommen, auch wenn ich ihm dabei wahrscheinlich wehtue.

Der schwarze Rauch breitet sich schnell aus, umhüllt fast sein ganzes Gesicht. Nur seine Augen stechen aus den Schatten hervor. Mein erster Instinkt ist wegzurennen, aber ich reiße mich zusammen. Ich kann ihn nicht einfach ohne Weiteres hier zurücklassen.

Widerwillig rutsche ich zurück an seine Seite, auch wenn mir dieser schwarze Nebel Angst macht. Ich bin mir sicher, seine Angst ist größer.

»Hilf mir. Bitte.« Seine Stimme bricht, als ihm ein schmerzhaftes Stöhnen entweicht.

»Wie?«, quietsche ich panisch. Ich habe keinen blassen Schimmer, was ich verdammt noch mal tun kann. Weil mir nichts Besseres einfällt, versuche ich den Rauch durch das Wedeln mit meinen Händen zu vertreiben. Genauso gut könnte ich gegen einen Geist kämpfen. Erneut stöhnt er und krümmt sich zusammen. Ich greife nach seiner Hand, auch wenn es mich einiges an Überwindung kostet. Die Schwärze hat ihn mittlerweile beinah vollständig eingehüllt und er keucht laut auf vor Anstrengung. Was auch immer hier gerade mit ihm passiert, ich weiß, dass nichts davon auch nur ansatzweise real sein kann. Allerdings fühlt es sich viel zu echt an, um nur ein Traum zu sein. Dabei wäre es so erleichternd, wenn ich mir das alles nur einbilden würde. Tränen laufen mir ungehindert über die Wangen. Entgegen seiner Behauptung kenne ich ihn zwar nicht, aber zumindest seiner äußeren Erscheinung nach, kann er nur ein wenig älter sein als ich. Und er hat Schmerzen, das allein reicht, um mich um ihn zu sorgen. Seine Hand umklammert meine so fest, dass er mir gefühlt die Finger bricht, doch es ist mir egal.

Das Einzige, was ich momentan für ihn tun kann, ist für ihn da zu sein. Ich schluchze leise und wische mir mit dem Handrücken die Tränen aus dem Gesicht. Ich darf jetzt nicht verzweifeln, sondern muss einen kühlen Kopf bewahren. Das erste Mal verschwende ich einen Blick an meine Umgebung, in der Hoffnung irgendetwas zu finden, was ihm helfen kann. Vor

mir erstreckt sich ein riesiges Gebäude aus grauem Backstein und ich liege exakt vor seinen Toren auf einem schmutzigen Vorhof. Hinter mir verläuft ein schier endloser Wald, welcher so düster erscheint wie der schwarze Rauch um uns herum. Bei genauerem Betrachten erkenne ich, dass die Bäume des Waldes nicht einmal Blätter tragen, sondern völlig kahl stehen. Als hätte man den ganzen Wald ausgebrannt, und die Bäume mit schwarz verkohlter Rinde als Mahnmal stehen lassen. Ich erschaudere innerlich. Wo zum Henker bin ich hier nur gelandet? Ich schlucke schwer und mein Blick wandert zurück zu dem jungen Mann. Entsetzt schreie ich auf, denn vor mir liegt kein Mensch mehr. Der vorher schwarze Rauch hat sich vollständig um seinen Körper gelegt, ihn regelrecht inhaliert. Mehr als ein Schatten ist nicht mehr von ihm übrig. Meine Finger gleiten durch seine schwarze Hand, als bestünde sie aus Nichts. Als wäre er tatsächlich ein Geist und die Erinnerung an seine starke und warme Hand nur eine Einbildung. Panisch versuche ich den Rest seines Körpers zu ertasten, aber es ist zwecklos. Meine Hand taucht einfach in seine Dunkelheit hinein und wieder hinaus. Wo vorher feste Materie war, ist auf einen Schlag nichts als Schwärze. Fassungslos starre ich ihn an.

Werde ich vielleicht verrückt?

Ich fühle mich schuldig, obwohl ich weiß, dass ich nichts mit seiner seltsamen Verwandlung zu tun habe. Dennoch bleibt das Gefühl der Verbundenheit und die Sorge um ihn in mir bestehen. Als wüsste mein Herz mehr als mein Verstand. Moment, mein Herz! Erschrocken fasse ich mir an die Stelle, wo es schlagen müsste. Stille, absolute Stille. In meinem Kopf gibt es nur noch einen Gedanken.

T O T.

Ich bin tot!

Ich muss es sein, oder?

Aber wenn ich wirklich gestorben bin, warum kann ich mich dann nicht daran erinnern? Abgesehen davon, atme ich noch und laut meinem Magen verspüre ich tatsächlich Hunger. Wie kann das sein, wenn ich doch eigentlich tot bin? Das ist unmöglich! Verzweifelt raufe ich mir die Haare. All das ergibt überhaupt keinen Sinn!

Es sei denn ... nein, das wäre absurd, aber womöglich ...

Ich werfe einen prüfenden Blick in den Himmel. Falls es überhaupt geht, erscheint dieser mir noch finsterer als zuvor. Ich wage es kaum zu denken, aber

vielleicht bin ich in der Hölle gelandet? Stumm schüttle ich den Kopf über mich selbst. Was ich da nur wieder denke. Ich fühle mich nicht wie ein böser Mensch. Ich wüsste beim besten Willen nichts, was ich in der Vergangenheit getan haben könnte, um meine Anwesenheit in der Hölle zu rechtfertigen. Moment mal, Vergangenheit? Ich suche in meinem Gedächtnis nach Erinnerungen an mein früheres Leben, doch mir blickt nichts als gähnende Leere entgegen.

Verzweifelt suche ich nach irgendetwas, was zu mir gehört, mich ausmacht, aber ich finde nichts außer meinem Namen. Kaithy. Stumm verlässt er meine Lippen und schwebt über mir wie eine Drohung. Was ist nur mit mir passiert? Warum schlägt mein Herz nicht, und wo bin ich hier gelandet? Die Fragen drohen mich zu ersticken.

»Kaithy!« Abermals höre ich jemanden meinen Namen rufen. Die Stimme reißt mich aus dem Strudel meiner Gedanken und zwingt mich, auf etwas anderes als meine eigenen Probleme zu achten. Mir fällt der junge Mann, oder vielmehr das schwarze Wesen ein, welches immer noch am Boden liegt. Langsam richtet er sich auf und ich rutsche ein paar Zentimeter zurück, um ihm den nötigen Platz dafür zu geben. Verwundert betrachtet er seine Hände, und dann seinen ganzen Körper. Sein fragender Blick trifft mich und ich zucke zusammen. Die Schwärze hat sich um ihn gelegt wie eine zweite Haut, lässt seine Konturen verschwimmen, aber auch gleich wieder zusammensetzen. Als wäre die Dunkelheit ein Teil von ihm. Lediglich dem grünen Leuchten seiner Augen kann die Finsternis nicht standhalten.

»Was ist passiert? Wer bin ich?« Verwirrt mustert er mich.

»Ich weiß es nicht«, erkläre ich mit brüchiger Stimme und kann nicht aufhören ihn anzustarren. Wie kann er nicht wissen, wer er ist, aber meinen Namen kennen? Es will mir einfach nicht in den Sinn gehen. Er scheint keine Schmerzen mehr zu haben, was fürs erste zwar gut ist, aber sein Äußeres sagt etwas anderes. Er wirkt irgendwie verloren und trotz seiner düsteren Gestalt alles andere als gefährlich. Wo auch immer wir zwei hier gelandet sind, es steht fest, wir stecken beide knietief in der Scheiße. Auch wenn seine Lage noch schlimmer zu sein scheint als meine. Schnell werfe ich einen prüfenden Blick an mir herab. Nicht dass ich in der Zwischenzeit auch schwarz geworden bin. Doch wie es scheint, ist eher das Gegenteil der Fall. Ich trage ein weißes seidenes Kleid mit Spitze, was allerdings deutlich durch

meinen Sturz in Mitleidenschaft gezogen wurde. An einigen Stellen ist es gerissen und Schmutzflecken zieren den Saum. Schuhe trage ich keine, ich muss sie verloren haben. Aber immerhin scheint mit meinem Körper soweit alles in Ordnung zu sein. Zumindest macht er keine Anstalten, sich ebenfalls in Dunkelheit zu hüllen. Erleichtert atme ich aus. Ich bin nicht eitel oder ähnliches, aber allein bei dem Gedanken daran, dass sich eine fremde finstere Macht auch dem letzten bisschen meiner Selbst bemächtigen könnte, wird mir ganz anders. Gleichzeitig schäme ich mich meiner Gedanken. Ich wette, dem jungen Mann geht es mit dem Los, das er gezogen hat, nicht gerade besser. Plötzlich streckt er seine Hand nach mir aus, und aus einem Reflex heraus weiche ich zurück und schlinge schutzsuchend die Arme um meinen Körper.

»Hast du Angst vor mir?« Der Ausdruck in seinen Augen spricht von Bestürzung, dann von Ekel, als er an sich selbst herabblickt.

»Natürlich hast du Angst. Wie könnte es auch anderes sein bei diesem fürchterlichen Anblick?« Er macht eine wegwerfende Handbewegung entlang seines schwarzen Körpers. »Ich bin im wahrsten Sinne des Wortes ein Monster.« Er speit die Worte aus, als wären sie Gift, doch ich höre, wie verletzt und traurig er in Wirklichkeit ist. Aus irgendeinem Grund lässt genau das mich mutig werden. Aufmüpfig recke ich das Kinn in die Höhe und rücke wieder dichter an ihn heran.

»Wenn du dir einbildest, ich hätte auch nur die geringste Angst vor dir, dann täuschst du dich gewaltig, Schattenmann!«, behaupte ich selbstsicher. »Nur weil du die Kleider der Nacht trägst, heißt das nicht automatisch, dass du ein Monster bist. In Wirklichkeit verstecken sich nur Feiglinge in der Dunkelheit und keine Monster. Deshalb werde ich mich nicht vor dir fürchten, egal wie gruselig du auch aussiehst.« Mein Bauchgefühl sagt mir, dass es genau die richtigen Worte waren. Denn statt Traurigkeit, blitzt nun Belustigung in seinen grünen Augen auf.

»Du hast also keine Angst vorm Schwarzen Mann? Oder wie hast du mich gerade genannt, Schattenmann?«, fragt er scheinheilig und ich könnte schwören, hinter der Schwärze seines Gesichtes ein Lächeln vorzufinden. Ich rutsche noch ein Stück näher, bis nur noch wenige Zentimeter unsere Gesichter voneinander trennen.

»Niemals«, hauche ich leise aber bestimmt.

Dass es die Wahrheit ist, spüre ich erst, als ich es ausspreche.

Kapitel 1

Vier Jahre und zwei Monate später

Weiß.

Überall glitzerndes Weiß. Als hätte ein Schneesturm mitten durch den Raum gefegt und jede Oberfläche gepudert. Vor Staunen klappt mir die Kinnlade herunter. Die riesigen Panoramafenster des Festsaals kleiden weiße Spitzenvorhänge mit Schneeflockenmotiven, selbst die Decke ist mit weißen Seidentüchern behängt. Sie bilden einen starken Kontrast zu dem dunklen Parkett. Mir ist zwar bewusst, dass dies ein Weihnachtsball ist, aber hier wird es einem geradezu unter die Nase gerieben. Prachtvoll beschreibt die Schönheit des Saales nicht mal annähernd. Einzelne Scheinwerfer projizieren kleine Lichtpunkte an die Decke und lassen sie kreisen, sodass es den Anschein erweckt, es würde tatsächlich schneien. Eine Vorband spielt leise Musik, und die ersten paar Menschen schwingen bereits das Tanzbein. Auf der linken Seite des Saals erstreckt sich ein riesiges Büfett mit allerlei Köstlichkeiten. Als ich den kleinen Schokoladenbrunnen entdecke, läuft mir das Wasser im Mund zusammen. Normalerweise werden wir hier im Waisenheim nicht so verwöhnt. Der traditionelle Weihnachtsball ist die einzige Ausnahme.

Schnell schnappe ich mir einen der kandierten Äpfel, bevor sie alle weg sind, und beiße herzhaft hinein.

Der süße, klebrige Saft läuft mein Kinn hinunter und ich muss aufpassen, mich nicht damit zu bekleckern. Aber das ist es allemal wert! Der saftig-süße Apfel lässt meine Geschmacksnerven explodieren und meinen Bauch vor Freude Luftsprünge machen. Erneut lasse ich meinen Blick über die kleine Menschenmenge schweifen. Doch mit einem Mal wird mir ganz schwer ums Herz.

Auf den ersten Blick könnte man meinen, wir wären ganz normal.

Die Wahrheit ist allerdings das komplette Gegenteil.

Denn so lebendig dieses Fest auch wirken mag, so tot sind wir alle in Wirklichkeit. Eine Träne rollt über meine erhitzte Wange und hinterlässt eine kühle Spur. Ich bezweifle, mich jemals wieder glücklich und frei zu fühlen. Dieses seltsame Gefühl des Vermissens ist schon lange in mir, und doch kann ich nicht sagen, woher es kommt. Es zieht und zerrt an meinen Eingeweiden, sodass ich fürchte, dass es mich bald innerlich zerfetzen wird. Dabei weiß ich nicht einmal, was ich überhaupt vermisse oder wen. Meine Gedanken kreisen ständig um dieses Gefühl, welches meinen gesamten Körper in Beschlag nimmt und das sich scheinbar festgebissen hat. Bisher habe ich mich nicht getraut, jemandem davon zu erzählen. Es zu verschweigen bedeutet, dass ich mir einbilden kann, es würde schon von selbst wieder weggehen. Genauso still und leise wie es gekommen ist. Dass diese Hoffnung irrsinnig ist, weiß ich selbst, eingestehen will ich es mir trotzdem nicht. Denn wenn ich es ausspräche, würden meine Probleme real werden und alle schönen Dinge überschatten. Und das ist das letzte was ich will.

Besonders auf dieser Seite der Welt, wo Hoffnung für die Menschen weniger bedeutet als ein Haufen Müll. Denn genau das sind wir, ein Haufen Müll, ein Schatten dessen, was wir einst waren.

Reine strahlende Seelen, die beim Übergang von der Lebenden- zur Totenwelt ihren körperlichen Mantel abgestreift und im wahrsten Sinne des Wortes entsorgt haben. Manche von uns glauben, dass wir nicht wirklich aus fester Materie bestehen, sondern aus etwas dazwischen. Aber ich bin der Meinung, dass unsere Daseins-Berechtigung einzig und allein darin begründet liegt, eine Strafe abzusitzen. Zwar weiß keiner von uns mehr, was er in seinem einstigen Leben verbrochen hat, aber das ist auch gar nicht nötig. Dieser Ort hier und die Tatsache, dass wir hier für immer gefangen sind, sind Antwort genug. Die echten, wohlgemerkt lebenden Menschen, scheinen vergessen zu haben, dass es uns überhaupt gibt. Ich kann sie nicht verstehen, eigentlich sollten sie uns mit Liebe in ihren schlagenden Herzen tragen und unser Andenken wahren. Vielleicht haben sie auch einfach den Glauben an uns verloren. Denn warum sollte auch nur ein einziger, realistisch denkender Mensch an etwas glauben, was er weder hören noch sehen kann? Ich wünschte so sehr, es gäbe auch nur eine Möglichkeit, ihnen zu zeigen, dass wir da sind. Denn wir schweben in jedem Windhauch mit, jagen in jedem Schatten umher und schaffen es

doch nicht, jemals mehr als das zu sein. Wir führen ein Leben im Schmutz und in der allgegenwärtigen Dunkelheit, nur damit ihre Seelen umso heller strahlen können. Denn bekanntlich wirft das hellste Licht auch die tiefsten Schatten. Keines kann ohne das andere existieren, und nur zusammen bleiben die Welten im Gleichgewicht.

Ist das fair?

Nein.

Und doch gilt es dieses Schicksal zu akzeptieren und zu erfüllen.

Was bleibt einem auch anderes übrig?

Ich zumindest hatte keine Wahl!

Die Seele trifft die Entscheidungen, nicht der Körper oder der Geist. Das ist bitter und schwer zu verdauen, und ich bin garantiert nicht die Einzige, die ihrer Seele deswegen die Pest an den Hals wünscht. Kein Wunder also, dass die meisten hier ziemlich verrückt sind. Ich nenne unser *Waisenheim für vergessene Körper und Geister* auch gern schlicht und einfach »das Irrenhaus«. Aber auch mir verdirbt es den Magen, wenn ich an meine Zukunft denke. Beziehungsweise an das Nichtvorhandensein dieser.

Ich versuche die traurigen Gedanken zu verscheuchen, indem ich leicht den Kopf schüttle und anhebe.

Am liebsten würde ich aus dem großen Festsaal stürmen und mich in irgendeiner Ecke des Waisenheims verkriechen, wo mich niemand je wiederfindet. Aber das könnte ich Grace nicht antun. Seit Wochen hat sie von nichts anderem gesprochen als dem sagenumwobenen Weihnachtsball. Es ist ihr allererster, und ihre kindliche Aufregung ist ansteckend. Trauer und Liebe zugleich erfüllen mich, wenn ich an sie denke. Ich sehe ihr zartes Lächeln vor mir und glaube, in einer Ecke des Saals ihr glockenhelles Lachen zu vernehmen. Sie muss früh die Welt der Lebenden verlassen haben, denn sie ist kaum älter als sechs Lebensjahre. Ich hingegen bin dreimal so alt, und ungewisse Zeit tot. Hier, im *Waisenheim für vergessene Körper und Geister*, vergeht einem schnell das Zeitgefühl. Unsere Menschlichkeit verblasst von Tag zu Tag mehr und lässt nur noch leere Hüllen zurück. Auch ich glaubte, immer kälter zu werden und die Träume, die einst noch in mir waren, zu vergessen, bis Grace vor einem knappen Jahr hier auftauchte. Seitdem sind wir unzertrennlich, beinah wie Schwestern. Mit ihrer Niedlichkeit wickelt sie jeden um den kleinen Finger. Mich als allererstes. Sogar die sonst so grimmige Heimleiterin

schmilzt in ihrer Gegenwart wie heiße Schokolade und Grace' Lachen kann einen ganzen Raum erhellen.

Ihrem Zauber kann sich keiner entziehen, und so muss auch ich sagen, dass dieses Weihnachtsfest eines der schönsten ist, das ich in meinem toten Leben erleben durfte. Tief in mir spüre ich, dass Grace ein Geschenk für uns ist.

Ein Weihnachtsgeschenk für die Toten.

Wie makaber, aber anders lässt es sich nicht beschreiben. Irgendeine Seele muss wohl Mitleid mit uns gehabt haben, eine bessere Erklärung habe ich nicht.

Ein lautes Klatschen holt mich zurück in die Wirklichkeit und entreißt mich meinen Gedanken. Die Musik hat aufgehört zu spielen, doch dafür haben alle Menschen im Festsaal begonnen, im Takt eines Liedes mit den Händen zu klatschen.

Mein Blick wandert zur Bühne. Auf ihr steht meine kleine Grace. Das ist ihr großer Abend, denn sie darf das Eröffnungslied singen. Ihre Wangen sind vor Aufregung gerötet, und ihre Augen strahlen ein ganz besonderes Funkeln aus.

Schüchtern winkt sie mir von der Bühne aus zu. Dann öffnet sie ihren Mund und beginnt mit ihrer glockenhellen und klaren Stimme ein Lied zu singen, das mir nur allzu vertraut ist:

Last Christmas.

Es ist das einzige Weihnachtslied, das wir singen und überhaupt kennen. Die letzte weihnachtliche Verbindung zu unserem alten Leben.

Ich vermute, dass es auch unter den lebenden Menschen eine große Bedeutung hat, weshalb es für Grace eine so große Ehre ist. Die Seelen haben sämtliche Kirchenmusik aus unserem Gedächtnis gestrichen. Wir sind ja schließlich schon tot, also warum sollten wir von etwas singen wollen, woran wir jeglichen Glauben verloren haben?

Ich gebe ja zu, dass ich den Gedanken durchaus nachvollziehen kann. Aber wenn ich mir Grace so anschaue, wie sie mit Inbrunst den Refrain schmettert und die Menschen ihr zujubeln, bin ich der festen Überzeugung, dass es sich, egal wer oder was man ist, lohnt an etwas zu glauben. Denn ich glaube fest daran, dass die Welt mehr zu bieten hat als eine Grenze, die Körper, Geist und Seelen voneinander trennt. Vielleicht, aber nur vielleicht, kann diese Grenze auch zu einer Brücke werden, die die beiden Seiten eines Tages miteinander verbindet.

Weil es etwas gibt, was alle Seiten miteinander teilen.

Liebe.

Kapitel 2

Plötzlich fühle ich mich beobachtet und wende meinen Kopf von der Bühne ab. Suchend schaue ich mich um, bis ich die Ursache meines Empfindens ausgemacht habe. Eine Ecke des Saals erscheint mir dunkler als die anderen und tatsächlich: da steht er, eingehüllt in seiner ewigen Dunkelheit, als wäre sie ein Mantel, den er nie ablegt. Seine Konturen verschwimmen, lösen sich auf, nur um erneut zueinander zu finden.

Er ist der einzige Mensch hier ohne einen richtigen Körper.

Ein Geist in der Mitte von Menschen, die selbst keine mehr sind. Denn mehr ist nicht von ihm übrig. Seine Seele hat seinen Körper wohl mitgenommen und ihn nur als einen schwarzen Schatten seiner selbst zurückgelassen. Passenderweise besteht er sogar darauf, nur mit Schattenmann angesprochen zu werden. Seinen richtigen Namen hat er schon vor langer Zeit vergessen.

Einzig und allein seine leuchtend grünen Augen sind der feste Bestandteil seines Körpers. Viele haben deshalb Angst vor ihm und wahren einen gebürtigen Abstand. Ein typisch menschliches Verhalten.

Ich schnaube verächtlich. Selbst im Tod haben die meisten hier nicht gelernt, wie sehr die Äußerlichkeiten täuschen können. Alles, was fremd oder abstoßend wirkt, wird gemieden. Man fürchtet sich immer vor dem großen Unbekannten, besonders wenn dieses in Form eines Schattens auf einen zu schwebt.

Nur ich hatte nie Angst vor ihm. Womöglich fasziniert mich auch bloß die Tatsache, dass er der einzige Mensch hier ist, ohne seinen Körper. Mein Blick fängt den seinen auf. In seinen Augen liegt ein silbriges Glitzern, welches mich an Raureif auf einer grünen Wiese erinnert. Ein Ausdruck von Kälte und Wärme zugleich. Sein Gesicht bleibt unbewegt, als wäre es zu Eis erstarrt. Die Hände zu Fäusten geballt, sprüht er geradezu vor Kälte.

Das erste Mal kann ich verstehen, warum andere Menschen einen Sicherheitsabstand von mindestens fünf Metern zu ihm halten. Es scheint, als ob er nicht mal hier sein wollte, auf dem Fest, aber keine Wahl gehabt hätte. Etwas in mir verkrampft sich schmerzhaft, als die Erinnerungen von gestern Abend zurückkehren wollen. Ich dränge sie zurück in das Loch, aus dem sie hervorgekrochen sind und schiebe gedanklich ein großes Vorhängeschloss davor. Unser Streit gehört ins Gestern, nicht ins Heute, nicht auf diese Feier. Vermutlich bin ich gerade sein perfektes Spiegelbild. Schnell löse ich die verkrampften Finger von dem weichen Stoff meines roten Kleides. Ich bin stark, stärker als er, zumindest versuche ich mir das einzureden. Ich straffe die Schultern und bemühe mich um eine aufrechte Haltung. Fast im selben Moment wird mir bewusst, dass das ein Fehler war. Ich sehe, wie er sich zögerlich auf mich zu bewegt. Es können höchstens ein paar Zentimeter gewesen sein, aber mir entgeht keine seiner Regungen. Dann bleibt er stehen und wartet. Ich brauche einen Moment, bis ich verstehe, wieso. Seine drei Zentimeter waren eine Aufforderung, eine Bitte und eine Frage zu gleich. Und ich soll ihm die Antwort geben. Doch bevor ich irgendeine Entscheidung treffen kann, tut es die Musik für mich. Oder besser gesagt Grace. Mein Blick schießt zu ihr herüber und ich funkle sie gespielt böse an. Sie grinst bloß und streckt mir ihre kleine Zunge heraus. So unschuldig sie auch aussehen mag, in Wahrheit hat sie es manchmal faustdick hinter den Ohren. Vor ein paar Wochen hatte ich ihr erzählt, dass Schattenmann und ich einen gemeinsamen Tanz hatten, den wir immer am Weihnachtsabend vorführten.

»Aber wie kannst du mit jemandem tanzen, den man nicht berühren kann?«, hatte sie mich damals gefragt, und ich gab ihr nur ein verschwörerisches Grinsen als Antwort. Meine Begründung war, sie würde es ja schließlich selbst bald sehen. Natürlich konnte Grace nicht lockerlassen und bettelte mich an, es ihr zu verraten. Um sie zu besänftigen, brachte ich ihr wenigstens das Lied bei, zu welchem wir tanzen würden. Etwas, das mir gerade zum Verhängnis wird. Grace weiß von unserem Streit letzte Nacht, auch wenn ich ihr keine Einzelheiten erzählt habe. Aber bei so etwas ist sie sehr empfindlich. Ich kann ihren kindlichen Wunsch und die Hoffnung, dass alles wieder gut wird, nur weil sie dieses Lied singt, von ihrer Stirn ablesen. Ich seufze leise.

Ein bisschen hilft der Song tatsächlich. Es ist ein trauriges Lied, aber dennoch kraftvoll und stark. Es unterstreicht die mich umgebende Düster-

heit perfekt und lässt mich schaudern. Leicht wippe ich im Takt des Liedes, ich kann gar nicht anders. Dark Paradise, der Name könnte kaum treffender sein. Die Melodie streift über mein totes Herz und füllt es mit Erinnerungen an längst vergangene Tänze. Die Luft wird von ihrem Klang erfüllt und lässt alle Menschen um mich herum verblassen. Es gibt nur noch dieses Lied. Dieses Lied und ihn, wie er mich mit undurchdringlicher Miene anstarrt. Sein Blick kann alles und nichts bedeuten und gleichzeitig so unendlich viel mehr als das.

Eine Entschuldigung, mit der er um Vergebung bittet?

Zorn, weil ich ihm nicht verzeihen kann?

Trauer, weil ich nicht an seiner Seite auf diesem Fest bin, oder doch etwas ganz anderes? Ich weiß es nicht, und das beunruhigt mich. Weil ich es eigentlich wissen müsste. Wir sind beste Freunde, und das schon so lange. Ich schließe meine Augen. Es fühlt sich an wie aufgeben, doch in Wahrheit kann ich es nicht länger ertragen ihn anzusehen.

»Wer hat Angst vorm Schwarzen Mann?!«, flüstert eine rauchige Stimme direkt in mein Ohr. Vor Schreck fahre ich zusammen.

»Niemand!«, piepse ich ganz automatisch zurück, bevor ich überhaupt verstehe, was los ist. Irritiert blinzle ich gegen meine Verwirrung an. Schattenmann steht dicht vor mir und hält mir seine Hand hin, um mich zum Tanzen aufzufordern. In seinen Augen liegt ein flehender Ausdruck. Mit einem Kopfnicken deutet er auf die Bühne, wo Grace gerade sehr verzweifelt die letzte Strophe anstimmt, und ich verstehe. Für Grace, ich werde für Grace mit ihm tanzen. Ich schlucke den Kloß, der sich in meiner Kehle gebildet hat, hinunter und reiche ihm meine Hand.

Ein Raunen erfasst die Menge um uns herum und automatisch weichen sie vor uns zurück.

Ich weiß ganz genau, was sie gerade sehen.

Sobald meine Fingerspitzen seine berühren, breitet sich ein warmes Kribbeln in mir aus und lässt die Hitze in meine Wangen schießen. Ich kann nicht anders, jetzt muss ich auch hinschauen. Mein Blick fällt auf unsere ineinander verschränkten Hände, während Schattenmann mich behutsam Richtung Tanzfläche lenkt. Obwohl ich es nicht will, kann ich nicht anders, als mich auf den Tanz zu freuen. Denn Tanzen ist etwas, was ich schon immer mochte. Mein ganzer Körper scheint sich danach zu sehnen und mich im Einklang

mit der Musik zu bewegen, gibt mir das Gefühl, frei zu sein. Plötzlich kann ich nicht schnell genug auf der Tanzfläche sein und beeile mich, Schattenmann zu folgen.

Dort, wo ich ihn anfasse, beginnt sich sein Schatten zu verfestigen. Nicht jedoch in menschliche Haut, sondern in eine andere Form von schwarzer Materie.

Als ob sein Schatten nur einen anderen Aggregatzustand einnehmen würde. Schwarze Perlenketten reihen sich Glied an Glied und beginnen sich wie feine Adern durch seinen Körper zu ziehen, bis sie ihn vollkommen einhüllen. Sie sind in ständiger Bewegung und scheinen zu pulsieren. Für mich fühlt er sich an wie lebendig gewordener Sand. Körnig, aber sanft zugleich. Früher wusste er nicht mal selbst, dass er sich so wandeln kann, er fand es durch Zufall heraus. Als ich ihn damals fragte, warum er sich dann nicht immer auf diese Weise verfestigt, wurde er sehr traurig und schweigsam. Schließlich gestand er mir, wie anstrengend es für ihn sei, in diesem Zustand zu verweilen. Seitdem tut er es nur noch an besonderen Anlässen. Oder besser gesagt, an nur einem besonderen Anlass, heute.

Seine Hand gleitet zu meiner Hüfte und umfasst sie sanft, aber bestimmt. Ein Schauder geht durch meinen Körper, während ich versuche mich daran zu erinnern, wie man normal ausatmet. Warum bin ich heute nur so nervös? Meine Gedanken sind ständig woanders, was für meine Konzentration nicht gerade förderlich ist. Aus den Augenwinkeln sehe ich, dass alle anderen uns Platz machen und sich im Halbkreis um uns herum versammeln. Ungewöhnlich ist dies keinesfalls, nur sehr peinlich. Sie tun das schon seit unserem ersten Tanz, als wären wir irgendeine Berühmtheit oder ähnliches. Wobei ich glaube, beim ersten Mal war es eher Angst als Respekt. Heute erkenne ich allerdings nur staunende Blicke von den Neuzugängen, und ehrfürchtige von den älteren. Trotzdem ist es mir bei jedem Tanz unangenehm, so im Mittelpunkt zu stehen. Schattenmanns Körper hat sich inzwischen vollkommen verfestigt und sein Gesicht hat kantige Konturen angenommen. Während unseres Tanzes stoßen und ziehen wir uns an und ab, wie zwei Magnete, die beständig ihre Polung ändern. Tatsächlich fühle ich mich genauso. Auf der einen Seite will ich ihn so weit weg von mir wie möglich wissen und auf der anderen Seite habe ich das Gefühl, ohne ihn einen Teil, vielleicht den wichtigsten Teil, von mir selbst zu verlieren. Gleichzeitig wird mir bewusst, dass

mein Leben, wenn auch nur mein totes Leben, ohne Schattenmann nicht mehr dasselbe wäre. Nichts könnte diese Lücke, die unsere Freundschaft beinhaltet, je wieder füllen.

Manchmal glaube ich, das Schicksal will mich echt verarschen.

»Wer hätte gedacht, dass tot zu sein so kompliziert ist?«, seufze ich leise und Schattenmann lacht. »Hätte ich das vorher gewusst, wäre ich vielleicht sorgsamer mit meinem Leben umgegangen.« Ich ziehe eine Grimasse.

»Du bist zu hart zu dir. Schließlich weißt du nicht, wie du gestorben bist.«

»Für Mädchen in meinem Alter sind tragische Teenagertode wie Selbstmord nicht gerade unüblich. Wenn ich tatsächlich eines dieser Mädchen war, dass sich wegen einer unglücklichen Liebe von einer Brücke gestürzt hat, dann könnte ich meinen toten Anblick nicht mehr ertragen. Ich wäre angewidert von mir selbst«, schnaube ich.

Schattenmann schüttelt stur den Kopf. » Ich kenne niemanden, der das Leben mehr achtet und liebt als du. Aber jeder Mensch ist schließlich anders und hat seine eigenen Verhaltensregeln und Prinzipien. Das solltest du sowohl akzeptieren als auch respektieren.«

Ich nicke, obwohl ich lieber widersprechen würde. Aber innerlich weiß ich, dass er recht hat. Abgesehen davon sollte ich mich jetzt besser auf unsere Schritte konzentrieren.

Wir wirbeln über die Tanzfläche und es hat weder etwas Sanftes noch Elegantes mehr an sich. Aber genau das liebe ich so sehr.

Wir sind wild und entschlossen. Nicht ein Zögern, in keinem einzigen Schritt. Mir entschlüpft ein leises Lachen.

»Was ist?« fragt Schattenmann belustigt.

»Nichts weiter ... Mir kam nur der Gedanke, dass wir zwei Seeleute gleichen, die stur nach Land Ausschau halten, obwohl sie sich beide auf demselben untergehenden Schiff befinden.« Verlegen senke ich den Blick.

»Ein Kampf, den keiner von uns beiden gewinnt«, ergänzt er mich.

Ein Lächeln huscht über meine Lippen. Manchmal glaube ich, dass Schattenmann wohl Gedanken lesen kann. Egal, wie wirr sie manchmal auch sind. In diesem Moment zieht er mich noch enger zu sich heran. Wie um mich daran zu erinnern, dass wenn wir untergehen, wir es immer gemeinsam tun. Mir wird klar, dass ich mich entschuldigen muss. Selbst wenn es nicht mein Fehler war, so war es doch meine gestrige Reaktion, die unser gemeinsames

Gleichgewicht zerstört hat. Inzwischen bin ich ihm so nah, dass ich jedes einzelne Sandkörnchen zählen könnte, wenn ich wollte. Selbst die Wimpern auf seinen Lidern kann ich erkennen. Ich spüre seinen heißen Atem auf meinem Gesicht, was mich daran erinnert, wie kräftezehrend das Ganze hier für ihn ist und prompt meldet sich mein schlechtes Gewissen. Ich bin schuld daran, dass er jedes Jahr diese Strapazen auf sich nimmt, sei es nur für ein paar Minuten. Die offensichtliche Anstrengung steht ihm ins Gesicht geschrieben. Doch auch mein Gesicht scheint Bände zu sprechen und mein Gewissen sich in meinem Blick zu spiegeln. Ich sehe noch, wie Schattenmanns Lächeln verblasst und er die Lippen streng zu einer Linie zusammenpresst, als er mich bei der Hand packt, einen Bogen beschreibt und mich so viele Umdrehungen machen lässt, bis mir ganz schwindelig wird. Irgendwann lässt er mich los und ich weiß, was zu tun ist. Ich drehe allein weiter, einmal eine volle Umdrehung um ihn herum. Mein Kleid bauscht sich auf und fliegt immer höher, bis es mit mir zu schweben scheint. Jetzt wo es genügend Platz hat, breitet es sich in seiner ganzen fülligen roten Pracht aus. Die Menschen weichen mir aus, sie wissen, für unser Finale brauche ich besonders viel Platz.

Und ich nehme mir den Platz, genieße es. Das Tanzen gibt mir mehr, als ich es je beschreiben könnte. Die Musik erfüllt jede Zelle meines Körpers und lässt mich haltlos, geradezu frei fühlen, als gäbe es keine einzige Grenze in meinem Leben.

Als flöge ich einfach über alles hinweg. Ich drehe noch einige Pirouetten, bis ich mich fast wieder an Schattenmanns Seite befinde und langsamer werde. In meiner letzten Drehung jedoch, setze ich leicht meine Füße ab, so als wolle ich stehen bleiben, doch in Wahrheit nutze ich meinen restlichen Schwung. Ich drücke mich kräftig vom Boden ab und springe in die Luft.

Kapitel 3

Ich weiß, dass Schattenmanns Hände mich auffangen, noch bevor sie meine Hüfte tatsächlich umfassen. Doch anstatt mich wieder sanft auf dem Boden abzusetzen, nimmt er meinen Schwung und verdreifacht ihn, indem er mich mit sich hundertachtzig Grad um die eigene Achse wirbelt, um mich dann so hoch zu werfen, dass mir die Luft wegbleibt. Diesen Teil unserer Choreografie haben wir schon ewig nicht mehr getanzt. Irgendwann hatte Schattenmann nicht mehr die Kraft, mich hoch genug zu werfen.

Hoch genug, um genau das zu tun, was ich gerade tue.

Arme und Beine verschränkt, aber lang ausgetreckt, schraube ich mich durch die Luft. Mein Kleid bauscht sich abermals auf und umschwirrt mich wie der Ring eines verglühenden Meteorits.

Ein flammendes Inferno aus roter Seide.

Die Menschen keuchen erschrocken auf und ich blicke in fast hundert sprachlose Gesichter, die mich anstarren, als wäre ich das achte Weltwunder. Doch in diesem Augenblick ist es mir völlig gleich. Ich schließe einfach die Augen. Mittlerweile drehe ich mich so schnell, dass ich nur noch verschwommen sehen kann. Bis er plötzlich kommt, schneller als gedacht, aber unvermeidbar. Der Moment, in dem man das Gefühl hat zu schweben, kurz bevor die Schwerkraft einen wieder unerbittlich nach unten zieht. Doch für diesen kurzen Augenblick fühle ich, wie die Last von meinen Schultern fällt und mich im Glauben lässt, nur die Flügel ausbreiten zu müssen, um fortzufliegen.

Weg aus dieser grauen Welt und weg von einem Schicksal, welches ich mir nicht ausgesucht habe.

Ich seufze leise, als ich die Schwere meines Körpers spüre, die mich unausweichlich nach unten drückt.

Ich falle, und das nicht zum ersten Mal.

Plötzlich wird alles schwarz um mich herum. Meine Gedanken rasen und ich gleite mit ihnen tiefer in die Dunkelheit als je zuvor. Es ist, als hätte jemand auf einen Schlag das Licht ausgeknipst. Nein, nicht nur das Licht. Einfach alles um mich herum. Erschrocken halte ich den Atem an und versuche mich gegen das Gefühl zu wehren, doch es ist zwecklos. Fühlt es sich so an, ohnmächtig zu werden? Ich weiß es nicht. Und das ist noch so viel beängstigender.

»*Komm mit mir. Ich will dir helfen.*«

Vor Schreck fahre ich zusammen.

»Wer ist da? Ich brauche keine Hilfe«, erwidere ich und drehe mich suchend nach der Stimme um. Sie klang weiblich und jung. Starke Arme packen mich, reißen mich mit sich. Es sind die Arme der alles verschlingenden Finsternis.

»*Lass dich fallen!*« Es ist keine Bitte, sondern ein Befehl. Und ich weiß nicht warum, aber mein Instinkt befolgt ihn.

Ich stehe hinter einem roten Geländer und verliere das Gleichgewicht. Panische wedle ich mit den Armen, will mich festhalten, doch es ist zu spät.

»NEIN!«, brüllt eine diesmal eindeutig männliche Stimme. Sein nein klingt dermaßen bestürzt und ist so voller Entsetzen, dass es mein Herz in tausend Stücke zerbricht. Plötzlich ist alles wichtiger, ER ist wichtiger. Ich strecke meine Hand aus, ein letztes Mal. IHN zu erreichen ist meine einzige Chance auf Rettung. Als meine Hand die seine erfasst, glaube ich für einen kurzen Augenblick, dass nun alles gut werden wird. Dass ich es geschafft habe. Aber dann rutsche ich weiter ab, nur ein winziges bisschen. Ich schreie auf als ich begreife, was das für mich bedeutet. Seine Hand entgleitet mir und ich falle hinab. Alles geschieht wie in Zeitlupe eines schlechten Actionfilms. Mein Herz hämmert in meiner Brust so wild, dass ich glaube, es wolle mir die fehlenden Flügel ersetzen. Ich kann nicht glauben, dass das gerade passiert. Mein Ende. Ich sehe es glasklar vor meinen Augen, als unerwarteterweise ein weiterer Schatten über die rote Brüstung fällt. Mir hinterher. Vor Überraschung reiße ich die Augen auf. Er ist es, das erkenne ich sofort.

»NEIN!«, schreit er noch lauter als vorher.

»Warum tust du das?«, frage ich geschockt in dem Wissen, dass uns nur noch

wenige Sekunden bis zum tödlichen Aufprall bleiben. Wenn ich schon sterbe, will ich wenigstens wissen, warum er sich meinetwegen mit in den Tod stürzt. Seine Hände schaffen es meine zu erreichen und er zieht mich so eng an sich, dass kein Blatt mehr zwischen uns passen würde. In seinem Gesicht liegt so viel Schmerz, dass es mich erschaudern lässt.

»Ich lasse dich nicht allein sterben! Das hast du nicht verdient. Das hat niemand.« Seine Stimme ist nur noch ein Hauch, doch seine Worte berühren etwas tief in mir drin. Ich spüre, dass sie der Wahrheit entsprechen. Seine hellgrünen Augen strahlen mich mit so viel Wärme an, dass ich mich sofort geborgen und sicher in seinen Armen fühle und mich noch näher an ihn presse. Als das dunkle Blau des Wassers unaufhaltsam näherkommt, werfe ich ihm einen entsetzten Blick zu. Ich bewundere ihn innerlich dafür, dass kein Funken Angst in seinen Augen schimmert.

»Kaithy!«, platzt es aus mir heraus. »Mein Name«, erkläre ich hastig.

Ich weiß, dass es keinen Sinn ergibt, ihm meinen Namen zu nennen, aber aus irgendeinem Grund will ich, dass er ihn erfährt. Selbst wenn er ihn nur noch für wenige Millisekunden kennen wird. Sein Lächeln ist das letzte was ich sehe, bevor mich die Härte und Kälte des Wassers trifft und alles um mich herum schwarz werden lässt.

»Kaithy! Komm zu dir. Kaithy!« Schattenmanns Stimme holt mich zurück in die Wirklichkeit. In seiner Stimme schwanken Sorge und Angst. Aber wahrscheinlich bilde ich mir das nur ein. Schattenmann hat vor nichts und niemandem Angst. Nur mühsam schaffe ich es, die Augen zu öffnen. Das helle Licht blendet mich und ich muss mehrmals blinzeln, um mich daran zu gewöhnen. Ich spüre den harten Fußboden in meinem Rücken und Schneeflocken scheinen mir von der Decke entgegenzufallen. In mir drin fühlt sich alles komplett leer an, als hätte mich jemand betäubt und danach ausgesaugt wie ein Vampir.

»Was ist passiert?«, frage ich und versuche mich aufzurichten. Gleich mehrere Hände helfen mir dabei und stützen meinen Rücken. Als ich endlich halbwegs gerade sitze, erkenne ich, dass ich mich inzwischen nicht mehr in der Mitte der Tanzfläche befinde, sondern an deren Rand. Jemand muss mich beiseite getragen haben. Verwirrt blinzle ich gegen das aufkommende Schwindelgefühl an. Ein paar Menschen starren zu mir herüber, sprechen mich aber

nicht an. Ich würde ja gerne behaupten, sie tun das aus Sorge oder aus Rücksicht auf meine Privatsphäre, aber in Wahrheit haben die meisten hier schon viel Schlimmeres gesehen. Mich eingeschlossen. Aber es selbst zu erleben, ist dennoch etwas völlig anderes. Was genau ist überhaupt geschehen? Besorgt sieht Schattenmann mich an.

»Du bist ohnmächtig geworden, weißt du es nicht mehr?«

Ich schüttle den Kopf. Allein diese Bewegung ist so schmerzhaft, dass ich hektisch nach Luft schnappe und die Augen zusammenkneife. Mein ganzer Schädel brummt wie verrückt und ich fasse mir an die Stirn.

»Hast du Kopfschmerzen?«, fragt Schattenmann sofort.

»Ja.«

»Okay, dann warte kurz.« Er steht auf. »Hat jemand einen Stuhl für Kaithy?« Daraufhin folgen kurzes Stimmengemurmel und ein Quietschen, als jemand einen Stuhl zu mir heranschiebt. Aus den Augenwinkeln erkenne ich Grace. Schon kniet Schattenmann wieder vor mir und schlingt einen Arm um meine Mitte, um mir beim Hinsetzen zu helfen. Ich will mich bedanken, aber die Worte bleiben mir im Hals stecken, als Grace auf meinen Schoß hüpft und mich in eine schraubstockartige Umarmung zwingt. Erschrocken keuche ich auf.

»Grace! Deinetwegen halb zu ersticken, trägt nicht gerade dazu bei, dass es mir besser geht!«, tadle ich sie liebevoll. Ihre wilden blonden Haare kitzeln in meinem Gesicht und entlocken mir trotz allem ein kleines Lächeln. Als sie sich endlich von mir löst sehe ich große runde Tränen aus ihren hellblauen Augen kullern.

»Du hast mir einen riesigen Schreck eingejagt!«

Schattenmann nickt und verschränkt die Arme.

»Das tut mir ehrlich leid.« Schuldbewusst verziehe ich das Gesicht.

»Was war denn nur los?«, fragt Grace verwirrt und wischt sich die Tränen aus den Augen. Beruhigend streichle ich ihr über den Rücken. So gerne ich jetzt einfach lächeln, meinen Ohnmachtsanfall klein reden und alles am liebsten vergessen würde, ich kann es nicht. Jegliche Kraft scheint mich verlassen zu haben, sodass ich einfach in mich zusammensacke. Bestürzt umfasst Schattenmann meine Schulter und zwingt mich mit seinem durchdringenden Blick, ihn anzusehen.

»Wie geht es dir wirklich, Kaithy? Jetzt sag es uns. Geht es dir wirklich

gut?«

Wie gern ich seine Frage mit ja beantworten würde. Meine Lippen formen bereits das Wort, aber ich bringe es nicht über mich. Ich fühle mich mehr als nur nicht gut. Eher zerrissen. Nach diesem komischen Ohnmachtsanfall, Flashback, Traum oder was auch immer, spüre ich es umso deutlicher. Als wäre ein Stück meiner Selbst immer noch am Fallen und hinterließe dabei nichts außer dem Gefühl der absoluten Leere und das sehnsuchtsvolle Vermissen von etwas, das ich nicht in Worte fassen kann. Dabei ist es doch eigentlich nur ein Traum gewesen.

Oder?

Tränen finden den Weg aus meinen Augen als ich endlich die Wahrheit hervorwürge.

»Nein, mir geht es nicht gut. Eher im Gegenteil.«

Grace reißt ihre Augen weit auf, während Schattenmann die Stirn krauszieht. Doch bevor er etwas erwidern kann, kommt Oma Mel auf uns zugeschwankt und drückt mich in eine so feste Umarmung, dass mir die Luft wegbleibt.

»Ach Kindchen, was machst du nur für verrückte Sachen!

Mir wäre fast das Herz stehen geblieben, als du dich so durch die Luft geschwungen hast und danach ohnmächtig wurdest.« Sie lacht über ihren eigenen Witz und wischt sich mit einem kleinen Taschentuch die Tränen aus den Augenwinkeln. »Und wem habe ich diesen Schock zu verdanken?« Gespielt böse knufft sie Schattenmann in die Seite. Dieser weicht erschrocken zurück.

Ein Schmunzeln schleicht meine Lippen entlang als ich sehe, wie James sich von hinten annähert. Er lässt seine Hand auf Schattenmanns Schulter donnern, sodass dieser ordentlich zusammenzuckt. »Das wollte ich lange ma tun!«, grölt er und feixt los, als er Schattenmanns verbissenes Gesicht sieht. James gehört, ebenso wie Oma Mel, zu unseren engsten Freunden, wobei Oma Mel nicht wirklich unsere Oma ist. Sie besteht nur darauf, von allen so genannt zu werden. Oma Mel kümmert sich schon seit etlichen Jahren um alle Kinder des Heims und seit Grace hier ist, habe ich beschlossen, ihr dabei zu helfen. Und es ist echt ein Haufen Arbeit, aber immer noch besser als die anderen Pflichten, die ich zu erfüllen habe. Niemand, wirklich *niemand* putzt hier gern die verstaubten Zimmer und Flure, in denen Spinnen hausen,

die selbst Schattenmann in Angst und Schrecken versetzen würden. Aber irgendwer muss es schließlich machen. Und wenn man sich nicht der Sammlertruppe anschließen will, ist die einzig andere Option, die uns die Heimleiterin bietet, für die Instandhaltung des Heimes zu sorgen und sich um jene Bewohner zu kümmern, die nicht für sich selbst sorgen können. Dazu zählen Kinder, Alte und alle die, die sich bei ihrer Arbeit verletzt haben. Wer glaubt, im Tode verschwinden alle Schmerzen, irrt sich gewaltig.

Unsere Körper sind hier genauso verletzlich wie überall auf der Welt. Wenn ich mir also hier den Arm brechen würde, wäre es ebenso schmerzhaft wie für einen lebenden Menschen. Nur gegen die meisten Krankheiten sind wir immun. Auf unserer Seite der Welt gibt es schließlich keine einzige lebende Seele. Keime und Bakterien können sich hier nicht verbreiten. Das höchste der Gefühle ist eine Allergie gegen bestimmte Blumen von Grace, die sie überall wachsen lässt oder in Vasen auf Tischen verteilt.

Die Sammlertruppe, der James und Schattenmann angehören, hingegen reist als Geister in die echte Welt und klaut schlichtweg Dinge.

Und auch wenn sie nur vergessene und verlorene Gegenstände aufsammeln, da dies die einzigen Sachen sind, die wir berühren können, halte ich es für stehlen. Im Grunde genommen ist die sogenannte Sammlertruppe also nur eine Bande von Dieben. Ich sehe zwar ein, dass wir die Dinge, die sie klauen, auch dringend brauchen, wie Wasser oder Kleidung, aber ich könnte es niemals mit mir selbst vereinbaren, anderen, wildfremden Menschen einfach etwas wegzunehmen, was mir nicht gehört. Selbst wenn sie es verloren haben oder nicht mehr brauchen. Sie könnten es dennoch eines Tages vermissen und danach suchen.

Nur wird es dann nicht mehr da sein.

Die wenigen Male, die ich als Geist umhergestreift bin, kann ich an einer Hand abzählen und das schlechte Gewissen nagt jederzeit an mir.

Als totes Mädchen, das in der Welt der Lebenden gewiss nichts mehr zu suchen hat, stelle ich zu hohe Ansprüche. Manchmal wünschte ich, ich würde alles so locker und leicht nehmen wie Schattenmann.

»Hey Kaithy! Siehst aus als würdest glei kotzen. Ist dir die Drehung net bekommen?«, lallt James zu mir herüber. Ich blicke auf und sehe, dass er sich vor Lachen kaum noch aufrecht halten kann und sich halb auf Oma Mel abstützt. Diese quittiert sein Verhalten mit einem empörten Schnauben und

verdreht die Augen. Ich vermute, irgendwer hat gegen die Regeln verstoßen und Alkohol auf diese Feier geschmuggelt. Mich würde es nicht wundern, sollte James dieser Jemand sein. Neckisch zwinkere ich ihm zu.

»Ich glaub eher, *dir* ist was nicht ganz bekommen! Lass das ja nicht die Heimleiterin sehen!«

Als Antwort gluckst er bloß.

»Vielleicht sollten wir ihn besser hoch in sein Zimmer schaffen, damit er seinen Rausch ausschlafen kann«, meint Oma Mel, ganz die bemutternde Oma.

»Nisch«, *hicks*, »nötig. Mir gehts«, *rülps*, »super.«

»Ich glaub's auch.« Ungerührt zieht Oma Mel ihn mit sich aus dem Saal, die Treppen nach oben, direkt zu den Schlafräumen. Man hört noch ein »Rettet misch doch vor dieser wild gewordenen Frau!« und zerbrechendes Glas, dann ist er verschwunden. Ich breche in schallendes Gelächter aus. Der Anblick ist einfach zu schön.

»Ich hoffe schwer, dass das keine von Grace' Lieblingsvasen war, sonst hat er spätestens morgen ein gehöriges Problem!«, spekuliert Schattenmann schmunzelnd.

»Ein kleines blondes Problem, um genau zu sein!«, pruste ich los und verschlucke mich dabei. Na toll. Tränen sammeln sich in meinen Augen und lassen mich nur verschwommen sehen.

»Geht's wieder?« Besorgt klopft Schattenmann mir auf den Rücken, aber das macht es nicht wirklich besser. Ich huste schwer und komme nur langsam wieder zu Atem. Meine Güte! Dieser Ohnmachtsanfall hat mich wohl mehr aus der Fassung gebracht, als ich dachte. Als hätte er meine gesamte Energie gestohlen. Selbst meine Fingerspitzen fühlen sich taub an und meine Gedanken gleichen Wolken aus Zuckerwatte, süß, leicht und unmöglich zu fassen. Was ist nur los mit mir? Schattenmann amüsiert sich derweil köstlich über meinen anscheinend tomatenroten Kopf. Ich will ihm gerade weismachen, das Tomatenrot der neuste Make-up-Trend ist, da unterbricht mich ein zartes Stimmchen.

»Hey, redet ihr etwa über mich?«, beschwert sich Grace, springt mit einem Satz von meinem Schoß und stößt dabei das Glas Wasser um, welches Schattenmann mir gerade hatte reichen wollen. Zum Glück ist es kein echtes Glas, sodass es nicht kaputt geht. Nur der Inhalt breitet sich ungehindert

über das dunkle Parkett aus.

Einen Moment ist es totenstill, dann brechen Grace und ich gleichzeitig in schallendes Gelächter aus. Empört stemmt Schattenmann die Hände in die Seite.

»Jaja, lacht ihr nur schön, aber ich darf die Schweinerei hier wieder sauber machen, oder was?!«

»Na klar, sonst machen wir uns noch unsere Kleider schmutzig!«, erwidert Grace und deutet auf ihr mit Perlen und Glitzer besticktes Prinzessinnenkleid. Oma Mel hat es ihr geschenkt, anlässlich ihres ersten Weihnachtsballs.

»Das ist doch nur Wasser!«, murrt Schattenmann.

»Eben! Sollen wir aussehen wie begossene Pudel?«

»Aber ich kann es, oder wie darf ich das verstehen? Ihr könntet auch einfach einen Lappen benutzen«

»Aber die sind so weit weeeg!«, mault Grace, während ich hinter vorgehaltener Hand ein Lachen verberge.

»Die Küche ist nebenan, das ist dir klar, oder?«

»Aber wozu brauchen wir einen Lappen, wenn wir doch dich haben!«, schlussfolgert sie mit einem zuckersüßen Augenaufschlag.

»Das gibt Ärger, meine Liebe! Du wirst es noch bereuen, von der Bühne herunter gekommen zu sein!« Mit einer einzigen schnellen Bewegung lässt er seine Hand in die kleine Wasserpfütze fallen und sein Schatten saugt die Flüssigkeit auf, besser als jeder Schwamm es könnte. Eine beeindruckende Fähigkeit, wie ich finde, die wir manchmal, gut, vielleicht öfter als wir sollten, ausnutzen.

Dennoch kann ich mir ein Lachen nicht verkneifen, als Schattenmann aufspringt, seine Hand ausstreckt und auf sie drauf pustet, um Grace mit dem Wasser zu besprühen. Kreischend rennt sie vor ihm davon. Er jagt sie einmal quer durch den Saal, bis er wieder bei mir ankommt. Ich halte mir den Bauch vor Lachen.

»Wer so schadenfroh lacht, hat definitiv auch eine kleine Abkühlung nötig!«

»Nein!«, quieke ich erschrocken und stehe ruckartig auf, was den Stuhl hinter mir lautstark zu Fall bringt. Ich fahre herum. Hoppla. Frech grinst Schattenmann mich an und greift mit seiner Hand in den (angeblich alkoholfreien) Punsch auf dem Beistelltisch, um auch mich damit zu bespritzen.

»Na warte, nicht mit mir!«

Gekonnt weiche ich seiner Hand aus, ignoriere die stechenden Kopfschmerzen und ducke mich unter seinem Arm hindurch. Ich nutze seine Verwirrung aus, schnappe mir die Schale mit dem Punsch und gieße sie direkt über ihm aus. Ein Schwall roter Flüssigkeit schwappt über und in ihn hinein und bringt wohl zum ersten Mal ein bisschen Farbe in seinen Schatten, bis er so viel aufgesaugt hat, dass es zu seinen Füßen wieder hinausquillt. Vor Lachen japse ich nach Luft, was meinem Magen alles andere als guttut. Selbst mein Lachen kann die Leere in mir nicht füllen. Mir wird augenblicklich schwindelig und ich versuche mich unauffällig am Büfett festzuhalten.

Erschöpft vom Rennen, kommt Grace wieder neben mir zum Stehen und stützt keuchend die Hände auf den Oberschenkeln ab.

»Kaithy! Was hast du mit Schattenmann angestellt, oder geht er jetzt seit neustem als roter Teufel verkleidet zum Ball?«, kichert sie und erntet von Schattenmann einen wütenden Seitenblick.

»Schon gut, ich geh einen Lappen holen.« Abwehrend hebt Grace die Hände, klatscht mich jedoch im Vorbeigehen ab.

»Das«, sage ich, »war *meine* Rache!«

»Wofür?« Verdutzt schaut er mich an, sein Gesicht ein einziges Fragezeichen.

»Das weißt du ganz genau. Der Tanz?!« Ich hebe eine Augenbraue und werde wieder ernst. »Wir sollten reden«, füge ich hinzu und lasse meinen Blick seinen Körper entlangschweifen. Er ist immer noch vollständig in seiner sandigen Form verfestigt und trotzdem scheint es ihn kein bisschen mehr anzustrengen. Mein Bauchgefühl sagt mir, dass da etwas ganz und gar nicht stimmt und als ich ihm wieder in die Augen schaue, spüre ich die Bestätigung in seinem Blick.

»Kaithy, ich …«, er schluckt schwer, »es tut mir leid, alles. Gestern, heute. Ich hätte dich vorher fragen müssen. Aber du musst mir einfach glauben, wenn ich dir sage, das mit dem Tanz heute war nicht meine Absicht! Du kennst mich doch, normalerweise ist jeder Tanz für mich unglaublich kräftezehrend! Und jetzt bist du es plötzlich, die einfach so umkippt. Von einem auf den anderen Moment warst du so versteinert als wärst du … Wie … Das hat mir einfach wahnsinnige Angst gemacht. Ich könnte es nicht ertragen dich zu verlieren.« Er räuspert sich verlegen. Ich wende den Blick ab, als er

nach meiner Hand greift und diese sanft drückt.

»Was ich meine ist, dass auch etwas mit mir passiert ist, als du plötzlich ohnmächtig wurdest.« Er zwingt mich ihn anzusehen, indem er seine Hand vorsichtig unter mein Kinn legt und anhebt.

»Anfangs war jeder Schritt in meiner verwandelten Form schwer wie immer, doch dann ... ich weiß auch nicht wirklich. Als du so leblos in meinen Armen gelegen hast, wurde einfach jeglicher Schmerz bedeutungslos für mich. Das wichtigste warst du. Bist es noch. Und das hat mir irgendwie Kraft gegeben. So als ob ich hundert Energydrinks auf Ex getrunken hätte.«

Ungläubig starre ich ihn an.

»Das ist doch verrückt! Unmöglich noch dazu!« Verwirrt fuchtle ich mit den Händen vor seinem Gesicht herum. Ich hasse Rätsel oder Dinge, die keinen Sinn für mich ergeben. Am liebsten ist es mir, wenn es für alles eine logische Erklärung gibt. Alle Abweichungen in Form von seltsamen Phänomenen können mich mal! Aus Schattenmanns Gesichtsausdruck kann ich jedoch lesen, dass er genau ein solches Phänomen noch für mich bereithält.

»Du. Du bist es, von der die Energie kommt.«

Seine Stimme ist nur ein Hauch, leiser als alle geflüsterten Worte, die je gesprochen wurden.

Doch sie erreichen mich trotzdem, selbst als ich glaube, dass meine Ohren mir einen Streich spielen.

Für einen Moment bleibt mir die Luft weg.

Ich versuche das, was er gesagt hat zu verstehen, aber die Wörter kommen unsortiert und in falscher Reihenfolge bei mir an, sodass ich einen Moment brauche, um sie wieder zu entwirren.

»Aber das ist ...«

Meine Stimme bricht.

»Unmöglich, ich weiß, aber ich fühle es. Jede Sekunde, die ich dich berühre, geht es mir besser. Als wärst du meine ganz persönliche Energiequelle. Ich werde stärker, während du immer schwächer wirst.«

Sein Geständnis lässt mich erschaudern. Er senkt den Blick auf unsere ineinander verschränkten Hände. Auf einmal wirkt er so verletzlich, dass ich ihn am liebsten in den Arm nehmen möchte, um ihn zu trösten. Eine einsame Träne findet ihren Weg und rollt meine Wange hinab.

Ich will sie wegwischen, bevor er es bemerkt, doch meine Arme fühlen sich

auf einmal unheimlich schwer an. Ich bin nicht mal mehr im Stande, meine Hand zu heben. Die Erkenntnis trifft mich wie ein Schlag ins Gesicht und ich werde panisch.

Ich will, nein, ich *kann* nicht glauben, was er sagt. So etwas ist noch nie zuvor passiert und ich finde keine Erklärung dafür.

»Ich weiß, dass du das alles nicht wahrhaben willst, aber du kannst nicht länger leugnen, dass es etwas gibt, das uns miteinander verbindet. Und das schon seit dem Tag, an dem wir gemeinsam hier ankamen. Ich jedenfalls spüre es gerade mit jeder Faser meines nicht vorhandenen Körpers. Du kannst mir nicht ernsthaft weismachen wollen, dass es dir anders ergeht!«

Ich schlucke schwer, denn er hat recht. Irgendetwas scheint während meiner Ohnmacht sowohl mit mir als auch mit ihm passiert zu sein und es zu ignorieren macht die Angelegenheit nicht gerade besser.

»Aber was *genau* ist geschehen? Und *wie* verdammt noch mal?«, hauche ich verzweifelt, doch bevor er mir eine Antwort geben kann, fliegen die großen Doppeltüren des Saals auf und Grace kommt herein, samt einem kleinen Putzwagen im Schlepptau.

»Die Putzkolonne ist eingetroffen!«, brüllt sie und gefühlt jeder im Saal stöhnt leise auf. Hinter Grace erscheinen weitere Wagen, die von anderen Menschen in grauen Arbeitskitteln in den Festsaal geschoben werden. Es ist eine schon sehr alte Regel unserer Heimleiterin, dass pünktlich um elf Uhr die Aufräumarbeiten beginnen und die Party ihr Ende findet. Viel zu früh für meinen Geschmack, aber wenn ich an all die Kinder auf diesem Fest denke, ist es vielleicht ganz vernünftig. Plötzlich trifft etwas Kaltes und Nasses meinen Hinterkopf und lässt mich erschrocken zusammenfahren. Ich stöhne laut auf, als ich begreife, was mich getroffen hat. Ein feuchter, grauer Lappen, der mehr einem vergammelten Fetzten Stoff ähnelt als einem Putzutensil. Dass der Boden damit sauberer aussehen wird als vorher, bezweifle ich stark. Ich drehe mich um und sehe noch, wie Grace kichernd davonrennt.

»Wirf noch einmal so ein Ding nach mir und du wirst es bitter bereuen!« Sie weiß, dass ich es nicht ernst meine und lacht daher über meinen traurigen Versuch, ihr Angst einzujagen.

»Dann komm doch und fang mich, wenn du kannst!« Quiekend rennt sie fort, als ich mit spitzen Fingern nach dem auf dem Boden liegenden Lappen angle und ein paar Schritte auf sie zu mache. Für einen Moment bin

ich versucht ihr nachzujagen, aber ich spüre, dass mir dazu die Energie fehlt. Stattdessen habe ich eine bessere Idee. Grinsend drehe ich mich zu Schattenmann um und werfe ihm den Lappen an den Kopf. Sein Lachen fällt ihm aus dem Gesicht, ebenso wie der Lappen, der mit einem lauten Klatschen wieder auf dem Boden landet. Seine Miene ist zu Eis erstarrt, als er ihn langsam und bedächtig wieder aufhebt. Lässig wirft er ihn von der einen in die andere Hand, als könne er sich nicht entscheiden, was er nun damit machen soll. Ich gehe vorsichtshalber hinter meinem Stuhl in Deckung. Anhand seines heimtückischen Lächelns ahne ich schlimmes. Als er ausholt und direkt auf mich zielt, schaffe ich es gerade noch rechtzeitig, mich zu ducken.

»Hey! Was soll der Mist?«, ertönt eine wütende Stimme hinter mir und ich drehe mich um. Der Lappen hat sein neues Ziel gefunden:

Brian McLaren. Er ist ein höheres Tier in der Sammlertruppe und Streit ist sein zweiter Vorname, gleich nach Provokation.

Deshalb macht es ihn rasend, wenn Schattenmann seine Machtspielchen nur mit einem Achselzucken abtut. Nur dank der Tatsache, dass dieser eigentlich unantastbar ist, hat es noch keine Prügelei zwischen den beiden gegeben. Daher nutzt Brian mit Vorliebe Schattenmanns einzigen Schwachpunkt aus. Mich.

»Das wird ein Nachspiel haben!« Drohend deutet er mit dem Finger auf Schattenmann. Ein gefährliches Funkeln liegt in seinen Augen. Ich will die Situation entschärfen und richte mich langsam auf.

»Komm runter, Brian, es ist schließlich Tradition!«

Das ist es tatsächlich. Die Putzkolonne darf sich auf diese Weise »freiwillige« Helfer aussuchen. Jeder, der von einem Lappen getroffen wird, muss mit anpacken. Keine Ahnung, wer diese Regel einmal in die Welt gesetzt hat, aber sie existiert, solange ich denken kann. Abgesehen davon, bekommt man einen Saal auf diese Art kaum schneller leer, weil alle vor den widerlichen Lappen flüchten.

»Ich scheiß auf die Tradition!« Demonstrativ zeigt er mir den Mittelfinger und rauscht aus dem Saal, bevor ihn jemand aufhalten kann.

»Arschloch!« Verärgert runzle ich die Stirn. Schattenmann nickt zustimmend.

»Mach dir nichts draus. Der jammert morgen noch früh genug, wenn er sieht, dass ich ihn für die Extraschichten eingetragen habe.«

Ich seufze leise. Schattenmann legt es aber auch immer wieder darauf an, sich mit ihm zu streiten. Und ich bekomme dann wieder Brians Zorn zu spüren, weil ich die einzige bin, an der er ihn auslassen kann, um Schattenmann zur Weißglut zu treiben. Aber eigentlich sollte ich dankbar dafür sein, dass er nicht auch noch Grace bedrängt. Denn wenn es um sie geht, hört der Spaß für mich auf. Ich schüttle leicht den Kopf, um die bösen Gedanken zu vertreiben und muss augenblicklich schmunzeln.

»Was ist?«, fragt Schattenmann verwundert.

»Er hat den Lappen mitgenommen«, erwidere ich und falle in Schattenmanns Lachen ein.

Kein Putzdienst für uns heute Nacht!

Kapitel 4

Autotüren werden auf- und zugerissen, und ein markerschütternder Schrei zerreißt die Luft. Ist es mein eigener? Ich weiß es nicht. Alles ist verschwommen, als wäre jedes Bild durch einen Weichzeichner gelaufen und hätte sich anschließend im Wasser verflüssigt. Es gibt keine Formen, keine Konturen, nur die Stimmen erreichen mich hin und wieder. Und doch scheinen meine Ohren sie niemandem zuordnen zu können. Wo bin ich? Panisch schaue ich mich um und versuche in dem grauen Schleier aus Nichts etwas auszumachen. Unmöglich. In der Luft liegt der Gestank nach Abgasen und Asphalt, welcher mich automatisch die Nase krausziehen lässt. Diesen Geruch konnte ich noch nie gut leiden und er lässt nur eine Schlussfolgerung übrig.

Ich muss mich in unmittelbarer Nähe zu einer Straße befinden. Aber welcher?

»Hallo?«, rufe ich zögerlich. Meine Stimme klingt anders, weicher und ganz und gar nicht nach mir. Die Angst kriecht meinen Nacken hinauf und schnürt mir die Kehle zu. Bilde ich mir das nur ein, oder wird dieser Schatten da immer größer und kommt auf mich zu? Sind das seine Hände, die sich nach mir ausstrecken?

Bedrohlich schwankt er auf mich zu. Ist das etwa ein Messer in seiner rechten Hand? Ich bleibe nicht so lange, um es herauszufinden.

Erschrocken stolpere ich rückwärts. Weit komme ich jedoch nicht. Mit dem Rücken stoße ich gegen das kalte Metall einer Brüstung. Meine Hände umfassen die Streben und ich klammere mich an ihnen fest, als hänge mein Leben davon ab. Sie sind eiskalt und bestärken das beengende Gefühl in meiner Brust nur noch. Mit den Füßen stelle ich mich auf die unteren Stangen. Im Notfall werde ich einfach über das Geländer springen, sollte der Fremde mir noch näherkommen. Ein Blick über die Schulter verrät mir, dass ich mitten hinein ins

weiße Nichts fallen würde. Besonders toll ist diese Option natürlich nicht, aber mir fehlen die Alternativen. Mein Herz klopft mir inzwischen bis zum Hals. Es ist so laut, ich bin mir sicher, er kann es hören.

Gleichzeitig beschließe ich, ihm nicht zu zeigen, wie sehr er mich einschüchtert.

Ich straffe die Schultern und recke stolz das Kinn in die Höhe. Wenn ich springe, dann auch mit meinem letzten Rest Würde.

Ich bin mutig. Ich kann das. Ich bin stark.

Ich wiederhole diese Gedanken so lange, bis ich auch wirklich daran glaube und schlucke den Kloß in meiner Kehle hinunter.

»Nicht!«, flüstert er und klingt beinah verzweifelt. Er muss ahnen, was ich vorhabe und will mich aufhalten, nur um dann mit mir sonst was anzustellen. Dessen bin ich mir sicher. Doch davon lass ich mich nicht irritieren und umfasse das Geländer umso fester.

»Bitte, tu es nicht!« Er fleht mich förmlich an.

Warum bittet er mich auch noch? Er muss echt verzweifelt sein. Er könnte mich sicher einfach mit einem Ruck vom Geländer wegziehen, aber er tut es nicht.

Vielleicht hat er auch einfach Angst, dass seine ach-so-wertvolle Beute, genauer gesagt ich, schneller ist als er und ihn mit sich in die Tiefe reißt. Nervös zupfe ich an meiner Unterlippe. Ich kneife die Augen zu schmalen Schlitzen zusammen, um mehr von ihm zu erkennen als nur einen schemenhaften Schatten, doch es scheint unmöglich.

»Was willst du von mir?«, wage ich zu fragen und bin froh, dass meine Stimme stärker klingt, als mir zumute ist. »Dein Getue kannst du dir sparen! Ich hab keine Angst vor dir.«

Er ignoriert mich komplett und macht stattdessen noch ein paar Schritte auf mich zu. Ich zögere keine Sekunde mehr, drehe mich um und schwinge die Beine über das Geländer.

»NEIIINNN!«

Schreiend wache ich auf und schlage wild um mich. Ich will nicht springen, nicht fallen und auch nicht sterben. Automatisch presse ich meine Hand auf die Stelle, an der mein Herz schlagen müsste.

Nichts, Stille. Eigentlich sollte mich das beruhigen, aber das Gegenteil ist der Fall. Alles in mir zieht sich schmerzhaft zusammen und ich werde von

Krämpfen geschüttelt. Ich kann nicht glauben, dass das alles nur ein Traum war. Ein *Traum*! Mir wird eiskalt und eine Leere breitet sich in mir aus. Verschlingt alles, zumindest fast. Das Gefühl des Vermissens setzt schlagartig ein, als hätte es nur auf dieses Signal gewartet. Denn auch wenn es nur ein weiterer Albtraum war, ich habe in ihm gelebt. Für mich gibt es nichts Schöneres, als genau das, lebendig, zu sein, es zu fühlen. Meinen Herzschlag zu spüren. Er hat sich so real angefühlt. Selbst im Angesicht des sicheren Todes. Ein entkräftetes Schluchzen entweicht mir. Es ist so laut, dass ich mir vor Schreck die Hand vor den Mund schlage. Dabei bemerke ich, dass mein Gesicht schweißnass ist, vermischt mit dem Salz meiner Tränen. Als ich mir über die Lippen lecke, kann ich es schmecken. Mein Haar klebt mir, ebenso wie das Nachthemd, wie eine zweite Haut am Körper. Die Decke hingegen liegt völlig zerknautscht am Ende meines Bettes, zum Teil sogar auf dem Boden. Ich seufze resigniert und greife schließlich nach ihr. Gänsehaut hat sich bereits meine Arme hinaufgeschlichen und die Kälte lässt mich frösteln.

»Kaithy?« Beim Klang meines Namens fahre ich zusammen und reiße den Kopf hoch. In der Dunkelheit meines Zimmers kann ich kaum etwas erkennen, aber es reicht, um einen kleinen Schemen vor meinem Bett auszumachen und ihn als Grace zu identifizieren.

»Grace?«, frage ich, nur um sicher zu gehen. Der Traum steckt mir noch zu tief in den Knochen und das Letzte, worauf ich gerade Lust habe, ist Runde zwei mit dem Messermann. Ich taste nach dem kleinen Feuerzeug auf meinem Nachttisch und zünde es an. Das Licht ist heller als ich dachte und lässt mich mehrmals blinzeln. Grace' große blaue Augen mustern mich sorgenvoll. Sie zuckt sichtbar zusammen, als sie mich erblickt. Ich muss echt übel aussehen. Vermutlich sogar schlimmer, als ich mich gerade fühle.

»Ich hab dich geweckt, oder?« Meine Frage ist eigentlich mehr eine Feststellung. Sie nickt.

»Du hast geschrien«, bestätigt sie mit ruhiger Stimme.

Schuldbewusst senke ich den Kopf. Das war nicht meine erste unruhige Nacht, aber die erste, die so schlimm war. Der Traum und das Schlagen meines Herzens haben sich einfach so echt angefühlt …

Ich schlucke schwer und unterdrücke den Drang, mir abermals an die Brust zu fassen. Ich weiß doch eigentlich, dass es keinen Grund gibt zu hoffen, dass es je wieder schlägt. Warum also quäle ich mich selbst so sehr damit?

»Es tut mir leid. Ich wollte dich nicht wecken.« Ich lege meinen Kopf auf den angewinkelten Knien ab und schlinge die Arme um meine Beine. Ich verharre in Embryonalstellung, so als könnte ich dadurch die Kälte in mir vertreiben. Ich fühle mich wie ein Kartenhaus, das jemand immer wieder mühevoll aufbaut und zusammensetzt, nur um es dann auf einen Schlag zum Einsturz zu bringen. Ich verstehe nicht, warum das ausgerechnet mir passieren muss. Was habe ich bitte getan, um das zu verdienen? Plötzlich streicht eine kleine Hand meinen Arm entlang und ich schaue auf. Es ist Grace' Versuch, mich zu trösten. Dankbar lächle ich sie an. Sie erwidert es, wobei sich niedliche Grübchen in ihren Mundwinkeln bilden.

»Ist doch nicht weiter schlimm!« Sie macht eine wegwerfende Handbewegung und krabbelt zu mir ins Bett. Erst jetzt bemerke ich das Glas Wasser in ihren Händen, welches sie mir nun in meine drückt. Ich bin gerührt und sprachlos zugleich. Gott beschütze dieses Kind. Grace schafft es wirklich immer wieder, mich zu überraschen. Statt genervt zu sein, dass ich durch meinen unruhigen Schlaf auch den ihren störe, kümmert sie sich auch noch um mich. Dankbar nehme ich das Glas entgegen und trinke es beinah in einem Zug leer. Die kühle Flüssigkeit ist eine pure Wohltat für meinen trockenen Hals. Ich habe Grace schon des Öfteren das Angebot gemacht, zu Oma Mel zu ziehen, doch sie wollte lieber bei mir bleiben. Im Waisenheim ist es normalerweise so geregelt, dass in jedem Zimmer mindestens zwei Personen wohnen, um Platz zu sparen. Früher schlief ich mit Oma Mel in einem Raum, doch seit Grace hier ist und sie mir nicht mehr von der Seite weichen will, mussten wir umdisponieren. Oma Mel teilt sich seitdem ein Zimmer mit der Krankenschwester, und Schattenmann eins mit James.

Ein leises Stöhnen entschlüpft mir und ich atme einmal tief durch. Das Wasser hat gutgetan und lässt mich wieder etwas klarer sehen. Langsam lasse ich meine Schultern kreisen und knacke alle Finger einmal durch. Grace zuckt zusammen. Sie kann es nicht leiden, wenn ich das tue, aber gerade eben musste es einfach sein. Ich werfe ihr einen entschuldigenden Blick zu und bedanke mich für das Wasser.

»Keine Ursache«, gibt sie zurück und greift fröhlich nach der Bettdecke. Offenbar hat sie nicht vor, mein Bett allzu schnell wieder zu verlassen, und ehrlich gesagt, bin ich froh darüber. Ein Blick in ihr lächelndes Gesicht verscheucht alle bösen Gedanken und Albträume. Schmunzelnd knipse ich

das Feuerzeug aus und lege es zurück auf den Nachttisch. Als sich Grace daraufhin fest an mich kuschelt und ihre weichen Locken mein Gesicht kitzeln, fühle ich mich sicher und geborgen. Sie ist für mich mehr als nur meine beste Freundin. Schattenmann und sie sind für mich eine Familie. *Meine* Familie. Ich schlinge meine Arme um ihre Mitte und drücke sie sanft. Das ist meine Art, danke zu sagen. Und Grace versteht mich, ganz gleich ob mit oder ohne Worte. Ich vergrabe mein Gesicht in ihren Haaren und schließe erschöpft die Augen.

»Kaithy?«

»Mhmm ...«, brumme ich, als Zeichen, dass ich noch wach bin. »Was ist?« Meine Stimme klingt aufgrund ihrer Haare gedämpft. »Wovon hast du geträumt?«

Augenblicklich versteife ich mich und stöhne leise auf. Der erholsame und dringend benötigte Schlaf muss wohl noch warten. Das hätte ich mir eigentlich denken können. Grace' Neugierde kennt kaum Grenzen.

»Du musst es natürlich nicht erzählen, wenn du nicht willst ...«, ergänzt sie hastig und dreht sich zu mir um, »aber vielleicht wäre es mal an der Zeit, darüber zu reden.« Sie schluckt hörbar und schlägt die Augen nieder. »Du schläfst schließlich schon seit einer ganzen Weile so schlecht und dann dieser gruselige Ohnmachtsanfall heute. Um ehrlich zu sein, macht mir das Sorgen. Und nicht nur mir, sondern auch Schattenmann und Oma Mel.«

»Du hast es ihnen erzählt?!« Entsetzt schnappe ich nach Luft, greife nach dem Feuerzeug und richte mich wieder auf. Grace nickt verlegen. »So viel zu erzählen, gab es da auch eigentlich nicht, deine Augenringe sprechen für sich. Sie haben mich beinah bedrängt mit Fragen, aber weiterhelfen konnte ich ihnen kaum. Deshalb ...« Sie seufzt leise. »Mir kannst du es doch wenigstens sagen, oder?« Auch sie begibt sich zurück in den Schneidersitz und sieht mich hoffnungsvoll an. Ich habe schon immer die Größe ihrer himmelblauen Iriden bewundert, doch jetzt gleichen sie zwei riesigen blauen Planeten. Benommen senke ich meinen Kopf. Grace kann man einfach nichts vormachen und belügen möchte ich sie auch nicht weiter. Ein dicker fetter Kloß setzt sich in meinem Hals fest, und nur mit Mühe gelingt es mir, ihn herunterzuschlucken. Ich räuspere mich und hoffe, dass mir dadurch die nächsten Sätze leichter zu sagen fallen. Ein mulmiges Gefühl breitet sich in meinem Magen aus.

»Ich habe vom Leben geträumt …«, setzte ich an und knete nervös meine Hände. Sie sind eiskalt und schweißnass. »Und vom Tod.«

Überrascht reißt Grace die Augen auf, während sich in mir alles zusammenzieht. Es laut auszusprechen, fühlt sich an wie ein Geständnis, das alle Gefühle in mir Wirklichkeit werden lässt und sie zu Tage befördert. Was hab ich mir nur dabei gedacht? Das unendliche Verlangen nach etwas, was ich nie wieder haben kann, krallt sich schmerzhaft um meinen Brustkorb und drückt ihn zusammen. Mir ist, als würden messerscharfe Klingen meine Eingeweide in Stücke reißen, sie geradezu vierteilen. Der plötzliche Schmerz lähmt mich komplett und ein tiefes Stöhnen entweicht meiner Kehle. Mit einem Mal wird mir schwarz vor Augen und alles beginnt sich zu drehen. Immer und immer schneller, bis ich gänzlich die Orientierung verliere. Ich bin eine Gefangene meines eigenen Körpers, aber gleichzeitig so haltlos, dass ich Angst habe, nicht mehr zu mir selbst zurückzufinden.

»Kaithy! Was ist los? Hörst du mich?! Kaithy!« Grace' Stimme dringt wie durch Watte zu mir. Ihr Klang ist seltsam und fremd, beinah muss ich darüber lachen, wäre mir dafür nicht schon zu schlecht. Ich kann die Übelkeit, die meinen Magen emporsteigt, bereits riechen und die Säure auf meiner Zunge schmecken. In dem Augenblick trifft ein brennender Schmerz meine linke Wange und reißt meinen Kopf herum. Erschrocken öffne ich die Augen und endlich bekomme ich die Kontrolle über meinen Körper zurück. Die düstere Schwärze verschwindet und meine Glieder lockern sich wieder.

Keuchend ringe ich nach Luft und versuche dabei nicht zu hastig zu sein, sonst übergebe ich mich wirklich noch. Ein heller Schein umgibt mich, und ich stelle erstaunt fest, dass Grace mir mit dem Feuerzeug direkt ins Gesicht leuchtet. Ihre kleine Hand hat sie immer noch zitternd erhoben, und mir wird klar, dass sie mir eine saftige Ohrfeige verpasst haben muss. Trotz der Tatsache, dass meine Wange brennt, als wären tausend Feuerameisen über sie gekrabbelt, bin ich Grace dankbar dafür. »Was war das denn?«, quiekt sie in einem schrillen Ton. Ihrem entsetzten Gesichtsausdruck nach zu urteilen, muss ich ihr wohl einen ganz schönen Schrecken eingejagt haben.

»Ich weiß es auch nicht! Es tut mir so leid. So leid! Ich wollte dir keine Angst machen!« Erschöpft senke ich die Schultern. Ihre zarten Hände greifen nach meinen.

» Nein, mir tut es leid. Ich hätte dich nicht so bedrängen dürfen.

Du warst überfordert und bekamst eine Panikattacke, das war nicht deine Schuld, sondern meine!«

Sanft drücke ich ihre Hände.

»Keiner von uns beiden ist schuld. Du am allerwenigsten! Ich war nur etwas überfordert, das ist alles«, versuche ich die Situation herunterzuspielen und schenke ihr ein schiefes Lächeln. An ihrem skeptischen Blick erkenne ich, dass sie mir kein Wort davon glaubt.

»Es bringt nichts, seine Ängste und Albträume stumm in sich hineinzufressen. Das macht es nur noch schlimmer, egal wie oft du versuchst, dir das Gegenteil einzureden«, ermahnt sie mich. Wie schon so oft, verblüfft mich die Tatsache, wie reif sie für ihr Alter bereits ist. Eine weise alte Frau, hineingeboren in einen jungen kleinen Körper. Der Gedanke lässt mich immer wieder schmunzeln.

»Du hast ja recht«, gestehe ich und muss grinsen, als Grace sich belustigt die Hand hinter das Ohr hält und zu einer Schale formt.

»Wie war das gerade?«, fragt sie spielerisch. »Ich glaube, ich hab mich verhört. Kannst du das noch mal wiederholen?«

Ich pruste los und Grace fällt laut in mein Lachen ein.

»Du hast recht, du hast recht, du hast recht, du hast recht, du hast recht ...«

»Stooopp!«, ruft Grace und hält sich den Bauch vor Lachen.

Ich schnappe mir mit einem Kichern das Kopfkissen und werfe es übermütig nach ihr.

»Hey!«, beschwert sie sich und schleudert es zu mir zurück. Dann stürzt sie sich auf mich und klammert sich wie ein Äffchen an mir fest. Rücklings lande ich auf der Matratze und das Feuerzeug wieder auf dem Nachttisch.

»Grace!«, quieke ich, als sie beginnt mich zu kitzeln. »Lass das!« Lachend versuche ich mich zu wehren, doch es ist zwecklos. Grace quetscht meine Hände so ein, dass ich mich nicht rühren kann und somit ihrer Kitzelattacke hilflos ausgeliefert bin. Einen Trick habe ich allerdings noch auf Lager. Mit so viel Schwung, wie es mir in dieser verkrümmten Position möglich ist, rolle ich mich herum. Wenn Grace nicht unter mir begraben werden will, muss sie spätestens jetzt loslassen. Mit einem siegessicheren Lächeln auf den Lippen, registriere ich ihr verärgertes Grummeln und den Schmollmund, den sie zieht, als sie ihr

Problem begreift.

»HA!«, rufe ich aus.

»Na gut, du hast gewonnen!« Ergeben hebt sie die Arme.

»Aber ich warne dich, Miss Kaithy-Dampfwalze! In der nächsten Kissenschlacht werde ich es sein, die dich platt macht!« Ich lache auf.

»Ach ja? Na, das werden wir noch sehen!« Drohend wackle ich mit den Augenbrauen.

»Ich werde dich VERNICHTEN!«

Unnachgiebig verschränkt sie die Arme vor der Brust.

»Gut, aber dann akzeptiere deine heutige Strafe.«

»Die da wäre?«, fragt Grace belustigt.

Ich lege den Finger an die Lippen und mache eine dramatische Pause. »Schlafen!«, flüstere ich und Grace kichert.

»Schlafen? Ernsthaft?«

»Ja, Schlafen! Die Dampfwalzenqueen ist nämlich echt müde und auch kleine Klammeräffchen müssen irgendwann ins Bett.« Ich lege den Kopf schief und zwinkere ihr neckisch zu. Sie seufzt ergeben und klettert unter die Decke.

»Der Verlierer zieht echt immer den Kürzeren. Ich sollte mir angewöhnen, ab sofort nur noch zu gewinnen«, nuschelt sie, während ich ebenfalls unter die Bettdecke krabble.

»Kaithy? Darf ich dir noch eine einzige Frage stellen?«

»Jetzt nicht mehr, ich bin echt müde«, brumme ich ins Kissen.

»Bitte, nur noch eine!«

Ich stöhne auf.

»Na schön. Dann frag.«

»Was hast du nach deinem Traum und bei der Panikattacke für ein Gefühl gehabt? Und wag es nicht, mich zu belügen, das sehe ich in deinen Augen!«

Überrascht hebe ich eine Augenbraue und richte mich seufzend auf. Schließlich nicke ich. Grace zu belügen, würde ich in meinem jetzigen Zustand eh nicht übers Herz bringen.

»Ich ... Ich weiß es ehrlich gesagt auch nicht genau«, gebe ich zu. »Es fühlt sich an, als würde ich irgendetwas vermissen. Aber frag mich bitte nicht wen oder was, ich habe keine Ahnung. Und das macht mich

echt wahnsinnig! Dieses Gefühl kontrolliert mich. Mich und meinen Körper, und ich kann nichts dagegen tun. Noch kann ich es zurückdrängen, aber ich weiß nicht mehr für wie lange.« Niedergeschlagen lasse ich den Kopf hängen. »Was passiert nur mit mir, Grace? Verliere ich den Verstand oder werde ich nur verrückt?«

»Du wirst nicht verrückt, und den Verstand verlierst du auch nicht. Zumindest noch nicht ...« Wissend sieht Grace mich an und reicht mir ein Taschentuch. Misstrauisch mustere ich ihr Gesicht, während ich mir die Nase putze. Weiß sie etwa etwas, was ich nicht weiß?

Kapitel 5

»Du bist nicht die Einzige. Ich fühle es auch.«

Diese vier Worte lassen mich sprachlos werden.

Vor Staunen klappt mir die Kinnlade hinunter. Das kann einfach nicht wahr sein, unmöglich.

»Mund zu, sonst fliegt noch eine Fliege rein«, spottet Grace.

»Aber ...? Wie ...?«

Offensichtlich bin ich nicht mal mehr dazu imstande, ganze Sätze zu bilden. Ich ärgere mich über mich selbst.

»Wie kommt es dann aber, dass es dich nicht auch so völlig fertig macht und von innen heraus zerstört?«, stoße ich hervor und beiße mir im gleichen Moment auf die Unterlippe. Eigentlich hatte ich nicht vor, ihr so direkt meine Gefühle zu offenbaren. Aber wenn Grace etwas bemerkt haben sollte, lässt sie es sich zumindest nicht anmerken.

»Hmm. Zum einen vermutlich, weil ich noch nicht so lange an diesem Ort bin, wie du. Und zum anderen kommt es vielleicht daher, dass es sich für mich noch ganz anders anfühlt. Irgendwie sanft und leicht. Es erinnert mich daran, dass es in meinem Leben etwas gab, wofür es sich zu kämpfen lohnte. Eine Zukunft. Die Aussicht darauf, etwas aus seinem Leben zu machen. Die große Liebe zu finden, und sie wieder zu verlieren. Zu studieren, die Welt zu bereisen oder die Möglichkeit, seine Kinder und Enkelkinder aufwachsen zu sehen. Die Chance, alt zu werden und friedlich in den Händen seiner Lieben zu sterben. Keiner von uns im Waisenheim hat mehr diese Möglichkeit, sie wurde uns für immer genommen. Mit ihnen die Erinnerungen daran, da manche zu schmerzhaft sind, als dass ein Mensch allein damit klarkommen könnte. Das letzte, was uns bleibt, ist das Gefühl des Vermissens. Es sorgt dafür, dass wir nie vergessen, wie kostbar das Leben sein kann. Doch viele von

uns kommen nur schwer mit dem Gefühl klar, zerbrechen daran. Deshalb ist es so schmerzhaft für sie und ihr rüdes oder verrücktes Verhalten ein eigentlicher Hilferuf.« Ein flüchtiges Schmunzeln entweicht ihr und ich errate, an wen sie gerade denkt.

»Du redest von Brian, oder?«

Keck zwinkert sie mir zu, dann wird sie wieder ernst.

»Nur bei dir, glaube ich, hat es eine andere Ursache. Du scheinst nicht ins typische Bild zu passen.« Nachdenklich tippt sie sich mit dem Finger an die Lippen und legt dabei die Stirn in Falten.

»Wie meinst du das, ich passe nicht in das typische Bild?«, erwidere ich aufgebracht. »Du kannst mir doch nicht erst so einen Riesenvortrag darüber halten, nur um dann plötzlich zu behaupten, bei mir wäre es ganz anders! Wo ist denn da der Sinn? Ich versteh das einfach nicht!« Wütend fuchtle ich mit den Händen in der Luft umher.

»Ich versteh es doch auch nicht! Ich weiß nicht, warum es bei dir anders ist, nur dass es so ist!«, brüllt sie ebenso laut zurück und schnellt in die Senkrechte. Sanfter fügt sie hinzu: »Aber ich verspreche dir, wir werden das herausfinden, okay?«

Ich lasse die Schultern hängen. Ich habe Grace zu Unrecht beschimpft, das weiß ich. Sie ist schließlich immer noch ein Kind, und kann es gar nicht besser wissen.

»Schon in Ordnung«, sage ich deshalb und setze ein tapferes Lächeln auf. Eine weitere Frage kann ich mir jedoch nicht verkneifen.

»Was genau wäre denn ein typisches Bild?«

Grace' Augen beginnen zu leuchten. Ich glaube, sie ist froh, dass ich ihr nicht mehr böse bin.

»Also, typische Gründe wären zum Beispiel Gefühle wie Wut oder Verzweiflung. Auch Trauer oder Schuldgefühle können von Bedeutung sein.«

»Aber wie ist das möglich, wenn wir uns alle doch an nichts erinnern können aus unseren früheren Leben?«,

»Um etwas zu fühlen, braucht es keine Erinnerungen, es reicht ein einziger kleiner Auslöser, beispielsweise ein Lachen von jemandem, das dem einer Person ähnelt, mit der die oder der Betroffene in Verbindung stand. Neid wäre auch eine gute Option. Neid auf diejenigen, die ein besseres Los gezogen

haben und die nicht dazu verdammt sind hier auf ewig festzusitzen«, erklärt sie, als ihr aus Versehen ein lautes Gähnen entweicht. Erst da wird mir bewusst, dass ich vermutlich nicht die Einzige bin, die vor Müdigkeit gleich umfällt.

»Weißt du was«, sage ich, »lass uns das Rätsel, was genau mit mir nicht stimmt, lieber morgen lösen. Es wird schließlich bald hell und wir sollten versuchen, bis dahin wenigstens noch etwas Schlaf zu finden.« Mein Blick schweift zum Fenster. Hell ist vielleicht die falsche Bezeichnung. Die Sonne geht auf dieser Seite der Welt niemals auf. Manchmal erinnert mich unser Himmelszelt an flüssige schwarze Aquarellfarbe. Beim ersten Mal, wenn diese Farbe auf weißes Papier tropft, gleicht sie eher einem unscheinbaren Grau. Erst beim mehrfachen Auftragen der Farbe, verdunkelt sie sich. Ebenso verhält es sich mit unserem Himmel und die unterschiedlichen Grau- und Schwarzstufen leiten unsere Tages- und Nachtzeiten ein. Die lebenden Menschen bezeichnen unseren Ort als das schwarze Loch unserer Galaxie, und ich muss zugeben, das trifft es ziemlich genau. Es verschlingt alles und jeden, der ihm zu nahe kommt und absorbiert selbst das Licht. Und mitten in all dem toten Chaos steht unser Waisenheim. Wie es dahin gekommen ist, oder wer es eines Tages gegründet hat, weiß keiner mehr. Nur dass seither alles Seelenlose hier landet, und das sind nicht nur wir Menschen. Auch Tiere und Pflanzen, wobei letztere nur verdorrt hier ankommen. Seufzend wende ich mich vom Fenster ab und mein Blick fällt auf Grace. Ihr Kopf ruht bereits auf dem Kissen und ihr Atem geht langsam und gleichmäßig. Sie ist schon längt im Land der Träume angekommen. Vorsichtig, um sie nicht zu wecken, lasse ich mich rücklinks neben sie gleiten und greife nach der Bettdecke. Ich bezweifle, einschlafen zu können, zu viel geht mir momentan durch den Kopf. Grace' Worte hallen wie ein Echo in mir nach. Sollte ich tatsächlich nicht allein sein mit diesem seltsamen Gefühl des Vermissens, dann muss auch irgendwer wissen, was man dagegen tun kann. Ich nehme mir fest vor, gleich morgen früh mit Schattenmann darüber zu reden, auch wenn dies bedeutet, dass ich ihm von meinen Albträumen erzählen muss. Außerdem will ich ihm nicht länger Sorgen bereiten, wie Grace behauptet. Ich schlucke schwer. Auch wenn es um meine psychische Gesundheit geht, wollte ich niemals andere mit meinen Problemen belasten. Dass ich es trotzdem getan habe, selbst ohne etwas zu sagen, tut mir unendlich leid.

Als ich am nächsten Morgen aufwache, stelle ich als erstes zwei Dinge fest.

1. Ich muss doch noch irgendwann eingeschlafen sein.

2. Grace liegt nicht mehr neben mir.

Verwundert reibe ich mir über die Augen und schaue mich im Zimmer um. In ihrem eigenen Bett liegt sie auch nicht, denn das ist ordentlich gemacht und unberührt. Allerdings sind die Kerzen in den einzelnen Laternen entzündet und tauchen den Raum in ein warmes gold-gelbes Licht. Der Anblick von Grace' Zimmerwand lässt mich schmunzeln. Man könnte meinen, bei ihr gab es eine Glitzer-Pink-Explosion. Zum Glück konnte ich sie rechtzeitig davon abhalten, auch meine Hälfte des Zimmers damit auszustatten und wir einigten uns darauf, dass Ihr Wandfarbenrosa bei mir in den Tönen des Sonnenuntergangs sein Ende findet. Und während sich bei ihr auch alle Möbelstücke mit Pink anfreundeten, ließ ich meine in ihrem alten dunklen Holzfarbton. Ehrlich gesagt, mochte ich den alten und antiken Stil. Für mich strahlt er Gemütlichkeit und Geborgenheit aus. Zwei Dinge, an denen es an diesem sonst trostlosen Ort mangelt.

Vor Grace' Ankunft, waren selbst die Wände in einem einheitlichen tristen Grau. Keiner, mich eingeschlossen, hatte das Bedürfnis, etwas daran zu ändern. Einzig und allein Grace versucht mit ihrer kindlichen Energie unser Waisenheim zu einem schöneren Ort zu machen. Ich denke an ihre Blumen, die sie in Vasen überall verteilt und an ihre selbst gestrickten bunten Tischdecken. Sie stiehlt der Dunkelheit ihren Raum, was vor ihr noch niemand geschafft hat. Alles allein mit einem Lächeln auf den Lippen. Ihr gelingt es, selbst den Toten wieder ein Stück Leben zu schenken und für Liebe zu sorgen, wo vorher nichts als Leere war.

Sie ist der unglaublichste Mensch, den ich kenne.

Ihre Seele muss verrückt gewesen sein, Grace hier zu lassen. Ich schüttle den Kopf angesichts dieser seltsamen Tatsache, die sich mir bis heute nicht erklären will. Ich schwinge die Beine über die Bettkante, schlüpfe in meine Hauspantoffeln und will mich in unser angrenzendes Bad begeben, als mir der kleine, fein säuberlich gefaltete Zettel mit meinem Namen drauf auffällt. Er liegt auf meinem Nachttisch unter dem leeren Glas Wasser. Als ich ihn auffalte, erkenne ich Grace' krakelige Handschrift. Lesen und Schreiben habe ich ihr erst beibringen müssen, aber sie war eine fleißige Schülerin und hat schnell die wesentlichen Dinge begriffen. Sie liebt das Lernen.

Ein Lächeln huscht über mein Gesicht, angesichts Grace' rücksichtsvoller und liebevoller Art. Sorgfältig falte ich den Zettel wieder zusammen und lege ihn zurück. Ein Blick auf die Uhr verrät mir, dass ich mich beeilen muss, wenn ich noch etwas vom Frühstück abhaben will. Seufzend greife ich nach meinem schwarzen Pullover, meinem weinroten Arbeitskleid und meiner schwarzen Leggins mit den roten Punkten. Grace hat sie mir zu Weihnachten geschenkt, und auch wenn sie kindlich wirkt und ich mir darin wie Pippi Langstrumpf vorkomme, trage ich sie für Grace mit Stolz. Zusammen mit den Sachen und etwas Unterwäsche stapfe ich ins Bad und hüpfe schnell unter die Dusche. Dafür muss ich mir einfach die Zeit nehmen, denn ich stinke nach Schlaf und Schweiß. Ich zucke vor Schreck zusammen, als ich den Hebel betätige und eiskaltes Wasser auf mich niederprasselt. Ich habe keine Zeit darauf zu warten, dass der alte Boiler anspringt und das Wasser warm wird, daher bringe ich es so schnell wie möglich hinter mich und seife mich und meine Haare in Rekordgeschwindigkeit ein. Dabei trete ich auf der Stelle, um mich irgendwie warmzuhalten. Ich bin mir sicher, dass meine Lippen vor Kälte bereits blau angelaufen sind. Zum Glück ist beim Abspülen das Wasser schon etwas wärmer und ich bibbere nicht mehr ganz so stark. Schaum läuft über mein Gesicht und im Nacken herab und ich schließe die Augen. Um der Kälte auch etwas Positives abzugewinnen: ich bin jetzt definitiv richtig wach und all meine Sinne fühlen sich geschärft an. Als ich es endlich schaffe, aus der Dusche zu steigen und mich mit einem Handtuch trocken zu rubbeln, komme ich dazu, mein Gesicht im Spiegel zu begutachten.

Durch den kurzen Schockmoment lasse ich beinah das Handtuch wieder fallen. Meine Wangen waren schon immer ziemlich schmal, doch jetzt wirken sie geradezu eingefallen, was meine großen Augen nur noch mehr hervorstechen lässt. Meine Augen wirken schon unter normalen Umständen auf manche Menschen unheimlich, denn aufgrund eines Gendefektes, auch genannt Heterochromie, besitzen sie unterschiedliche Farben. Das eine Auge hat das Blau eines stürmischen Meeres, und das andere gleicht einer helleren Version unseres aquarellgrauen Himmels. Zusammen mit den dunklen blau-violetten Augenringen, den langen schwarzen Haaren und meinem

mondbleichen Gesicht, lassen sie mich jetzt endgültig wie den lebenden Tod aussehen. Mich schaudert es. Bei dem Anblick ist es kein Wunder, dass sich die anderen Sorgen machen. Beim Frühstück schlage ich vermutlich gleich alle in die Flucht. Ich muss lächeln, als ich mir die Szene vorstelle. Alle rennen schreiend aus dem Saal, nur wegen mir. Ich hätte komplett freie Platzwahl und könnte es mir sogar auf dem Stuhl der Heimleiterin bequem machen. Ich kichere leise, obwohl an der Sache eigentlich rein gar nichts lustig ist. Denn mir kommt es vor, als würde sich meine äußere Erscheinung dem trostlosen Ort hier angleichen. Vielleicht sogar nicht nur äußerlich, sondern auch innerlich. Seit meinem gestrigen Ohnmachtsanfall spüre ich ihn beinah überdeutlich: Einen Riss in mir drin, der alles verschlingt, was mich ausmacht. Ich schüttle den Kopf. Was ich da nur wieder denke! Wahrscheinlich mache ich mir einfach nur zu viele Sorgen. Entschlossen schlüpfe ich in meine Unterwäsche und streife den Pullover, die Leggins und zum Schluss das Kleid über. Mein Arbeitskleid ist dabei etwas ganz besonders. Jedes Mädchen, das für das Heim zuständig ist, besitzt eines. Es besteht aus einem dicken und robusten roten Baumwollstoff, sodass es nicht zu schnell kaputt geht. Obenrum erinnert es mit seinen Trägern und den altmodischen Eisenknöpfen an eine Latzhose, nur untenrum ist es als ein Kleid erkennbar. Mit der Bürste fahre ich grob durch meine Haare und binde sie zu einem lockeren hohen Zopf. Sie sind zwar noch etwas feucht, aber ich habe keine Zeit mehr dafür, sie ordentlich zu trocknen. Danach stapfe ich aus dem Bad zurück ins Zimmer und schlüpfe in meine schwarzen Stiefel. Zum Abschluss hänge ich mir noch das kleine silberne Herzamulett um. Es ist die Art Schmuckstück, welches in Massen produziert wird und das es in fast jedem Geschäft zu kaufen gibt. Dennoch bedeutet es mir unsagbar viel, denn es ist ebenfalls ein Geschenk von Grace. Und nicht nur ich besitze eines, auch Schattenmann und Grace tragen ihres stets bei sich. Okay, bei Schattenmann kann ich das nicht genau sagen, weil die Kette in seinem Schatten verschwindet, sobald er sie sich umbindet, aber bei Grace weiß ich es mit Sicherheit. Wenn ich das Herz aufklappe, befinden sich darin ein Foto von ihr mit lächelndem Gesicht auf der rechten Seite, und eines von Schattenmann auf der linken. Ich glaube, vor Grace hat sich noch nie jemand überhaupt die Mühe gemacht, ein Foto von einem Schatten zu schießen, aber das Ergebnis kann sich trotzdem sehen lassen. Ich muss schmunzeln beim Gedanken daran, wie sie es damals geschossen hat. Er

musste sich draußen auf eine Mauer vor dem Heim setzen, während Grace an die hundert Teelichter um ihn herum platzierte, um seinen Schatten, so gut es eben ging, aus der Umgebung hervorstechen zu lassen. Sie hat geflucht wie ein kleiner Rohrspatz, bis sie endlich ein Bild schoss, mit dem sie vollends zufrieden war. Auch mein Bild, das sich in Grace' und Schattenmanns Kette befindet, war eine kleine Herausforderung gewesen. Offenbar sieht mein Fotogesicht aus, als hätte ich Verstopfung. Grace ist beinah wahnsinnig geworden, bis Schattenmann auf die Idee kam, mich heimlich mit einem seiner Witze zum Lachen zu bringen und dann das Foto zu schießen. Ich muss zugeben, der Plan hatte erstaunlich gut funktioniert.

Mit einem Lächeln im Gesicht schließe ich das Amulett und verlasse den Raum.

Kapitel 6

Auf dem Weg in den Speiseraum kneife ich mir ein bisschen in die Wangen, damit sie nicht ganz so bleich aussehen. Ich will die Leute ja nicht wirklich noch in die Flucht schlagen. Als ich in den langen Flur hinaustrete, ist niemand zu entdecken. Um diese späte Uhrzeit ist sowieso keiner mehr hier oben, sondern stattdessen unten beim Frühstück. Denn ich bin hier im dritten Stock, genauer gesagt im rechten Flügel des Waisenheims. In diesem befinden sich die Schlafsäle der Mädchen und Frauen. Direkt daran angrenzend, im Haupthaus, sind die Schlafräume der Kinder. Dass Grace hier bei mir wohnt, ist eine absolute Ausnahme. Habe ich schon erwähnt, wie stur sie sein kann, wenn es darum geht, ihren Willen durchzusetzen? Ich lache leise in mich hinein. Neben den Schlafräumen der Kinder, im linken Flügel, sind demzufolge die Schlafräume der Männer. Die einzelnen Abschnitte werden jeweils durch massive Holztüren voneinander abgetrennt und ich muss mich mit meinem ganzen Gewicht dagegenstemmen, um sie überhaupt aufzubekommen. Mein Weg führt mich zum Haupthaus, allerdings nicht zu den anderen Schlafräumen, sondern ins Erdgeschoss, zu dem Speiseraum. Die Kühle der steinernen Mauern im Keller bewahrt die dort gelagerten Lebensmittel vor dem Verderben. Und damit der Weg von der Küche zur Kantine nicht allzu weit ist, liegt auch sie dort unten.

Ich sprinte den langen Gang entlang und rutsche das große Treppengeländer hinunter. Das Gleichgewicht dabei zu halten, ist gar nicht so leicht, wie es den Anschein macht, aber es ist die beste Möglichkeit, schnell nach unten zu gelangen. Ich muss allerdings auch zugeben, dass es mir ein kleines bisschen Spaß macht. Mit höchster Geschwindigkeit eine riesige Wendeltreppe hinunterzusausen, hat schon einen gewissen Reiz. Meist erlaube ich es mir auch nur in Gegenwart von Grace, denn die verspottenden Blicke der

anderen Leute krabbeln recht unangenehm im Nacken, auch wenn ich auf die Meinung von Fremden nichts geben sollte. Manchmal beneide ich Grace um ihre kindliche Freiheit und Unbeschwertheit, mit der sie durch ihr totes Leben tanzt. Aber sie ist ja auch noch ein Kind und in ihrer Gegenwart sind die Menschen stets rücksichtsvoller und nachsichtiger mit ihrem Verhalten.

Jetzt hält sich zum Glück niemand in den Gängen oder auf der Treppe auf, daher wage ich es. Mir entweicht sogar ein kleiner Jauchzer, als ich mit Schwung im richtigen Moment von dem Geländer abspringe, kurz bevor die Treppe ihr Ende erreicht. Ich gehe dabei leicht in die Knie, um meinen Sprung etwas abzufedern. Zielsicher laufe ich weiter und schlittere über den blank polieren schwarzen Steinboden, nur um in der nächsten Ecke direkt in James hineinzukrachen. Ein erstickter Laut entweicht mir, ich schaffe es nicht rechtzeitig zu bremsen.

»Hoppla!«, keucht er und fängt mich am Arm auf, bevor ich fallen kann. Verlegen streiche ich mir einige Haarsträhnen, die sich aus meinem Zopf gelöst haben, aus dem Gesicht.

»Ach, Kaithy! Du bist es«, stellt er überrascht fest und sieht mich neugierig an.

»Morgen! Tut mir leid«, entschuldige ich mich und zupfe mein Kleid wieder glatt.

»Alles gut, ist ja nichts passiert.« Er mustert mich mit schief gelegtem Kopf. »Aber wo willst du denn so eilig hin? Doch nicht etwa in den Essensraum, oder? Ich bezweifle, dass die Meute noch etwas für dich übriggelassen hat.

»Ich habe die leise Hoffnung, dass Grace und Schattenmann mir noch etwas aufgehoben haben.« Ich lächle verschmitzt. »Und was hast du vor? Deiner Alltagskleidung nach zu urteilen wahrscheinlich alles andere als arbeiten.« Ich werfe ihm einen tadelnden Blick zu, doch er lacht nur.

»Wenn ich dir das erzähle, muss ich dich leider danach umbringen«, raunt er in seiner besten Geheimagentenstimme. »Aber ich an deiner Stelle würde mich jetzt lieber beeilen. Ich kenne schließlich Schattenmanns guten Appetit.« Er zwinkert mir zu und ich hebe wissend eine Augenbraue. O ja, Schattenmanns Hunger kennt fast keine Grenzen. Ich könnte schwören, dass er sogar irgendwo einen geheimen Vorratskeller hat, denn manchmal erwische ich ihn mit kleinen Köstlichkeiten, die mit Sicherheit nicht aus unserer

Kantine stammen.

»Na dann, man sieht sich!« Zum Abschied hebe ich die Hand, bevor ich meinen Weg fortsetze. Schnellen Schrittes laufe ich einen weiteren Gang entlang, diesmal allerdings vorsichtiger, ich will nicht noch jemanden versehentlich umrennen. Abgesehen davon, muss man besonders im Keller des Heims aufpassen, nicht in irgendwelche Spinnweben hineinzugeraten. Denn egal wie oft wir hier unten sauber machen, am nächsten Tag ist es fast genauso schmutzig wie vorher und die Spinnweben beinah doppelt so groß. Man kann von Glück reden, wenn man eben jene Spinnen nicht auch noch in ihren Netzen antrifft. Als ich endlich völlig außer Puste vor dem großen Speiseraum ankomme, strömen mir bereits etliche Menschen entgegen, die sich jetzt auf den Weg zu ihrer Arbeit machen. Wobei ich mich weigere, Stehlen als eine Art ehrliche Arbeit anzusehen. Nur diejenigen, die nicht der Sammlertruppe folgen und stattdessen hierbleiben, sich um das Haus und um die Menschen darin kümmern, verrichten für mich die wirkliche Arbeit. Der Dienstplan wird jede Woche am Schwarzen Brett vor dem Frühstücksraum aufgehängt, doch ich kenne meine Schichten in und auswendig. Und ist mal jemand krank oder verletzt, dann erfahre ich das auch so, dank Oma Mel, und kann die entsprechende Arbeit des Betroffenen übernehmen oder neu verteilen.

Einige wenige, die mich kennen, grüßen mich freundlich, als sie an mir vorbeilaufen. Von allen anderen werde ich entweder ignoriert oder mit verwunderten Blicken bedacht. Genervt quetsche ich mich an einigen Neulingen vorbei, die mit großen Augen vor dem Schwarzen Brett stehen und ihre heutige Aufgabe suchen, die sie zu erledigen haben. Das mag ja schön und gut sein, dumm nur, wenn sie dadurch den Eingang zur Kantine blockieren. Als ich es endlich durch die Tür schaffe, ist der halbe Speisesaal wie leergefegt. Zu meinem Missfallen ist die Essensausgabe bereits geschlossen. Frühstück bekomme ich wohl keines mehr. Ich versuche mich damit zu trösten, dass es in wenigen Stunden auch bald Mittag geben wird, doch mein Magen lässt sich nicht so leicht täuschen und gibt ein ärgerliches Knurren von sich.

»Kaithy! Wir sind hier drüben!«, höre ich ein zartes Stimmchen krähen und fahre herum. Ein erleichtertes Lächeln huscht über mein Gesicht, als ich Grace an einem Tisch in der linken Ecke ausmache. Sie ist aufgesprungen und winkt wild mit ihren Armen.

»Jetzt beweg endlich deinen Hintern hier rüber, sonst ist dein Essen, was wir dir aufgehoben haben, gleich Geschichte!«, ruft Schattenmann, welcher neben ihr sitzt und mit einem lecker aussehenden Milchhörnchen gefährlich in der Luft herum wedelt. Offensichtlich gab es heute Morgen noch die Reste von gestern.

»Nein!«, kreische ich mit gespieltem Entsetzten, renne zu ihrem Tisch und schnappe Schattenmann das Hörnchen aus der Hand.

»Meins!«, erkläre ich und beiße ein großes Stück ab, während ich den Stuhl zurückschiebe und mich zu ihnen setze. Schattenmann grinst frech und auch Grace kann sich ein Lachen nicht verkneifen. Sie trägt heute ein weißes Arbeitskleid und darüber eine blau-weiß karierte Schürze, die mich daran erinnert, dass Grace heute zum Küchendienst eingeteilt worden ist. Der ursprüngliche Küchenjunge hat sich unglücklicherweise das Bein gebrochen, als er auf Essensresten ausrutschte. Und weil Grace noch so jung ist, darf sie nicht in der Küche mithelfen, sondern lediglich an der Essensausgabe die Leute bedienen. So war es für sie ein Leichtes, etwas zu Essen zurückzuhalten und für mich aufzuheben, ohne dass es jemandem auffällt.

»Danke dir«, sage ich. Mit einem Lächeln im Gesicht schiebt sie den Teller zu mir herüber. Ich ahne, dass sie versucht hat, ihn mit ihrem Arm vor Schattenmanns langen Fingern zu schützen.

»Bediene dich«, antwortet sie nur und schlägt Schattenmann auf die Hand, als dieser versucht, sich eine der Erdbeeren zu stibitzen. Ich schmunzle und schiebe mir den Rest des Hörnchens in den Mund. Auf dem Teller befindet sich noch ein weiteres, und erstaunt stelle ich fest, dass dieses sogar mit Schokolade gefüllt ist. Die süße Masse klebt meinen Mund und meine Zähne völlig zu, aber das ist mir egal, denn es schmeckt einfach nur köstlich. So etwas habe ich das ganze Jahr über nicht zu essen bekommen, also gestatte ich mir, es vollends zu genießen. Zusätzlich zum Hörnchen, liegen noch allerlei Früchte auf dem Teller, darunter die besagten Erdbeeren, einige Weintrauben und sogar zwei Melonenscheibchen. Die Mühe, mit Messer und Gabel zu essen, mache ich mir erst gar nicht. Außer uns dreien ist inzwischen eh niemand mehr im Raum und abgesehen davon, bin ich viel zu hungrig.

Gnadenlos schlinge ich mein Essen hinunter und ignoriere gekonnt Schattenmanns bettelnden Blick. Es fehlt nur noch, dass er anfängt wie ein Hund zu winseln. Nur eine Tatsache macht mich stutzig. Er befindet sich immer noch

in seiner verfestigten Schwarzer-Sand-Form. Unter normalen Umständen müsste er deswegen vor Schmerzen am Boden liegen, doch weiter davon entfernt als jetzt, war er noch nie. Schattenmann entgeht meine erstaunte Musterung nicht, sein Gesicht bleibt jedoch verschlossen und macht es mir unmöglich seine Gedanken zu lesen. Grace spielt derweil mit den Flusen der Tischdecke und flicht sie zu kleinen Zöpfen. Ich könnte schwören, dass irgendwann noch die ganze Decke damit geziert ist, so viele wie sie macht.

Als schließlich nur noch drei Erdbeeren übrig sind, seufzte ich ergeben und drücke jeweils eine Schattenmann und Grace in die Hand, als Dank dafür, dass sie auf mich gewartet und mir was zu essen aufgehoben haben. Genüsslich steckt sie sich Schattenmann mit einer wichtigtuerischen Geste in den Mund. Grace zögert.

»Ich hatte doch schon so viele«, sagt sie und eine verlegene Röte schleicht sich auf ihre Wangen. »Iss du sie, sie war für dich gedacht.« Sie macht Anstalten mir die Erdbeere zurückzugeben. Bevor ich sie aufhalten kann, um ihr zu sagen, dass das Schwachsinn ist und sie sie ruhig essen kann, schnappt sich Schattenmann die Beere und steckt sie sich in den Mund.

»Hey!«, rufen Grace und ich empört.

»Was denn?«, nuschelt er samt der Erdbeere im Mund und zuckt die Schultern. »Wenn zwei sich streiten, freut sich der Dritte.« Er grinst schelmisch. Ich kann nicht anders und lache laut auf. Grace fällt kurz darauf in Schattenmanns tiefen Basston ein.

Wieder einmal staune ich, wie gut wir dabei harmonieren. Grace' glockenhelles Lachen, Schattenmanns tiefes Brummen und mein eher leises. Bei jedem von uns erreicht das Lachen unsere Augen und bestärkt das für mich familiäre Gefühl, was ich für die beiden empfinde. Innerlich seufze ich auf, als ich an mein eigenes Versprechen von letzter Nacht denke. Ich wollte ihnen von meinem Traum erzählen und von meinen Problemen. Die Schwere der Nacht scheint gerade so weit entfernt und ich will die derzeitige Stimmung zwischen uns eigentlich nicht zerstören. Aber mir ist klar, dass es dafür wahrscheinlich nie den passenden oder perfekten Zeitpunkt geben wird, also kann und muss ich es jetzt tun. Nervös senke ich den Blick auf meine Finger, und überlege, wie ich anfangen soll. Grace bemerkt meine veränderte Miene und ihr Lachen erstirbt. Stumm greift sie unter dem Tisch nach meiner Hand und drückt sie aufmunternd.

»Ich muss euch etwas sagen«, beginne ich schließlich. Mein Blick huscht zu Grace, die mir auffordernd zunickt. Ich schlucke schwer.

»Gestern, nach meinem ... ähm ... Ohnmachtsanfall, sagte ich, mir ginge es nicht sehr gut. Ehrlich gesagt, tut es das schon seit einer Weile nicht mehr«, gestehe ich, wage es jedoch nicht, meinen Blick von der Tischplatte zu nehmen.

Die bunten Kringel und verschnörkelten Blumen auf der Tischdecke passen zu meinen Gedanken, welche ebenso wirr in meinem Kopf herumschwirren und sich jeglicher Logik zu entziehen versuchen. Es ist mir unmöglich, einen Anfang und ein Ende auszumachen, deshalb greife ich den erstbesten Gedanken auf, den ich zu fassen bekomme.

»Ich habe Träume, in denen ich lebe, atme, nur um kurz darauf zu sterben. Ein maskierter Mann scheint mich anzugreifen und sorgt dafür, dass ich mich über eine Brücke in den Tod stürze. Genaueres erkennen kann ich nie. Alles ist verschwommen und unscharf, nur meinen Herzschlag kann ich klar und deutlich hören.« Automatisch greife ich mir an die Brust und erwarte fast, ihn dort zu erfühlen, bis mir wieder einfällt, dass dies gar nicht möglich ist. Schnell lasse ich die Hand wieder sinken und hoffe, dass meine geröteten Wangen meine Gedanken nicht verraten. Das wäre zu peinlich. Sicherheitshalter rede ich einfach weiter. Vielleicht hat ja niemand etwas bemerkt.

»Das Gefühl beim Aufwachen ist allerdings immer das gleiche: Der Schmerz, etwas zu vermissen, was ich nie mehr besitzen werde. Der Wunsch, nein, mehr das Verlangen danach zu leben, um mich um etwas zu kümmern, was vergessen ist, aber nicht vergessen sein sollte.« Vermutlich drücke ich mich mehr als nur umständlich aus, aber ich kann es nicht besser beschreiben. Beschämt knete ich meine Hände.

»Dieses Gefühl, es krallt sich an mir fest und lässt mich nicht mehr los. Ich muss ständig daran denken, es ständig fühlen. Es ist zum verrückt werden! Es blutet mich von innen heraus aus, ohne dass ich etwas dagegen tun kann.« Der letzte Satz ist nur noch ein Flüstern und eine Träne findet ihren Weg auf meine Wange. Doch bevor sie an meinem Kinn zerschellen kann, fängt ein sandiger Finger sie auf. Meine Augen schnellen überrascht nach oben und treffen auf Schattenmanns. In seinem Blick liegen Bedauern und Verständnis. Überraschenderweise aber, spiegelt sich auch ein Teil meines Schmerzes in ihnen. Erstaunt öffne ich den Mund. Ich will etwas sagen, fragen, und so viel

mehr, aber kein Wort kommt mir über die Lippen. Ob es ihm ähnlich geht wie mir und er das gleiche fühlt? Ein winziges bisschen Hoffnung keimt in mir auf, nicht mit diesem seltsamen Gefühl und den Albträumen allein zu sein. Wissend schaut er mich mit seinen funkelnden grünen Augen an und mir entweicht ein ersticktes Wimmern. Sie erinnern mich an meinen ersten Traum, den ich während meines Flashbacks gestern hatte. Sie haben die gleiche Farbe wie die des jungen Mannes, der mit mir in den Tod stürzte. Angestrengt versuche ich mich daran zu erinnern wie sein Gesicht aussah, aber ich schaffe es nicht. Mist. Aber egal, es war schließlich nur ein blöder Albtraum. Zumindest versuche ich mir das einzureden. Was für mich zählt, ist das Hier und Jetzt. Und im Hier und Jetzt würde Schattenmann mich vor allem und jedem beschützen. Dessen bin ich mir sicher. Er gibt mir das Gefühl, nicht allein mit meinem Problem zu sein. Dafür bin ich ihm mehr als nur dankbar. Seine Hand berührt immer noch sachte mein Kinn und hinterlässt ein pulsierendes Prickeln auf meiner Haut. Ein Schauer läuft über meinen Rücken und ich stoße erschrocken die Luft aus, welche ich bis eben angehalten habe. Augenblicklich legt sich ein Schatten über seine Augen und er zieht ruckartig seine Hand zurück. Die Kälte, die sie hinterlässt, sorgt dafür, dass ich anfange innerlich zu frösteln. Ein hörbares Räuspern neben mir lässt mich zusammenfahren. Grace hat den Kopf in die Hände gestützt und sieht belustigt von mir zu Schattenmann und zurück. Fragend hebt sie eine Augenbraue, doch ich schüttle stumm den Kopf. Jetzt ist nicht die Zeit für so was, auch wenn meine roten Wangen das Gegenteil behaupten. Mit einem Seufzen entfaltet sie die Arme wieder und lehnt sich zu uns vor.

»Während eurem kleinen Flirt gerade …« Sie zwinkert mir zu und wenn das überhaupt möglich ist, wird mein Gesicht noch heißer. Ich wage es nicht den Blick zu heben und Schattenmann anzusehen. Ein Flirt? War es das wirklich, oder hatte es nur den Anschein danach? Vor nicht einmal ganz zwei Tagen hab ich ihm gesagt, dass niemals mehr aus uns werden könnte als Freunde, und dann spielt mir mein Körper solch gefährliche Streiche. Was wird er wohl jetzt erst von mir denken?

Vermutlich, dass ich die wohl größte Lügnerin überhaupt bin.

Das schlimmste daran ist, ich könnte das nicht einmal abstreiten. Doch ein anderes Gefühl hat meinen Körper in Beschlag genommen, das Gefühl des Vermissens, und für alles andere scheint es keinen Platz zu geben. Ich weiß

selbst nicht mehr, was wahr oder falsch ist. Die Grenze dazu ist gänzlich eingerissen und hinterlässt nichts als einen Haufen Scherben, über den ich gezwungen bin mit verbundenen Augen zu laufen. Keiner weist mir dabei die Richtung.

Den richtigen Weg muss ich ganz allein finden.

»... hab ich mir inzwischen schon mal Gedanken darüber gemacht, was bei dir anders ist. Oder besser gesagt, warum du so ein großes Problem mit dem Gefühl haben könntest«, fährt Grace fort und entreißt mich damit meinen Gedanken. Ich schaffe es nur schwer, mich auf ihre Stimme zu konzentrieren. Angespannt reibe ich mir die Augen und massiere meine Schläfen. Ich fühle mich müde und unendlich erschöpft. Aber Grace hat gerade etwas Wichtiges gesagt, und ich muss mich zusammenreißen.

»Du hast also eine Idee?«, bohre ich nach und lehne mich ebenfalls vor. Grace nickt bestätigend und ein Lächeln schleicht über ihr Gesicht. Misstrauisch lege ich den Kopf schräg. Ich weiß nicht, ob mir das, was sie gleich sagen wird, gefallen wird, aber ich versuche, ihr Lächeln als etwas Positives zu werten.

»Es ist deine Aufgabe!«, verkündet sie und strahlt.

Verständnislos schaue ich sie an.

Kapitel 7

Was?«, fragen Schattenmann und ich wie aus einem Mund. Augenblicklich schießt mein Blick zu ihm herüber, bevor ich es verhindern kann. Schnell senke ich ihn wieder, in der leisen Hoffnung, dass er es nicht gemerkt hat.

»Deine Aufgabe!«, wiederholt Grace euphorisch. »Angeblich sind wir doch als Strafe in diesem Waisenheim, weil wir in unserem echten Leben unsere Träume und Wünsche nicht verwirklichen konnten. Zumindest ist uns das so erzählt worden, richtig?«, fragt Grace und sieht uns mit großen Augen an. Ich nicke und zucke mit den Achseln. Diese Tatsache ist schließlich nichts Neues für uns. Wer auf dieser Seite der Welt landet hat nun einmal die A-Karte gezogen. Je eher man das akzeptiert, desto leichter wird es für einen.

»Aber was wäre, wenn das überhaupt nicht stimmt? Wenn wir gar nicht für immer hierbleiben müssen, sondern nur eine Aufgabe erfüllen sollen? Habt ihr mal darüber nachgedacht? Vielleicht müssen wir nur herausfinden, was uns fehlt. Dann gäbe es einen Ausweg!« Grace springt von ihrem Stuhl auf und macht eine allumfassende Geste. Ich kann sie nur perplex anstarren, während sich meine Gedanken geradezu überschlagen. »Einen Ausweg? Bist du dir da sicher? Und was hat das bitte mit meiner sogenannten Aufgabe zu tun?« Misstrauisch verschränke ich die Arme vor der Brust.

»Deine Aufgabe ist der Ausweg! Verstehst du nicht?«

»Nein«, entgegne ich frostig. »Und wenn du mich fragst, solltest du dringend damit aufhören, dir sinnlos Hoffnungen zu machen. Es gibt keinen Ausweg aus dieser verdammten Hölle! Kapier das endlich!« Wütend stehe ich ebenfalls auf und mein Stuhl fällt krachend nach hinten um. »Warum kannst du unsere Situation nicht einfach akzeptieren wie alle anderen auch?

Immer musst du versuchen, alles zu verändern oder zu verbessern. Aber ich sag dir jetzt mal etwas, Grace, du bist nicht Gott! Manches lässt sich einfach nicht verändern!«

»Das ist nicht wahr! Man kann alles verändern, wenn man nur fest genug daran glaubt, es zu schaffen!« Grace stapft mit dem Fuß auf.

»Das ist Wunschdenken, nichts weiter! Merkst du nicht, dass ich dich nur beschützen will? Die Welt ist grausamer als du denkst ...«

»Glaubst du, ich weiß das nicht?! Und abgesehen davon, habe ich dich nicht darum gebeten, mich zu beschützen! Ich kann sehr wohl auf mich selbst aufpassen und brauche keinen Babysitter!«

»Ach ja? Neulich hast du nicht mal deine Schnürsenkel gebunden bekommen!«

»Schluss jetzt! Alle beide!«, mischt sich Schattenmann ein.

»Aber ...«

»Nein, Kaithy, kein *aber*! Jetzt hört ihr mir mal zu. Die Sache ist es beim besten Willen nicht wert, sich deswegen zu streiten. Bisher hat Grace ja auch nur eine Theorie aufgestellt, nicht mehr und nicht weniger! Und ich finde, die sollten wir uns zumindest mal anhören.«

Eindringlich sieht er uns beide an.

»Jetzt setzt euch wieder hin und wir diskutieren das in Ruhe aus! Und Kaithy, Hoffnung ist nichts Schlechtes.«

»*Falsche* Hoffnungen schon! Sie führen nur zu unnötig in die Länge gezogenem Leid«, entgegne ich stur. Schattenmann seufzt lautstark.

»Das mag zwar stimmen, aber beantworte mir eine Frage: Welches Leben wäre das bessere? Ein Leben voller Einsamkeit und Trostlosigkeit, weil man die Wahrheit kennt? Oder ein Leben voller Träume und Ehrgeiz diese zu erfüllen, allein aufgrund der Hoffnung es zu schaffen?«

»Das Zweite«, gebe ich zähneknirschend zu.

»Na also. Nur weil man am Ende vielleicht enttäuscht wird, ist das noch lange kein Grund, die Hoffnung aufzugeben.«

»Ja, Mr. Oberschlau.« Schmollend hebe ich meinen Stuhl auf und lasse mich drauf plumpsen. Ich bin zwar immer noch der Meinung, dass einen die Wahrheit besser beschützt als sinnlose Hoffnungen, aber ich kann Schattenmanns Ansicht nachvollziehen.

Hoffnung kann einem vieles schenken, aber noch so viel mehr nehmen.

Grace nimmt ebenfalls wieder Platz, nur etwas eleganter als ich.

»Also, Grace, bitte berichtige mich, wenn ich etwas falsch verstanden habe. Du glaubst also, unser Ausweg aus dem Waisenheim besteht darin, dass wir mit etwas aus unserer Vergangenheit abschließen müssen?« Grace nickt bestätigend.

»Das ist die Aufgabe, die wir zu erfüllen haben.«

Ich schnaube verächtlich.

»Und wie sollen wir die bitte schön erfüllen, ohne unsere Erinnerungen? Habt ihr auch schon mal daran gedacht? Außerdem, Grace, und ich sage das nur ungern, wenn unsere Seelen wirklich gewollt hätten, dass wir hier mit unserer Vergangenheit abschließen, warum haben sie dann unsere Erinnerungen mitgenommen und nicht bei uns gelassen?! Du kannst mir nicht erzählen, dass sie uns damit haben helfen wollen. Es ist so, wie du es von Anfang an sagtest. Hier zu sein ist unsere persönliche Strafe und dieses komische Gefühl des Vermissens dafür da, mich in den schieren Wahnsinn zu treiben. Wie bei allen anderen auch. Das bestätigt doch nur wieder, wie grausam diese Welt eigentlich ist.«

»Ohne unsere Erinnerungen sind wir hier verloren«, ergänzt mich Schattenmann niedergeschlagen und rauft sich die Haare.

»Das glaube ich aber nicht!« Wütend knallt Grace ihre kleine Hand auf den Tisch. Erschrocken zucke ich zusammen. Die Härte in ihren Augen macht mir Angst. Sie scheint wild entschlossen zu sein mit ihrer Theorie.

»Oder bist du auf deinen Streifzügen mit der Sammlertruppe in der Lebenden-Welt jemals einer Menschenseele begegnet, die sich an ihr vergangenes Leben erinnern konnte? Auch nur ansatzweise?« Aufgebracht funkelt sie Schattenmann mit ihren großen blauen Augen an. Langsam fange ich an zu zweifeln.

»Also, ich sehe viele Menschen da draußen immer wieder die gleichen Fehler machen. Wenn sie sich tatsächlich erinnern könnten, warum sollten sie dann mit Absicht ihre alten Fehler wiederholen? Das ergibt für mich keinen Sinn.«

Zufrieden nickt Grace mir zu und schenkt mir ein Lächeln.

»Genau das meine ich. Und sie hätten nicht so große Angst vor dem Tod, wenn sie wüssten, dass ihr Leben eigentlich eine endlose Zeitschleife ist.«

Ergeben stöhnt Schattenmann auf.

»Okay, nehmen wir mal an, deine Theorie stimmt, dann bleibt aber immer noch die Frage, wo unsere Erinnerungen abgeblieben sind. Wenn sie weder bei uns sind, und auch die Seelen sie nicht mitgenommen haben, wer hat sie dann?«

»Vielleicht wurden sie ja gestohlen?«, schlage ich vor und zucke mit den Achseln.

»Möglich«, murmelt Grace und faltet ihre Hände ineinander.

»Aber warum sollte jemand unsere Erinnerung stehlen wollen? Was kann derjenige schon groß damit anfangen? Und wie überhaupt?«

»Ich weiß es nicht«, gibt Grace zu. »Aber was ich weiß ist, dass unser Waisenheim nicht umsonst das Waisenheim für Körper und GEISTER genannt wird. Denn im Besitz seiner geistigen Fähigkeiten zu sein, bedeutet nicht nur denken zu können und unser normales körperliches Abbild in diese Welt zu kopieren, sondern auch, sich an etwas zu erinnern. Was dafür spricht, ist die Tatsache, dass wir uns immerhin an unsere Namen erinnern können, nur eben nicht an den Rest.«

»Habe ich das richtig verstanden, du glaubst also, dass wir einmal vor vielen Jahren im vollen Besitz unserer Erinnerungen waren? Und sie uns, aus irgendwelchen Gründen, abhandengekommen sind?«, hakt Schattenmann nach und sieht sie ungläubig an.

»Ja!«

Ihr durchdringender Blick beschert mir eine Gänsehaut.

»Aber Erinnerungen können nicht einfach plötzlich verschwinden! Zumindest nicht ohne einen bestimmten Grund!« Aufgebracht rutsche ich auf meinem Stuhl umher. Ich habe das Gefühl, mir platzt jede Sekunde der Kopf von zu vielen Informationen in zu kurzer Zeit. Grace' Theorie nimmt langsam immer mehr Gestalt an und ich weiß nicht, ob ich das gut oder schlecht finden soll. Ich will einfach nicht, dass sie am Ende traurig und enttäuscht ist, wenn sie merkt, dass ihre Idee zu nichts führt.

Ich habe schon viele Menschen erlebt, die aufgrund ihrer fehlenden Erinnerungen halb wahnsinnig geworden sind.

Okay, nicht nur halb. Gänzlich. Ich könnte es nicht ertragen sollte es Grace eines Tages ebenso ergehen. Man sagt zwar immer, dass Wissen eine große Macht hat und Verantwortung mit sich bringt, aber Unwissenheit kann um so vieles gefährlicher sein. Gefährlich für einen selbst und für andere. Wissen

ist ein natürlicher Schutz, und ohne ihn sind wir machtlos.

Ich stoße einen tiefen Seufzer aus und schaue zu den anderen. Während Grace völlig ratlos aussieht und den Kopf in die Hände stützt, scheint Schattenmann tief in Gedanken versunken. Er hat seine Stirn in Falten gelegt und beißt auf seiner Unterlippe. Ihn beschäftigt etwas, das erkenne ich sofort.

»Was denkst du?«, will ich von ihm wissen und greife nach seinem Arm. Die Berührung lässt ihn zusammenzucken. In seinem Blick liegen ebenso viele Fragen wie in meinem. Mit ausdrucksloser Miene schaut er zu uns auf.

»Ich glaube, Kaithy, dass du damit eventuell sogar recht haben könntest, dass die Erinnerungen gestohlen wurden. Wir wissen vielleicht nicht wie, warum oder weshalb, aber das lässt sich sicher irgendwie herausfinden. Wir müssen nur an der richtigen Stelle suchen. Aber Fakt ist, dass wir sie weder hier noch in der Menschenwelt finden werden, und somit nur ein einziger anderer Ort übrig bleibt. Die Galaxie.«

»Die *Galaxie*?«, wiederhole ich ungläubig. Mit großen Augen starrt Grace ihn an. Ich bin nicht weniger geschockt als sie.

»Aber wie sollen wir, bitte schön, dahin kommen?! Falls es dir noch nicht aufgefallen sein sollte, wir befinden uns immer noch in einem Schwarzen Loch! Ein Entkommen ist also unmöglich! Mehr als in geisterhafter Erscheinung auf der Erde herumzuwandeln, ist uns nicht vergönnt.« Aufgebracht mache ich eine Handbewegung nach draußen. Ich weiß, dass ich vermutlich gerade den halben Speisesaal zusammenschreie, aber mal im Ernst – die *Galaxie*?

»Wo zum Henker sollen dort unsere Erinnerungen sein? Abgesehen davon, glaubst du nicht, wenn jemand einen Weg hier raus wüsste, dass dann überhaupt noch irgendwer hierbleiben würde?«

»Nur weil es bisher noch niemandem gelungen ist zu entkommen, heißt das nicht, dass wir nicht einen Weg finden können. Und was die Erinnerungen angeht, ja, die Galaxie ist groß, aber ich wette, der Mann im Mond kann uns weiterhelfen«, erwidert Schattenmann. Spöttisch hebe ich eine Augenbraue.

»Der Mann im Mond? Dein *Ernst*? Du glaubst doch nicht wirklich, dass es ihn gibt, oder? Er ist ein Kindermärchen!«

»Natürlich gibt es ihn! Er ist das älteste Geschöpf des Universums! Besorg dir mal ein paar unserer Geschichtsbücher!«

»Und wenn schon. Wie soll er uns bitte bei unserem Problem helfen

können?«

»Er ist ein Prophet und außerdem der Hüter einiger der wertvollsten Schriften des Universums. Darunter die beiden magischen Chroniken der Seelen. Ich bin mir sicher, in ihnen finden wir die Antwort darauf, was mit unseren Erinnerungen passiert ist.«

Zufrieden verschränkt Schattenmann die Hände hinter dem Kopf.

»Zwei Chroniken?«, hakt Grace nach.

»Jap. Sagt mal, lest ihr denn wirklich *gar nichts*? Eine Chronik für die lebenden Seelen und eine zweite für alle gestorbenen. Uns, um genau zu sein.«

»Halt mal. Wie ist jetzt der Ablauf? Wir müssen aus dem Schwarzen Loch ausbrechen, den Mann im Mond finden und ihn bitten, uns Einsicht in seine heiligen Chroniken zu gewähren, nur um *vielleicht* eine Antwort darauf zu finden was mit unseren Erinnerungen passiert ist? Nicht zu vergessen, dass wir sie dann auch noch wiederfinden müssen.«

Schattenmann nickt gelassen.

»Du hast es erfasst.«

Irgendetwas an der Art, wie er das sagt, stört mich. Er wirkt beinah so, als hätte er bereits einen Plan. Und dass er ihn uns noch nicht verraten hat, macht mich umso neugieriger.

»Was hast du für einen Plan?« Angespannt streiche ich mir ein paar lose Haarsträhnen aus dem Gesicht und beuge mich zu ihm vor. Ich kenne die meisten von Schattenmanns Plänen, und sie lassen sich in genau drei Kategorien einteilen: Waghalsig, verrückt, oder mittelschwere Katastrophe. Und dass er jetzt seinen Plan vor uns verschweigt, verheißt nichts Gutes. Nervös knetet er seine Finger und vermeidet es uns anzusehen. Er scheint damit zu ringen, ob er sein Wissen tatsächlich mit uns teilen will, oder doch lieber weiter schweigt. Dabei war er es doch, der uns zum Ausbruch anstiften will.

»Nun sag schon«, drängelt Grace und stupst ihn leicht mit dem Ellenbogen an. Er gibt ein ergebenes Seufzen von sich und schaut endlich zu uns auf.

»Na schön, ich erzähle ihn euch. Mehr noch, wir werden einen Testlauf machen.«

»Was?« Überrascht ziehe ich beide Augenbrauchen in die Höhe. »Einen Testlauf?«

Für so ausgereift, dass wir den Plan sogar testen können, hatte ich ihn nicht gehalten. An der Idee muss er schon länger gefeilt haben, daran habe ich keinen Zweifel.

»Aber nicht hier und auch nicht jetzt. Ich brauche noch etwas Zeit, um alles vorzubereiten.« Nervös fährt er sich durch die Haare und blickt sich unruhig um, bevor er sich noch näher zu uns heran beugt.

»Wir treffen uns heute Abend in den Stallungen. Ihr zwei habt ja sowieso Stalldienst, wenn ich mich nicht irre, oder?«

Stumm nicke ich, während Grace das Gesicht verzieht. So sehr sie Tiere, besonders Pferde, auch mag, so sehr hasst sie es, deren Ställe auszumisten. Und ich kann es ihr nicht einmal verübeln. Der Gestank haftet eine halbe Ewigkeit an einem fest, egal wie oft man sich wäscht. Zu unserem Leidwesen sind wir sogar gleich zweimal in der Woche dazu eingeteilt. Einmal samstags, wo wirklich nur ausgemistet wird, und sonntags, allerdings gemeinsam mit allen Kindern des Heims. Sonntags dürfen diese nämlich die Pferde reiten und pflegen. Für die tägliche Versorgung aller Tiere sind jedoch andere zuständig.

Mein Blick fliegt zur großen Uhr über der Essensausgabe, und vor Schreck bleibt mir kurz die Luft weg. Es ist schon halb 11. Ich hätte längst bei Oma Mel sein müssen, um ihr zu helfen. Heute ist Waschtag, und das verheißt eine Menge Arbeit, mit der ich Oma Mel gerade allein lasse. Mein schlechtes Gewissen meldet sich und ich wende entschuldigend den Kopf zu Schattenmann.

»Grace und ich müssen los. Aber wir werden heute Abend da sein«, versichere ich ihm und klaube mein Besteck und den Teller zusammen.

»Lass nur, ich bring das weg und warte dann draußen auf dich. Ich glaube, du und Schattenmann habt noch einiges zu bereden.« Grace zwinkert mir zu. »Wir sehen uns dann später!«, ruft sie und rennt mit meinem Geschirr davon. Perplex starre ich ihr nach.

»Danke«, sage ich etwas zu spät und wende mich Schattenmann zu.

Da waren es nur noch zwei.

»Wir brechen also aus dem Waisenhaus und dem Schwarzen Loch aus …«, setze ich an.

Wow, Kaithy. Lahmer ging es wohl nicht.

»Ja … Da stellt sich dann wohl die Frage, ob wir nur vollkommen verrückt

sind oder größenwahnsinnig.«

»Beides, würde ich sagen.« Ich schenke Schattenmann ein schiefes Lächeln. Er lacht auf.

»Warum bist du eigentlich immer noch in deiner verfestigten Form?«, frage ich ohne weitere Umschweife.

»Ehrliche Antwort? Ich habe keinen blassen Schimmer. Normalerweise müsste ich völlig am Ende meiner Kräfte sein, so lange konnte ich diesen Zustand noch nie ohne Schmerzen aufrechterhalten. Ich mein, beschweren tue ich mich deswegen jetzt nicht, aber ich spüre, dass sich etwas anders anfühlt als zuvor. Wenn ich nur wüsste, was es ist.« Er runzelt die Stirn.

»Wie war es denn für dich beim ersten Mal?«

»Wie meinst du das?«

»Na, beim ersten Mal, als du deine Form verfestigt hast. Weißt du nicht mehr?«

»Natürlich weiß ich das noch, Kaithy. Wie könnte ich diesen bedeutsamen Tag jemals vergessen, ich bitte dich! Wir waren draußen und du hast mehr als langweilige Schimpfwörter in den Wald gebrüllt.«

Ich schnaube gekränkt.

»Langweilig? Na, hör mal! Aber das ist nicht, worauf ich hinauswollte. Damals stand ich auf einem der morschen Bäume und der Ast unter mir ist zerbrochen. Ich wäre jetzt wahrscheinlich Matsch auf dem Boden, wenn du dich nicht plötzlich verfestigt und mich so rechtzeitig aufgefangen hättest.«

Schattenmann nickt nachdenklich.

»Ich wusste zu dem Zeitpunkt nicht, dass ich sowas überhaupt konnte, aber in der Sekunde warst du einfach wichtiger. Alles was ich wollte war dich aufzufangen, egal wie. Dich zu verlieren, kam für mich nicht infrage.«

»Da haben wir es doch!« Aufgeregt klatsche ich in die Hände. Er hebt eine Augenbraue.

»Na ja, gestern nach meinem Ohnmachtsanfall hast du fast dasselbe beschrieben. Du hast wieder für ein paar Sekunden geglaubt, du würdest mich verlieren und danach hattest du so viel Energie, dass du sogar jetzt noch in deiner verfestigten Form bist.«

»Aber warum ist das nicht schon nach dem ersten Mal passiert, als du vom Baum gestürzt bist?«

»Vielleicht weil es sich wirklich nur um wenige Sekunden gehandelt hat.

Meine Ohnmacht war doch sicherlich länger, oder?«, hake ich nach.

»Ja, kann schon sein. Mir zumindest kam er vor wie eine halbe Ewigkeit, aber es waren bestimmt nur ein paar Minuten.«

»Siehst du! Da haben wir den Grund.«

Misstrauisch zieht Schattenmann die Stirn kraus.

»Aber warum kann ich mich nicht mehr zurückverwandeln in meinen richtigen Schatten? Vorher ging das doch auch!«

Ich zucke mit den Schultern.

»Vielleicht braucht es einfach ein bisschen Zeit, bis das wieder klappt.«

»Das glaube ich ehrlich gesagt nicht. Kaithy, ich spüre sie immer noch, die Energie. Und sie kommt von dir.«

»Das ist unmöglich!«

»Ist es nicht!«

»Woher willst du das wissen? Wo ist dein Beweis für das alles?«

»Ich brauche keinen Beweis, ich *fühle* es einfach!«

Wut spricht aus seinen Augen.

»Und warum fühle ich dann nichts?«

»Vielleicht weil du es nicht wahrhaben willst, wie zum Beispiel die Tatsache, dass es dir nicht gut geht. Du leidest lieber still vor dich hin, als auch nur einmal eine Schwäche zuzugeben!«

»Das habe ich doch nur gemacht, um euch keine Sorgen zu machen. Ich wollte doch nur rücksichtsvoll sein!«

»Das war aber nicht rücksichtsvoll, sondern schlichtweg dämlich! Dafür sind Freunde schließlich da. Sie helfen und kümmern sich umeinander und verschweigen nicht ihre Probleme. Dadurch hast du Grace und mich verletzt!«

Wie konnte das Gespräch so schnell nur so unschön werden? Tränen sammeln sich in meinen Augen.

»Das habe ich nicht gewollt! Ich dachte nur, dass wenn ich sie einfach ignoriere, sie dann ...«

»... weggehen?«, beendet Schattenmann meinen Satz. Ich nicke beschämt und wische mir mit dem Handrücken die Tränen aus dem Gesicht.

»Hey, schon okay.« Sanft streicht er mir mit der Hand über die Wange. Mein Blick schießt nach oben und fängt seinen auf. Seine Wut scheint mit einem Schlag verpufft zu sein. Stattdessen zupft ein Lächeln an seinen Lippen.

»Versprich mir bitte einfach, in Zukunft mit mir zu reden, wenn etwas nicht stimmt oder es dir nicht gut geht.«

»Ich versuche es. Was die Energie deines Schattens allerdings angeht, ich fühle da wirklich nichts. Ich bin zwar erschöpft und alles andere als auf der Höhe, aber ich kann mir einfach nicht vorstellen, dass das etwas mit deiner Schattengestalt zu tun hat.«

»Und was, wenn du dich irrst? Wenn genau das alles miteinander zusammenhängt?«

»Ach, ich weiß es doch auch nicht! Lass uns das später weiter diskutieren, ich muss jetzt wirklich erstmal los zu Oma Mel und ihr mit der Wäsche helfen.«

Entschlossen stehe ich auf.

»Wie du meinst. Dann bis später«, erwidert Schattenmann und verschwindet in Richtung Küche. Er klingt enttäuscht und automatisch habe ich ein schlechtes Gewissen. Ich hätte ihn nicht so abwürgen sollen. Denn auch mir bereitet die Sache mit seinem Schatten Kopfschmerzen. Das ist einfach eine Nummer zu abgedreht. Aber zugegeben, das war sie schon immer.

Kapitel 8

D a bist du ja endlich. Wir sollten jetzt wirklich los«, begrüßt Grace mich, als ich aus dem Speiseraum trete.

»Was hat denn da so lange gedauert?«

»Nichts weiter. Außerdem war es doch deine Idee, dass ich noch mit ihm reden soll.« Ich werfe ihr einen anklagenden Blick zu.

»Schon, aber dass ihr so lange braucht, damit hab ich nicht gerechnet. Hat es denn wenigstens etwas gebracht?« Ich nicke, schüttle den Kopf und zucke am Ende mit den Schultern. Grace mustert mich misstrauisch. »Ich werte das jetzt einfach mal als ein Ja. Und jetzt komm. Die Wäsche macht sich schließlich nicht von selbst sauber!«

Freudig hüpft sie neben mir her und ihre goldenen Locken wippen dabei spielerisch auf und ab, was mir ein Lächeln entlockt.

»Können wir nachher noch sonnen gehen?«, bettelt sie und sieht mich mit einem Blick an, der den eines Dackels locker in den Schatten stellt. Ich seufze leise. *Sonnen* ist Grace' absolute Lieblingsbeschäftigung, und ich muss gestehen, dass selbst ich es schön finde. *Sonnen* bezeichnet dabei die Tätigkeit, dass Grace sich draußen im Garten auf einen Schemel mitten in die Blumen-, Obst- und Gemüsebeete setzt und singt, während ich mich um die Gartenarbeit kümmere. Das mag auf den ersten Blick vielleicht seltsam aussehen, hat aber einen sehr sinnvollen Effekt.

Denn Grace besitzt seit ihrer Ankunft hier eine Art inneres Leuchten, das sie mit Hilfe ihres Gesangs sogar äußerlich hervorrufen kann.

Ich weiß noch genau, wie geschockt ich war, als sie sich vor den Toren des Heims materialisierte.

Ich war gerade dabei, die Blumenbeete vor dem großen Eisentor zu gießen – eine sinnlose Tätigkeit, denn jegliche Blumen innerhalb dieser Mauern

verdorren innerhalb kürzester Zeit. Einen Übergang hatte ich noch nie leibhaftig mit angesehen, und hätte ich ein schlagendes Herz, wäre es glatt zum zweiten Mal stehen geblieben.

Der Übergang, wie wir es nennen, ist der Moment des Todes einer Person. Wo er in der Welt der Lebenden nur ein paar Sekunden andauert, nimmt er hier in Wahrheit einige Minuten in Anspruch. Schließlich ist bei einem Übergang so einiges zu regeln. Während die Seele von Geist und Körper getrennt wird, ist zu entscheiden, ob sie gut und rein ist oder mit Schandflecken behaftet. Es gibt keine wirkliche Hölle für solche Seelen. Zumindest nicht im herkömmlichen Sinn.

Ihnen wird lediglich das Recht auf weitere Leben verwehrt. Und ein Leben zu haben, ist das kostbarste Gut, was ein Mensch je besitzen kann. Scheppernd ließ ich damals die eh schon kaputte Gießkanne fallen, um meine Augen vor dem gleißenden Licht zu schützen, welches mich plötzlich umgab. Es verschlang jeden Schatten innerhalb eines Kilometers, zumindest kam es mir so vor. Die Geräusche hatte es ebenso verschluckt und ich wunderte mich noch, wie etwas so Gewaltiges keinen Lärm verursachte. Erschrocken schrie ich auf, als etwas Kleines und Warmes meine Hand umfasste. Ich blinzelte mehrmals, um meine Augen an die Helligkeit zu gewöhnen.

Ein Ding der Unmöglichkeit. Eine Erinnerung durchzuckte mich und ich schwankte. Buchstaben, die sich zu Wörtern und zu einem Namen bildeten, sprudelten an die Oberfläche und drohten sie zu durchbrechen. Ich versuchte, sie zu fassen, doch es misslang. Der Begriff lag mir schon förmlich auf der Zunge.

Doch da sah ich SIE plötzlich in all dem Licht und mir stockte der Atem. Vor mir stand ein kleines Mädchen mit goldenen Locken, die ihr elfengleiches Gesicht umrahmten, und die der Wind wie von Zauberhand anhob und herumwirbelte. Die Augen geschlossen und den Mund zu einem 1000-Watt-Lächeln gezogen, strahlte sie noch heller als ihre Umgebung, was ich nie für möglich gehalten hätte. Laut sprach ich aus, was meine Gedanken längst erfasst hatten.

»SONNE.«

Dieses kleine Mädchen glich einer lebendigen Sonne! Ihr Licht glich einer gewaltigen Explosion, die man kaum mit bloßem Auge ertragen konnte. Sprachlos starrte ich sie und ihre kleine Hand an, die meine fest umklam-

merte wie einen Rettungsanker.

Verzweifelt versuchte ich, ihre Hand zu lösen, doch ihr Griff war zu stark. Ich wollte nicht schuld daran sein, dass ihr Körper hierblieb und ihre Seele ohne sie weiterzog. Denn gerade musste sie sich zwischen den beiden Welten befinden. Direkt auf der Grenze, die die Lebenden- von der Totenwelt trennte. Ich wehrte mich damals nach Leibeskräften, doch ich hatte eher das Gefühl, mir meinen eigenen Arm abzureißen, als dass ich irgendetwas erreichte. Es war, als hätte ihr Körper sich an meinem festgesaugt. Untrennbar miteinander verbunden. Entsetzt war ich gezwungen, dem zuzuschauen, was ich gehofft hatte zu verhindern. Am liebsten hätte ich meine Augen geschlossen und mich abgewandt. Doch das ging natürlich nicht. Durch ihre Hand spürte ich noch ihren Puls, doch er war bereits schwächer geworden. Ich horchte auf jeden ihrer tiefen Atemzüge und betete, dass es nicht der letzte gewesen war. Beinah friedlich schwebte sie vor mir, als würde sie nicht gerade sterben, sondern nur tief und fest einschlafen. Mir traten die Tränen in die Augen und ein Schmerz fuhr mir durch die versteiften Glieder, als müsste ich an ihrer Stelle sterben. Wie war das nur möglich? Der Boden unter mir begann sich zu drehen und ich schwankte gefährlich. Doch ich durfte nicht fallen, noch nicht.

Ich musste standhaft bleiben, für sie.

Schützend schlang ich meinen freien Arm um ihren kleinen schwebenden Körper. Tränen strömten wie ein Fluss meine Wangen hinab, und ich konnte einen verzweifelten Schluchzer nicht unterdrücken.

So fest aneinandergepresst konnte ich jeden ihrer Herzschläge hören, die mich an das sanfte Schlagen der Flügel von Schmetterlingen erinnerten.

Was für ein wundervolles Geräusch.

Bis es urplötzlich stoppte und kein weiterer Schlag folgen wollte, all meinen stillen Gebeten zum Trotz.

Schließlich traf auch die Erkenntnis ein, dass ich ihr Herz nie wieder würde schlagen hören.

Der Schock jagte mir einen kalten Schauer nach dem anderen über den Rücken. Meine Beine zitterten und knickten unter mir weg, als wären es zwei dünne Streichhölzer. Beinah unvermittelt gab die Kleine meine Hand frei, sodass ich jede Standhaftigkeit verlor. Unsanft landete ich mit dem Hintern im Blumenbeet, was mir den nächsten Schrecken bereitete. Ungläubig sah ich

mich um und rieb mir die Augen.

Das konnte einfach nicht echt sein!

Sonnenblumen erstreckten sich vor mir, so weit das Auge reichte, und statt des schlammigen Vorhofes schmückte nun eine Wiese die Auffahrt. Das ist ein Traum, dachte ich. Das musste einfach einer sein. Nur kam mir der Duft von frischem Gras und Blumen viel zu real vor. Was zum Henker war hier los?

»Hallo. Ich bin Grace und wer bist du? Ist alles in Ordnung? Du bist ja ganz weiß im Gesicht!« Ein Gesicht schob sich vor mein eigenes und ich war gezwungen, in zwei wunderhübsche himmelblaue Augen zu schauen, die mich kritisch musterten.

»Geht's dir nicht gut, bist du krank? Warum sprichst du nicht?« Sie wedelte mit ihrer kleinen Hand vor meinem Gesicht herum, doch ich war unfähig zu sprechen. Ein dicker Kloß hatte sich in meinem Hals gebildet und hinderte mich daran, auch nur einen Laut von mir zu geben. Als ich es trotzdem versuchte, kam nur ein heiseres Krächzen heraus. Das war definitiv nicht hilfreich. Wenn ich heute daran zurückdenke, zaubert es mir ein Lächeln auf die Lippen, von dem ich wünschte, ich würde es öfter tragen. Unsere schwarze Welt mag vielleicht keine Sonne besitzen, aber Grace schafft es, diese Lücke zu füllen. Wenn sie singt, haucht sie den Dingen Leben ein, und jedes Lebewesen, darunter auch Pflanzen, verzehrt sich nach ihrem Licht. Und anstatt unter dem Mangel von Sonnenlicht dahin zu siechen, egal wie oft wir sie gießen, fangen sie unter Grace' Leuchten an zu sprießen. Nur deshalb war es uns möglich, einen Gemüse- und Obstgarten anzulegen, was vor Grace' Ankunft undenkbar gewesen wäre. Dass wir nun unser eigenes Essen anpflanzen können, ist auch eine unglaubliche Erleichterung für die Sammlertruppe, die uns die lebenswichtige Nahrung beschafft. Sie müssen jetzt nur noch das Nötigste holen und können auch an anderen Stellen von der Heimleiterin eingesetzt werden. Grace zumindest liebt ihre neue Aufgabe, die sie, laut der Heimleiterin, mindestens alle zwei Tage zu je drei Stunden auf den Tag verteilt zu erfüllen hat. Doch Grace kann es manchmal gar nicht abwarten, so wie heute.

»Okay«, gebe ich ihrem Drängen nach und schüttle belustigt den Kopf. Hätte ich nicht Ja gesagt, würde sie vermutlich noch Stunden auf mich einreden, bis ich endlich zusage.

»Wir hängen die Wäsche sowieso später draußen zum Trocknen auf, also von daher ...« Ich lasse den Satz unvollendet in der Luft hängen, denn Grace kreischt bereits vor Freude laut auf.

»Jippppiii!!!« Dankbar umschlingt sie mit den Armen meine Hüfte. Ich lache angesichts des Strahlens in ihren Augen. Grace könnte ich sowieso nie etwas abschlagen. Aufgeregt lässt sie mich wieder los und rennt vorneweg die Treppen hoch ins 3. Obergeschoss des Haupthauses, wo sie Oma Mel vermutet. Schmunzelnd laufe ich ihr nach und nehme zwei Stufen auf einmal, um sie wieder einzuholen. Heute ist zwar Waschtag, aber ein ganz besonderer. Einmal im Monat machen wir einen großen Wasch- und Putztag, an dem wir auch Vorhänge, Tischdecken, Teppiche und sonstiges mitwaschen. Jeden Monat ist ein anderer Gebäudekomplex dran, heute trifft es das Haupthaus. Ansonsten ist jeder Wohntrakt für seine Wäsche selbst verantwortlich. Gewaschen wird tatsächlich in der Menschenwelt, denn so etwas Luxuriöses wie Waschmaschinen funktioniert in dieser Welt zu unserer aller Leidwesen nicht. Unser einziger Vorteil bei dieser Geschichte ist, dass Waschmaschinen, sobald sie nicht gebraucht werden, zu den vergessenen Dingen gehören und somit von uns in der wirklichen Welt benutzt werden können. Jeder Wohntrakt hat deshalb feste Orte und Häuser zugeteilt bekommen. Abweichungen von diesem Plan sind nur gestattet, sollte eine der Maschinen ausfallen. Zum Glück ist das nicht allzu häufig der Fall, und ich hoffe schwer, dass heute alles glatt laufen wird.

Als ich endlich im 3. Obergeschoss ankomme, gehe ich leicht in die Knie vor Erschöpfung. Auf dem Geländer nach unten zu rutschen ist eine Sache, aber eine ganz andere ist es, die Stufen im Kurzsprint bis nach ganz oben zu erklimmen. Suchend schaue ich nach Grace, und sehe gerade noch, wie ihr goldener Haarschopf um die Ecke in ein Zimmer schwingt. Lächelnd laufe ich ihr hinterher und reiße mit Schwung die wuchtige Holztür auf. Laut kracht sie gegen die Wand, doch das hatte ich beabsichtigt.

»Hier bin ich!«, verkünde ich, und stemme unternehmungslustig die Hände in die Seite. Amüsiert beobachte ich, wie alle Kinder im Raum sich erschrocken zu mir umdrehen. Nur Oma Mel, die gerade dabei ist, den Bezug von einem Kissen zu ziehen, wirft mir einen genervten Blick zu.

»Na, das wurde aber auch Zeit!«, meckert sie und drückt mir eines der Kissen in die Hand. »Wenn du damit fertig bist, dann kümmere dich nebenan

um die Vorhänge. Im ersten und im zweiten Stockwerk haben wir bereits alles abgezogen und der Sammlertruppe zur Wäsche in die Hände gedrückt. Die erste Fuhre müsste dann in ...«, schnell wirft sie einen prüfenden Blick auf ihre Armbanduhr, »... einer knappen Stunde so weit sein.«

Ich nicke als Zeichen, dass ich verstanden habe und schmunzele über ihren Befehlston. Oma Mel ist die liebevollste Person, die ich kenne, aber sie kann ebenso herrisch wie fürsorglich sein. Vermutlich ist sie deshalb so gut geeignet, um für die Kinder zu sorgen. Den Ausdruck *liebevolle Strenge* kann sie meines Erachtens perfekt umsetzen.

»An alle anderen«, ruft Oma Mel. »Sobald ihr mit der restlichen Wäsche fertig seid, gehen wir zusammen in den angrenzenden Gemeinschaftsraum und sammeln dort alle Tischdecken ein. Danach treffen wir uns draußen und hängen zusammen mit Kaithy die erste Fuhre an Wäsche zum Trocknen auf. Dabei könnte ein wenig Licht sicher nicht schaden.« Sie wirft Grace, die gerade mit einem Jungen namens Henry ein Bettlaken abzieht, einen bedeutungsvollen Blick zu.

»Botschaft ist angekommen!«, kommentiert Grace und salutiert spielerisch. Mit einem leisen Seufzen und einem Lächeln auf den Lippen beginne ich schließlich mit der Arbeit. Eins steht jedenfalls fest, dies wird ein laaanger Tag.

Mit einem Ruck ziehe ich den Bezug vom Kissen und werfe ihn in eine der weißen Plastikschüsseln, die für die Wäsche bereitstehen.

»Ich bin dann mal drüben«, sage ich an Oma Mel gewandt, doch die ist damit beschäftigt, zwei Kinder voneinander zu trennen, die sich mit Kissen bekämpfen. Kurz überlege ich ihr zu helfen, beschließe dann aber, dass Oma Mel schon mit den zwei Streithähnen klarkommt und gehe in den zweiten Schlafraum nebenan.

Er besteht wie der erste aus insgesamt zehn Betten, nur wurde in diesem hier die Bettwäsche schon komplett abgezogen. Einzig und allein die großen Vorhänge fehlen. Um an sie ranzukommen, brauche ich definitiv eine Leiter, denn die Fenster der Kinderschlafsäle sind riesig und beschreiben einen eleganten Bogen. Anders als unsere kleinen Dachgeschossfenster im Frauenflügel.

»Suchst du vielleicht die hier?«

Erschrocken drehe ich mich auf dem Absatz um und entdecke Oma Mel

mit einer ausklappbaren Leiter in der Hand am Türrahmen stehen.

»Ja, die ist perfekt. Danke.«

»Keine Ursache. Soll ich sie festhalten, während du die Vorhänge runterholst?«

»Das wäre toll, aber musst du nicht zurück zur Meute?«

»Ich habe Grace aufgetragen, einen Moment meine Rolle zu übernehmen.« Oma Mel lacht auf. »Und sie nimmt diese sehr ernst.«

Ich muss schmunzeln, denn ich kann mir die Szene sehr gut vorstellen.

»Ich wette, sie steht auf einem der Betten mit einer Haarbürste als Mikro in der Hand und kommandiert alle herum.«

»Mich würde es ehrlich wundern, sollte es anders sein.« Oma Mel zwinkert mir zu und ich lache lauthals auf. Wenn Grace eines kann, dann selbstbewusst sein. Ich zweifle keine Sekunde daran, dass sie in ihrem echten Leben eine wahre Anführerin geworden wäre.

»Also dann. Rauf auf die Leiter mit dir. Sonst werden wir hier nie fertig.« Ich nicke zustimmend und helfe ihr, die schwere Metallleiter auseinanderzuziehen und so vor das Fenster zu stellen, dass ich problemlos an die beiden Vorhänge herankomme. Vorsichtig erklimme ich die einzelnen Stufen und bin dabei froh über Oma Mels stützende Hand auf meinem Rücken. Ich traue diesem wackligen Gerüst an Metall unter mir nicht über den Weg. Als ich die letzte Stufe erreiche, richte ich mich deshalb in Zeitlupe auf.

»Sei bitte vorsichtig, ja?«, sagt Oma Mel und ich verdrehe leicht die Augen. Nichts anderes habe ich schließlich vor. Langsam strecke ich meine Arme aus, schraube die Sicherung von der Eisenstange und lasse den Vorhang nach unten gleiten. Das gleiche Spiel auf der anderen Seite und danach beim zweiten Fenster.

»Kaithy, können wir mal kurz über etwas reden?«

»Na klar. Was gibt's denn?«

»Schattenmann und du ... sei bitte ehrlich, läuft da etwas zischen euch?«

»Wie bitte, was?!« Vor Schreck lasse ich beinah die Stange fallen. »Ja, nein, ich meine, zwischen uns läuft rein gar nichts!«, behaupte ich und meine Wangen beginnen zu glühen. Oma Mel wirft mir einen misstrauischen Blick zu.

»Bist du dir da sicher? Schon als ihr zwei am selben Tag hier im Waisenhaus ankamt, hattet ihr eine besondere Verbindung und gestern auf dem

Weihnachtsball hatte ich das Gefühl, dass etwas zischen euch passiert ist. Versteh mich bitte nicht falsch, ich fände das wirklich toll. Gerade du hättest es verdient, mal ein bisschen Glück zu empfinden.«

»Wie meinst du das?«, frage ich kühl und setze mich auf die oberste Stufe der Leiter, um sie direkt anzusehen.

»Glaubst du, ich sehe nicht, wie sehr du unter all dem hier leidest? Besonders in letzter Zeit.« Sie tippt sich mit dem Finger unter die Augen, um mich an meine Augenringe zu erinnern. Ich schlucke schwer. Mir war nicht klar, dass mein derzeitiger Zustand so offensichtlich ist.

»Ich komme schon klar«, behaupte ich trotzdem. Mitleidig schüttelt Oma Mel den Kopf.

»Ich zweifle nicht an deiner Stärke, Kaithy. Aber es gibt Dinge, die kann ein Mensch nicht allein bewältigen. Das solltest du dir bewusst machen. Stell dir mal vor, du hättest die letzten vier Jahre keinen Schattenmann an deiner Seite gehabt. Wie hätte dann dein Leben hier ausgesehen?«

»Einsam«, antworte ich wie aus der Pistole geschossen. Schattenmann war seit Beginn meiner Zeit hier mein bester Freund. Ich kann mich immer auf ihn verlassen und er ist jederzeit für mich da. Genau wie ich für ihn. Wissend hebt Oma Mel eine Augenbraue.

»In seiner Gegenwart bist du anders.«

»Inwiefern?«

»Du bist mehr du selbst.«

»Ich bin immer ich selbst! Woher willst du das überhaupt wissen?«, unterbreche ich sie patzig und verschränke die Arme vor der Brust.

»Erstens, weil ich eine gute Beobachterin bin und zweitens, weil ich dich kenne, Kindchen. Du hasst das Leben hier! Dein Herz sehnt sich nach Freiheit und einer Zukunft, die es niemals haben kann. Du bist eine Träumerin und die Trostlosigkeit dieses Ortes wird dich eines Tages ersticken. Nur in Schattenmanns und Grace' Nähe sehe ich dich lächeln. Und wenn du das nicht einsehen willst, bestrafst du am Ende nur dich selbst damit.«

Zuerst will ich ihr widersprechen, doch dann nicke ich und seufze ergeben.

»Du hast wahrscheinlich recht. Schattenmann und ich sind allerdings wirklich nur Freunde.« Entschlossen steige ich die Leiter hinunter und sammle die Vorhänge ein.

»Wenn du das sagst. Aber wenn du mich fragst, sprechen die Blicke, die er

dir zuwirft, eine ganz andere Sprache.«

Mit diesen Worten reißt sie mir die Leiter aus der Hand und stapft aus dem Raum. Perplex starre ich ihr nach, bevor ich es schaffe, meine Beine ebenfalls in Bewegung zu setzen.

»Ach, noch was!« Am Türrahmen dreht sie sich nochmal zu mir um. »Du solltest aufhören, das Licht in der Dunkelheit zu suchen. Das ist an einem Ort wie dem Schwarzen Loch ohnehin Zeitverschwendung. Finde es stattdessen in dir selbst.«

Ich will gerade fragen, was genau sie damit meint, doch da ist sie schon nach nebenan verschwunden. Nachdenklich bleibe ich zurück und verfluche Oma Mel für ihre kryptischen Andeutungen. Wie hat sie das nur gemeint? Das Licht in mir selbst finden ... Wie soll das bitte gehen? Ich bin schließlich nicht Grace!

Missmutig stopfe ich die Vorhänge in eine der Waschschüsseln und gehe in den angrenzenden Gemeinschaftsraum. Dort haben bereits die ersten Kinder begonnen, die Tischdecken und Dekokissenbezüge einzusammeln. Ich hingegen schnappe mir einen Eimer mit Wasser und einen Wischmopp und beginne den Boden zu wischen. Als das Wasser auf das dunkle Parkett trifft, wirkt es beinah schwarz und erinnert mich unweigerlich an ein Schwarzes Loch. Je mehr ich wische, desto größer wird es.

Na toll.

Automatisch denke ich an unser späteres Vorhaben. Einen Ausbruch aus dem Schwarzen Loch halte ich immer noch für ein unmögliches Unterfangen. Wie bitte sollte ausgerechnet uns dreien etwas gelingen, was vorher noch niemand geschafft hat? Wir sind schließlich keine Superhelden oder ähnliches. Aber Schattenmann hat etwas von einem Testlauf gesagt. Wie dieser wohl aussieht?

Das Portal vor den Toren des Heims lässt uns nur als Geister in die Menschwelt, aber vielleicht hat Schattenmann es ja geschafft, das zu ändern? Oder hat er vielleicht ein zweites geheimes Portal entdeckt, das in die Galaxie führt?

Aber nein, das wäre Quatsch. Denn wenn es so wäre, wozu bräuchte es dann einen Testlauf? Wir könnten ja einfach hindurchgehen.

Und wie konnte er überhaupt so schnell einen Plan entwickeln? Der kann nicht einfach über Nacht entstanden sein, da muss Schattenmann sich definitiv schon vorher einige Gedanken über das Thema Ausbruch gemacht

haben.

Was ist, wenn wir es tatsächlich schaffen sollten?

Wie gelangen wir zum Mann im Mond? Soweit ich weiß, herrscht in der Galaxie Schwerelosigkeit ...

Und magische Chronik hin oder her, was ist, wenn auch sie uns keine Auskunft über unsere Erinnerungen geben kann?

»Hey, ist alles okay bei dir?«

Aus meinen Gedanken gerissen, wirble ich erschrocken herum. Vor mir steht Grace und mustert mich besorgt aus ihren großen blauen Augen.

»Ja, wieso? Alles bestens.«

»Sicher? Es sah von weitem nämlich so aus als würdest du mit dem Wischmopp den Boden verprügeln ... Was hat er dir denn angetan?«

Ich lache laut auf.

»Nichts weiter. Es ist nur, ich mache mir so viele Gedanken wegen ... na, du weißt schon ...«

Grace nickt.

»Ich mir auch, aber wir sollten uns nicht vorher schon total verrückt machen mit Was-wäre-wenn-Gedanken. Die führen doch zu nichts. Viele Dinge kann man erst beurteilen, wenn es so weit ist. Und was auch immer Schattenmann für einen Plan hat, wir hören ihn uns heute ja erst einmal nur an.«

»Vergiss den Testlauft nicht.«

»Okay, dann machen wir eben auch einen Testlauf. Der kann gut gehen oder total in die Hose, aber auch das werden wir erst wissen, wenn es so weit ist.«

»Wenn du meinst. Na schön, dann lassen wir fürs erste den Testlauf Testlauf sein und kümmern uns lieber um diesen Boden hier.«

Ich drehe mich um und drücke Grace einen weiteren Wischmopp in die Hand. Sie zieht einen Schmollmund. Kaum dass sie allerdings mit wischen anfängt, hält sie plötzlich inne.

»Ist dir schon aufgefallen, dass dieser vermaledeite Boden eine große Ähnlichkeit mit dem Schwarzen Loch hat?«

Ich breche in schallendes Gelächter aus.

»Der Gedanke kam mir auch schon.«

Kapitel 9

Ich stehe mitten auf der schönsten Blumenwiese, die es meiner Meinung nach gibt. Alle möglichen Arten sind vertreten, von Rosen bis hin zum kleinsten Vergissmeinnicht. Und alle reihen sich in einem harmonischen Farbverlauf aneinander. Von Violett zu Rot über Pink bis hin zu Himmelblau. Am herausstechensten sind allerdings die riesigen Sonnenblumen in der Mitte des Platzes. Grace' Lieblingsblumen. Und damit auch meine.

Man würde nie im Leben auf die Idee kommen, dass dies das Werk eines sechsjährigen kleinen Mädchens ist. Ich genieße den kurzen Moment der Ruhe und schließe meine Augen. Der Duft von hundert verschiedenen Blumen steigt mir in die Nase, und obwohl sie alle so unterschiedlich sind, ergeben sie ein wunderbares Zusammenspiel. Eines muss man Grace lassen, sie hat ein Händchen für Pflanzen. Überhaupt scheint sie der Natur, selbst an so einem tristen Ort wie dem Schwarzen Loch, viel näher zu sein als sonst irgendwer, den ich kenne. Selbst unter den lebenden Menschen habe ich kaum jemanden gesehen, dessen Leidenschaft und Hingabe für die Umwelt sich mit der von Grace messen kann. Ich schüttle leicht den Kopf, angesichts dieser verrückten Tatsache. Lächelnd greife ich nach der Wäscheschüssel vor mir auf dem Boden und angele eine der Tischdecken heraus, um sie auf der Wäscheleine, die sich über den gesamten Platz erstreckt, aufzuhängen. Plötzlich vernehme ich Grace' Stimme hinter mir. Ich höre an dem lauten Fußgetrappel, wie sie und die anderen Kinder zu mir stoßen. Ich drehe mich zu ihnen um und kann mir ein Lachen nicht verkneifen, als ich Grace sehe. Singend und halb hüpfend, halb tanzend, rennt sie mir entgegen. In den Händen hält sie ein riesiges weißes Bettlaken, das wie eine Fahne hinter ihr her weht. Die anderen Kinder stürmen ihr wie eine wild gewordene Herde hinterher und klatschen für sie den Takt oder singen und summen mit ihr.

Einige von ihnen tragen ebensolche Wäschekörbe wie ich einen habe, andere tragen die Wäsche direkt auf den Armen. Sie alle erinnern mich an eine große glückliche Familie, keinem einzigen von ihnen sieht man den schrecklichen Verlust des Lebens an.

Besonders Grace. Von allen strahlt sie am hellsten. Verstohlen wische ich mir eine Träne aus den Augenwinkeln. Sie haben es nicht verdient, hier im Waisenheim gefangen zu sein. Sie gehören zu ihren Seelen und ihre Seelen zu ihren Körpern. Es kann einfach nicht richtig sein, dass sie getrennt voneinander leben. Mehr noch, ich fühle es tief in mir drin. Diese Trennung ist falsch, der Riss in mir drin bestätigt dieses Gefühl. Wenn wir tatsächlich getrennt sein sollen, unser Körper, Geist, und unsere Seelen, warum verdammt noch mal tut es dann so weh? Automatisch frage ich mich, ob unsere Seelen uns ebenso sehr vermissen wie wir sie. Gleichzeitig bezweifle ich, dass sie genauso leiden, denn wenn sie es täten, würden sie uns ja nicht hier verrotten lassen, oder?

Nachdenklich runzle ich die Stirn. Aber was wäre, wenn die Seelen dazu gezwungen werden? Wenn sie vielleicht gar nichts dafür können, weil der natürliche Kreislauf des Lebens sie dazu zwingt? Wir geben immer automatisch anderen die Schuld, das ist mir klar, denn als allerletztes suchen wir das Problem bei uns selbst. Wir haben uns unsere Lage selbst zu verdanken.

Die Erkenntnis legt sich wie ein schwerer Stein auf meine Brust und raubt mir den Atem. Meine Augenlider flattern und ich begreife, dass ich dabei bin, ohnmächtig zu werden. Die Dunkelheit fährt ihre Krallen nach mir aus und gibt mir das Gefühl, dass meine Augen wie zwei Planeten unnütz in ihren Höhlen hin und her rollen. Meine Sicht verschwimmt, alles dreht sich. Ich weiß nicht einmal mehr, ob ich überhaupt noch stehe, bis meine Beine plötzlich unter mir nachgeben. Den Aufprall auf dem Boden spüre ich kaum. Das Gefühl des Vermissens überlagert alles andere. Mein Kopf und mein totes Herz sind gänzlich erfüllt von nur dieser einen Empfindung. Und von Verzweiflung, tiefer Verzweiflung.

In mir zieht sich alles schmerzhaft zusammen und Krämpfe schütteln mich durch. Mein Körper verlangt, eher verzehrt sich nach etwas von mir, was ich ihm niemals wieder geben kann.

Einen Herzschlag.

Kaum eine Sekunde später hören die Krämpfe auf und ich gebe mich

erleichtert der Ruhe und Trost versprechenden Dunkelheit hin.

Ich zittere, obwohl mir gar nicht kalt ist. Eher das Gegenteil ist der Fall. Adrenalin pumpt durch meine Adern und mein Herz galoppiert mir regelrecht davon. Dennoch überdeckt kalter Angstschweiß meine nackten Arme und lässt mich frösteln.

Wo bin ich?

Grau-weiße Nebelschwaden verschleiern meine Sicht, die Luft hingegen riecht nach Abgasen und in der Ferne glaube ich Straßenlärm zu hören. Verwirrt schlinge ich die Arme um meinen Körper, in der Hoffnung, mich dann weniger einsam zu fühlen. Ich mache einen überraschten Satz zur Seite, als aus dem Nichts ein großes schwarzes Auto mit quietschenden Reifen vor mir zum Stehen kommt. Autotüren werden aufgerissen und ein markerschütternder Schrei zerreißt die Luft um mich herum. Ich habe das Gefühl, dass selbst der Boden unter ihm erzittert. Jemand schreit verzweifelt um Hilfe, doch ich kann nichts außer ein paar schemenhaften grauen Gestalten erkennen. Trotzdem kommt mir das Ganze unheimlich bekannt vor, wie ein Déjà-vu. Als ein weiterer Schrei ertönt, der eindeutig einem kleinen Kind gehört, kann ich nicht länger ruhig stehen bleiben. Egal, was da gerade passieren mag, ich muss einfach eingreifen. Mehrere Schüsse ertönen, und das ist der Moment, in dem ich ungeschickt vorwärts stolpere. Hektisch drehe ich mich um mich selbst und strecke die Hände nach den grauen Schatten aus, doch ich fasse ins Leere. Stattdessen trete ich in etwas Nasses und rutsche beinah darauf aus. Neben mir taucht in letzter Sekunde ein altes rostiges Geländer auf, an dem ich mich gerade so noch festhalten kann. Im ersten Moment bin ich froh darüber, im zweiten noch mehr, als ich sehe, worauf ich beinah ausgerutscht wäre. Eine riesige Blutlache breitet sich zu meinen Füßen hin aus, sickert in meine Schuhe hinein und benetzt den Saum des weißen Kleides, das ich trage. Das eindringliche Rot leuchtet geradezu auf dem hellen Stoff. Einen kurzen Augenblick bleibt mir vor Entsetzen die Luft weg, als ich bemerke, wie das Blut sich immer weiter ausbreitet, meine Knöchel umspült und letztendlich das Geländer hinter mir tiefrot färbt.

»ZU SPÄT! DU BIST ZU SPÄT!«, grollt eine tiefe Männerstimme und ich reiße erschrocken den Kopf hoch.

Ein bedrohlich aussehender dunkler Schatten steht nicht weit von mir entfernt und zeigt wütend mit seinem Finger auf mich.

»DU. HAST. MICH. NICHT. AUFGEHALTEN!«, brüllt er. Jedes seiner Worte gleicht einem Gewehrschuss und lässt mich wie ein Reh im Scheinwerferlicht vor ihm erstarren. Seine Schritte verursachen laute patschende Geräusche, als er mitten durch die Blutlache auf mich zu läuft. Langsam, aber sicher bekomme ich es mit der Angst zu tun. Blut spritzt in alle Richtungen davon, und ich spüre, wie ein paar Tropfen sogar auf meinem Gesicht landen. Ich widerstehe dem Drang sie wegzuwischen, denn tief in mir spüre ich, dass ich tatsächlich schuld daran bin, dass es geflossen ist. Ein eisiger Schauer erfasst mich, als seine wuchtige Gestalt immer näher kommt. In seiner ausgestreckten Hand hält er bestenfalls ein Messer, schlimmstenfalls jene Waffe, mit der zuvor geschossen wurde. Ängstlich weiche ich weiter zurück und stoße mit dem Rücken gegen das kühle Metall des Geländers. Wie spitze Eisnadeln bohrt sich die Kälte in meine Glieder und lässt mich erschaudern. Ich wage es, mich einen Moment von meinem Gegner abzuwenden, und werfe einen Blick über die Schulter. Endlich sehe ich etwas ganz klar vor mir. Graublaues tosendes Wasser, welches sich in einen Strom verwandelt, der alles mit sich reißt, was ihm in die Quere kommt. Ich schlucke schwer, als mir klar wird, was das bedeutet. Aber habe ich überhaupt eine andere Wahl? Das Einzige, was ich weiß, ist, dass mich dieser Mann niemals in die Finger bekommen darf. Wenn das geschähe, wäre ich für immer verloren. Ohne zurückzublicken, klettere ich auf das Geländer und schwinge meine Beine auf die andere Seite. Doch bevor ich springen kann, ruft jemand hinter mir meinen Namen.

»Kaithy!«

Die Stimme klingt ebenfalls männlich, allerdings sehr viel freundlicher als die des Waffenmannes, und noch viel wichtiger, reichlich verzweifelter. Erstaunt drehe ich mich um und glaube meinen eigenen Augen nicht zu trauen. Die finstere Schattengestalt mit der Waffe scheint sich zweizuteilen, als hätte man sie in der Mitte zerschnitten. Die Hälften klaffen auseinander und plötzlich stehen zwei Schatten vor mir. Einer zielt mit der Waffe direkt auf mich, der andere hält mir aus unerfindlichen Gründen seine Hand entgegen. Ich vermute, dass er es war, der mich mit meinem Namen ansprach. Als hätte er meine Gedanken gelesen, macht er einen vorsichtigen Schritt auf mich zu.

»Bitte, spring nicht! Lass mich dir helfen!«, verlangt er, und sein eindringlicher flehender Ton lässt mich zögern. Was ist, wenn er mir tatsächlich helfen kann, ja, es vielleicht sogar schafft, den Mann mit der Waffe so lange aufzu-

halten, dass ich fliehen kann? Misstrauisch lege ich die Stirn in Falten. Kann ich ihm überhaupt trauen? Was, wenn das nur eine Falle ist, um mich letzten Endes doch noch in die Finger zu bekommen? Schließlich ist er vorher mit dem Waffenmann ein und dieselbe Person gewesen ...

Und niemand kann eine dermaßen gespaltene Persönlichkeit besitzen!

Oder vielleicht doch ...?

Ich schüttle den Kopf angesichts dieses irrsinnigen Gedankens. Am besten, man vertraut immer nur sich selbst, dann kann man am wenigsten falsch machen. Eine innere Ruhe erfasst mich, meine Entscheidung ist gefallen. Ich schließe die Augen und breite die Arme aus. Die Hoffnung, dass aus ihnen Flügel wachsen, habe ich zwar aufgegeben, dennoch lasse ich mich rücklinks in die Tiefe fallen.

Das erste, was ich höre, als ich wieder zu mir komme, ist Grace' verzweifeltes Schluchzen. Etwas Schweres lastet auf meiner Brust und ich bekomme nur wenig Luft. Das macht den Umstand, dass ich mich immer noch leicht benommen und zittrig fühle, nicht gerade besser. Ich will etwas sagen, doch es kommen nur eine Reihe würgender Geräusche aus meinem Mund. Mein Hals fühlt sich an, als hätte ich mit Sandpapier gegurgelt. Der Versuch, meine Augen zu öffnen, erweist sich als noch schwieriger. Meine Wimpern scheinen sich miteinander verklebt zu haben und ich muss mehrmals blinzeln, um ein klares Bild zu bekommen. Endlich erkenne ich auch den Grund dafür, warum ich so schlecht Luft bekomme. Ein Kopf mit großen wuscheligen Locken liegt auf mir und ich identifiziere ihn als Grace' Kopf. Sie liegt schräg auf mir drauf und umklammert mich wie einen Sumoringer beim Endkampf. Ich höre ihre leisen Tränen und spüre, wie sie mein Kleid durchnässen, doch es ist mir gleich. Das Einzige was für mich zählt, ist ihr ihre Sorgen zu nehmen.

Ich kann es nicht ertragen, sie so traurig zu sehen. Ich sollte schließlich diejenige sein, die sie beschützt, die sie tröstet und sich um sie kümmert, wenn es ihr nicht gut geht. Nicht andersherum. Mit diesem Gedanken schaffe ich es endlich, meine Hand zu heben und leicht ihren Kopf zu tätscheln.

»Hey«, bringe ich mühevoll das kleine Wort zustande, auch wenn es sich in meinem Mund immer noch seltsam anfühlt. Wie vom Blitz getroffen, springt Grace auf und dreht sich zu mir um. Ihre Locken wirbeln dabei wild umher und erinnern mich an den Heiligenschein eines Engels. Mühevoll verzieht sich mein Mund zu einem Lächeln. Es tut so gut, nach diesem fürchterlichen

Albtraum ihr Gesicht zu sehen. Auch wenn ihre Wangen und Augen vom vielen Weinen ganz gerötet sind.

»Kaithy!«, stößt sie unter einem weiteren lauten Schluchzer hervor und zwingt mich ein eine feste Umarmung. Ich keuche erschrocken auf und schaffe es gerade noch so ein Husten zu unterdrücken, aber Grace bemerkt es natürlich trotzdem.

»Bitte entschuldige, war das zu fest?« Besorgt sieht sie mich an.

»Oh, warte, du hast sicher Durst, oder?« Beinah hektisch rutscht sie von meinem Bett hinunter und kommt kaum eine Sekunde später mit einem Glas Wasser in der Hand zurück. Erleichtert will ich danach greifen, aber meine motorischen Fähigkeiten sind anscheinend immer noch eingeschränkt, denn ich verfehle das Glas um einige Zentimeter. Ein kleiner Schwall Wasser schwappt über die Bettdecke, doch bevor das Glas vollständig umkippt, hält Grace es auf.

»Oje. Gott, Kaithy, das tut mir so leid! Ich hol schnell etwas zum Trocknen!«

»Ach, lass nur«, wiegle ich ab, »ist doch nur ein bisschen Wasser, das trocknet auch von allein.«

Sie zuckt mit den Schultern und greift abermals nach dem Wasserglas, um es mir diesmal behutsam an die trockenen Lippen zu führen. Ich hätte nicht gedacht, dass Trinken tatsächlich einmal so schwer sein würde. Das kühle Nass, welches meine Kehle hinunterrinnt, ist eine Wohltat, aber schmerzhaft zugleich. Ich fühle mich völlig ausgedörrt, als hätte ich tagelang nichts zu trinken bekommen, dabei kann das letzte Mal nur ein paar Stunden her sein. Dennoch ist das Glas meiner Meinung nach viel zu schnell leer und ich bitte Grace um mehr.

»Mach erstmal eine kurze Pause, zu viel des Guten und du spuckst alles gleich wieder aus!«, ermahnt sie mich, füllt aber das Glas erneut und stellt es auf einem Nachttisch ab. Als ich versuche mich aufzusetzen, ist Grace sofort zur Stelle und hilft mir dabei, indem sie mir noch ein zusätzliches Kissen hinter den Rücken schiebt.

»Danke«, erwidere ich leise. Sie sollte sich *wirklich* nicht so um mich kümmern. Aber ich weiß genau, wie sehr es sie verletzen würde, wenn ich sie jetzt bitten würde zu gehen. Ich seufze schwer und blicke mich erstaunt um. Ich hatte angenommen, in meinem Zimmer zu sein, doch stattdessen liege

ich tatsächlich im Krankenzimmer des Heims. Wenige Kerzen in Laternen erhellen den Raum und sorgen für ein schummriges Licht.

»Grace«, frage ich, »was genau ist eigentlich passiert? Ich weiß nur noch, wie alles schwarz um mich herum wurde und ich in Ohnmacht gefallen bin.«

Betreten senkt sie ihren Blick und spielt an unserem herzförmigen Freundschaftsanhänger, den sie im Gegensatz zu mir an einem zarten glänzenden Armkettchen trägt.

»Es war schrecklich. Du bist einfach umgefallen, als wärst du ein Baum und man hätte dich gefällt. Wir sind alle sofort zu dir gerannt. Wie eine Verrückte hast du um dich geschlagen und gezittert. Deine Haut war eiskalt.«

Die letzten Worte kommen nur noch geflüstert über ihre Lippen. Mit der halben Pobacke setzt sie sich wieder auf die Bettkante und nimmt meine Hände in die ihren, wie um sich zu vergewissern, dass sie jetzt nicht mehr kalt sind.

»Du hattest wieder einen dieser Albträume, oder?«

Es ist mehr eine Feststellung als eine Frage, dennoch nicke ich.

»Mitten am Tag. Der zweite innerhalb von weniger als 24 Stunden«, analysiert sie.

»Es wird schlimmer«, spreche ich aus, was sie nicht zu sagen wagt. Als ich den Blick hebe, sehe ich pure Verzweiflung in dem ihren.

»Wie bin ich eigentlich hierhergekommen?«, wechsle ich das Thema, in der Hoffnung, dass Grace die Sache mit den Albträumen vorerst auf sich beruhen lässt. Denn ihre nächste Frage würde sich mit Sicherheit erneut darum drehen und bevor ich ihr davon erzähle, drehe ich mich lieber dreimal im Grab um. An ihrem Gesicht lese ich ab, dass sie den Wink mit dem Zaunpfahl verstanden hat, auch wenn sie ihn nur ungern annimmt. Sie wirkt traurig und ich weiß, dass sie enttäuscht darüber ist, dass ich mich ihr nicht anvertrauen will. Es bricht mir das Herz, aber es muss sein. Ich kann ihr einfach nicht noch mehr über diese Träume erzählen. Einmal ausgesprochen, werden sie zu einer unbestreitbaren Wahrheit, zu Realität. Und die Realität war mein bisher einziger Schutz vor ihnen. Wenn ich diesen verliere, weiß ich mir nicht mehr zu helfen.

Dann bin ich endgültig verloren. Verloren in mir selbst.

Aber womöglich bin ich das längst.

Kapitel 10

Einen Augenblick starrt sie mich noch mal prüfend an, in der Hoffnung, dass ich vielleicht doch noch mit ihr rede, was so schnell nicht passieren wird. Dessen bin ich mir sicher.

»Also«, beginnt sie, »wir waren gerade dabei, dich in die stabile Seitenlage zu bewegen, als die Sammlertruppe um die Ecke kam, und uns den letzten Rest an Wäsche brachte, der gerade fertig geworden war. Als Schattenmann dich dann so auf dem Boden liegen sah, konnten keine zehn Pferde ihn mehr aufhalten, dich sofort in die Krankenstation zu bringen. Ich bin gleich hinterher, und das war auch gut so! Du hättest mal sehen sollen, wie er die arme Krankenschwester angeschrien hat. Die wusste gar nicht, wie ihr geschah. Ich musste sie danach erstmal wieder beruhigen.« Grace lacht auf und auch ich kann ein Lächeln nicht länger unterdrücken. Gleichzeitig spüre ich die Hitze in meine Wangen schießen. Schattenmann hat mich durch das halbe Waisenhaus auf seinen Armen getragen. Ein bisschen peinlich ist mir das schon. Ich beiße mir auf die Unterlippe.

»Und wie lange habe ich ...?« Das letzte Wort bleibt mir im Hals stecken. »Geschlafen« klingt einfach zu harmlos, für das, was tatsächlich in mir passiert ist. Also lasse ich den Satz einfach in der Luft schweben, doch Grace versteht mich trotzdem.

»Ein paar Stunden«, ist ihre zögerliche Antwort, die mich misstrauisch werden lässt.

»Und wie spät ist es jetzt?« Argwöhnisch ziehe ich eine Augenbraue in die Höhe. Grace schluckt sichtlich.

»So gegen elf Uhr«, murmelt sie so leise, dass ich es kaum höre. Und ich begreife, dass sie mit Sicherheit nicht elf Uhr vormittags meint, sondern nachts.

»Grace! Du solltest um diese Zeit längst in deinem Bett sein und schlafen!«
Entschuldigend zuckt sie mit den Schultern.

»Irgendjemand muss doch bei dir bleiben, und ich wollte da sein, wenn
du aufwachst«, erwidert sie zerknirscht. »Und abgesehen davon, hatte ich
wahnsinnige Angst um dich. Angst, dass du vielleicht nie wieder aufwachst.«
Tränen laufen ihr übers Gesicht und meine Wut verfliegt so schnell, wie sie
gekommen ist. Natürlich hatte sie Angst! Wäre ich an ihrer Stelle gewesen,
ginge es mir kaum anders. Wenn sie krank ist, bekommt mich schließlich
auch nichts und niemand von ihrem Bett weg. Mitfühlend ziehe ich sie in
eine Umarmung und merke erstaunt, dass es mir schon wieder deutlich besser
geht. Offenbar hat das Wasser Wunder bewirkt.

»Pssscht. Ist ja schon gut«, sage ich und streiche Grace beruhigend über
den Kopf. Ich mag mir kaum vorstellen, wie sehr sie gelitten haben muss. Der
vertraute Erdbeerduft ihres Shampoos steigt in meine Nase und schenkt mir
ein Gefühl von Geborgenheit. Ich wünschte, dieser Moment könnte ewig
andauern.

»Sag mal, wo ist eigentlich Schattenmann abgeblieben? Oder hat er mich
gar nicht vermisst?«, frage ich schelmisch, um sie von ihrem Kummer abzu-
lenken. Grace schnieft ein paar Mal und sieht mich dann belustigt aus ihren
verquollenen Augen an.

»Oh, glaub mir, ihn hier wegzubewegen war nicht leicht. Er hat die ganze
Zeit wie festgeklebt auf diesem Stuhl gesessen und dich keine Sekunde aus
den Augen gelassen.« Mit dem Kopf deutet sie in Richtung eines alten
ledernen Stuhls, der direkt neben dem Nachtisch steht.

»Wie hast du ihn denn wegbekommen?«
Nachdenklich runzle ich die Stirn, als Grace abermals beginnt, nervös an
ihrem Freundschaftsanhänger herumzuspielen und meinem Blick ausweicht.

»Grace!«, ermahne ich sie und mache eine auffordernde Handbewegung,
als Zeichen, dass sie endlich mit der Sprache herausrücken soll. Sie verzieht
widerwillig das Gesicht, beginnt allerdings zu erzählen.

»Sagen wir es so: Er bereitet gerade den Testlauf für unseren Ausbruch vor,
der morgen Abend stattfindet ...«

»WAS? Schon morgen? Wir haben doch noch nicht mal einen Plan! Wie
soll das bitte funktionieren, Grace?«

Ich bin fassungslos und entsetzt zugleich. Was zum Henker haben die zwei

während meiner Abwesenheit ausgetüftelt? Ich komme mir mehr als nur etwas übergangen vor und starre Grace entgeistert an. Sie erwidert meinen Blick mit einer ruhigen Bestimmtheit und ich erkenne, dass die Entscheidung längst gefallen ist. Wegen meiner *Ohnmachtsanfälle* habe ich wohl jegliches Mitspracherecht verwirkt. Na, schönen Dank auch! Mir passt es gar nicht, dass die beiden einfach so über meinen Kopf hinweg entschieden haben, und ich weigere mich, die Notwendigkeit darin zu sehen. Das wird definitiv noch ein Nachspiel geben. Grace kann ich vielleicht nicht böse sein, sie ist ein Kind und macht sich nur Sorgen, aber mit Schattenmann kann ich später durchaus noch ein Hühnchen rupfen. Er ist reif genug, um zu wissen, wie wichtig eine gründliche Vorbereitung ist, und dass man sich bei so etwas Kompliziertem, wie dem Ausbruch aus einem Schwarzen Loch, nicht von seinen Gefühlen leiten lassen sollte.

»Sei ihm nicht böse«, bittet Grace, als hätte sie meine Gedanken gelesen.

»Warum?«, presse ich zwischen zusammengekniffenen Lippen hervor und werfe ihr einen mürrischen Blick zu.

»Er macht sich auch nur Sorgen. Und er mag dich, sehr sogar.«

Sie wird rot. »Das sieht selbst ein Blinder, und wenn du das immer noch nicht kapiert hast, bist du ein Dummkopf«, rügt sie mich liebevoll und springt von meinem Bett hinunter. Überrascht schaue ich sie an. Ich hatte nicht mal geahnt, dass Grace sich überhaupt schon für dieses Thema interessieren würde, geschweige denn die Stimmungen richtig deuten kann. Bedächtig streicht sie ihr Arbeitskleid glatt und wendet sich zum Gehen. Bevor sie die Krankenstation verlässt, dreht sie sich noch einmal zu mir um.

»In zwei Stunden komme ich wieder. Dann besprechen wir gemeinsam mit Schattenmann den Plan und führen den Testlauf durch.« Ihre Stimme duldet keine Widerrede und ich nehme es schweigend und mit verblüffter Miene zur Kenntnis. Mit einem freundlichen »Bis dann« rauscht sie aus dem Raum und die schwere Eisentür fällt krachend hinter ihr ins Schloss.

Ohne sie ist es plötzlich unerträglich still im Raum. Ich bin völlig allein in dem kreisrunden Saal mit den leeren Stahlbetten. Zurzeit scheint wohl niemand außer mir ein Krankenbett zu benötigen. Dann kann uns immerhin niemand bei dem besagten Testlauf stören. Wie auch immer dieser aussehen mag. Ich bin sicher, das werde ich noch früh genug herausfinden. Mein Blick bleibt an der Tür hängen, hinter der Grace verschwunden ist.

Ich wünschte, sie wäre bei mir geblieben. Ohne sie komme ich mir so schrecklich allein vor. Allein mit meinen Gedanken, die ebenso schwer auf mir lasten wie meine Albträume. Ich lasse die letzten Stunden vor meinen Augen Revue passieren, um meine Gedanken in Ruhe zu ordnen und um den Tatsachen ins Gesicht zu sehen.

Tatsache Nummer eins: Ich bin ohnmächtig geworden, und zwar mitten am Tag!

Tatsache Nummer zwei: Ich hatte einen weiteren dieser komischen Albträume, die sich in einem bestimmten Punkt ähneln, aber meist genauso viele Unterschiede aufweisen. Ich habe zwar schon einmal davon gehört, dass Träume wohl geheime Botschaften übermitteln sollen, aber erst jetzt beginne ich daran zu glauben. Denn ich werde das Gefühl nicht los, dass diese Träume mir irgendetwas sagen sollen, und ich nur noch nicht verstanden habe, was. Dieser Mann mit der Waffe ... Er will mir einfach nicht aus dem Kopf gehen. Und wie er sich so plötzlich zweigeteilt hat. Nachdenklich wälze ich mich auf die andere Bettseite und rücke mein Kissen zurecht. Eine Waffe steht für mich automatisch immer für Gefahr. Egal, wie ich es drehe und wende. Aber der zweite Schatten hielt mir seine Hand entgegen, wie um mir zu helfen. Im Traum hatte ich beschlossen, nur mir selbst zu vertrauen, eine durchaus logische und Kaithy-typische Entscheidung. Aber was, wenn genau dieses Handeln mein Fehler war? Was wäre passiert, wenn ich die Hilfe des zweiten Schattens angenommen hätte?

Nervös kaue ich auf meiner Unterlippe herum. Warum mache ich mir überhaupt Gedanken darüber? Es ist schließlich nur ein Traum. Ich bin und bleibe nun einmal tot. Egal, welchen Weg ich wähle.

Ein bitterer Geschmack macht sich in meinem Mund breit. Das Leben ist so verdammt ungerecht. Dennoch kann ich es nicht verhindern, dass sich ein kleiner hoffnungsvoller Gedanke in meinem Kopf einnistet. Die Vergangenheit kann man zwar nicht ändern, aber man kann aus ihr lernen. Und lernen tut man nur, wenn man die Möglichkeit auf eine Zukunft besitzt. Eben jene, von der ich dachte, sie hier im Waisenheim nicht mehr zu haben.

Aber was ist, wenn das gar nicht stimmt und meine Träume in Wirklichkeit ein Weckruf sind? Denn Fakt ist, wir werden irgendwie aus diesem Schwarzen Loch entkommen. Schattenmann hat bisher immer einen Weg gefunden, das Unmögliche möglich zu machen. Warum nicht auch jetzt? Und in der

Galaxie wartet eine ganz neue Welt und somit auch endlich unsere Zukunft auf uns.

Ich klammere mich an dem Gedanken fest wie ein kleines Kind an seiner Mutter. Ich habe die irrsinnige Hoffnung, dass wenn ich nur fest genug daran glaube, es auch wahr wird. Gleichzeitig habe ich riesige Angst davor, dass meine Hoffnungen enttäuscht werden könnten. Ich würde tiefer fallen als je zuvor. Leise seufze ich auf und schließe die Augen. Doch bevor ich in das Land der Träume gleite, fällt mir noch eine weitere Tatsache ein. Ich mag es vielleicht nur ungern zugeben, aber Grace und Schattenmann haben richtig entschieden, die Planung des Ausbruchs und den Ausbruch selbst vorzuverlegen.

Etwas droht mich von innen heraus zu zerreißen und ich weiß nicht, wie lange ich das noch aushalte. Denn auch wenn ich dieses Mal aus meinem Ohnmachtsanfall erwacht bin, heißt das nicht, dass ich dies beim nächsten Mal auch noch schaffe. Was ist, wenn ich einfach weiter schlafe und dann für immer in meinen Albträumen gefangen bin?

Allein der Gedanke daran lässt mich erschaudern. Mein Bedürfnis nach Traumtoden ist für eine längere Zeit definitiv gedeckt.

Missmutig kuschle ich mich in die Bettdecke und hülle mich in sie ein wie eine Raupe in ihren Kokon. Auch wenn ich vorher schon Stunden geschlafen haben muss, fühle ich mich unglaublich erschöpft, als hätte ich an einem Marathon teilgenommen. Während ich bereits am Wegdämmern bin, schleicht sich auch noch eine letzte Tatsache in meinen Kopf, in welcher ich Grace Recht gebe:

Denn inzwischen habe ich erkannt, dass Schattenmann womöglich wirklich mehr für mich ist als bloß mein bester Freund. Und ich bin ein Dummkopf, weil ich ihm vor zwei Tagen genau das Gegenteil im Streit gesagt habe.

Kapitel 11

Knappe zwei Stunden und eine erstaunlich erholsame Schlafrunde später, komme ich mir vor wie bestellt und nicht abgeholt. Mein einziger Zeitvertreib ist das Anstarren der Zeiger meiner Armbanduhr, die ich in der Tasche meines Arbeitskleides gefunden habe. Nach dem Schlafen geht es mir wider Erwarten deutlich besser als vorher. Mich haben weder irgendwelche Albträume noch sonst etwas gestört, was ich als einen kleinen Erfolg verbuche. Ich habe es sogar geschafft, mich selbstständig anzuziehen und ohne Probleme noch zwei weitere Gläser Wasser zu trinken. Es blieb sogar noch genügend Zeit, mir meine Haare zu einem Zopf zu flechten, damit sie mich nachher nicht bei der Durchführung des Testlaufes behindern. Jetzt allerdings sitze ich abwartend auf der Kante meines Bettes und lasse die Beine baumeln. Genervt stöhne ich nach einem weiteren Blick auf die Uhr auf. Grace ist inzwischen fast eine halbe Stunde zu spät. Unruhig zapple ich mit den Beinen, bis ich es schließlich nicht mehr aushalte und auf die Füße springe. Ich war zwar noch nie ein Fan davon, hin- und herzulaufen, aber gerade ist es ein erstaunlich guter Katalysator, um meiner Anspannung etwas Luft zu machen. Ich will gerade zum gefühlt hundertsten Mal auf die Uhr schauen, als die Tür aufgerissen wird und Grace hereinplatzt.

»Oh, gut, du bist schon angezogen«, ist ihr einziger Kommentar, während sie sich mein Handgelenk schnappt und so mit mir durch die Tür hechtet.

»Hey, was soll das bitte?!« Empört reiße ich mich los. Statt darauf einzugehen, nimmt sie mich abermals bei der Hand und zieht mich ungerührt und in geduckter Haltung weiter.

»Pssssstttt«, herrscht sie mich an und legt beschwörend einen Finger auf ihre Lippen. »Später!«, zischt sie und linst um die nächste Ecke. In der Hand hält sie ein kleines Feuerzeug, mit dem sie den Weg erleuchtet.

Jetzt höre ich sie auch. Leise Schritte, die eilig den Gang entlanglaufen. Direkt in unsere Richtung. Panisch ziehe ich Grace am Ärmel, als Zeichen, dringend von hier zu verschwinden, doch sie schüttelt stur den Kopf.

»Das ist Oma Mel. Sie kümmert sich gerade um Christie. Ihr ist schlecht geworden und nun kotzt sie sich die Seele aus dem Leib. Oma Mel holt aller paar Minuten wieder einen frischen Waschlappen und vermutlich auch einen neuen Spuckeimer für sie. Deswegen komme ich auch erst so spät.«

Ich nicke. Jetzt ergibt das Ganze auch einen Sinn. Im ersten Stockwerk gibt es nur sehr wenige Schlafräume, die alle in einem breiten Gang hintereinander liegen. Und in einem der Seitengänge befindet sich die Krankenstation. Deshalb besteht die Chance, dass wenn Grace und ich uns ganz dicht an die Ecke der Wand pressen, uns Oma Mel nicht sieht, weil sie den Schlafsaalkorridor einfach weiter entlanglaufen wird. Trotzdem ist es reichlich riskant. Auch wenn Oma Mel uns wahrscheinlich nicht an die Heimleiterin verpfeifen wird, würde es damit enden, dass ich wieder zurück zur Krankenstation muss und Grace in ihr Bett. Und noch mehr Verzögerungen können wir uns nicht leisten. Schattenmann wartet sicher schon auf uns und fragt sich, wo wir bleiben. Grace schaut abermals um die Ecke, duckt sich aber genauso schnell wieder zurück, macht das Feuerzeug aus und presst sich flach an die Wand. Ich mache es ihr sofort nach und halte vor Aufregung die Luft an. Oma Mels Schritte hallen jetzt laut und klar als Echo von den Wänden wider und ich kann nicht widerstehen, zur Seite zu schielen. Einen kurzen Augenblick später eilt ihre in einen rosa Morgenmantel gekleidete Gestalt zielstrebig an uns vorbei den Gang entlang. Einen alten Eimer in der einen und einen Kerzenleuchter in der anderen Hand. Ich atme erleichtert aus und löse mich von der Wand. Das hätte sowas von schiefgehen können.

»Warum schleichen wir uns eigentlich raus? Könnte Schattenmann nicht einfach zu uns kommen? In der Krankenstation wären wir ungestört gewesen …«, frage ich Grace, die bereits auf leisen Sohlen den Schlafkorridor bis an dessen Ende entlangläuft.

»Beeil dich einfach! Wenn wir draußen sind, erklär ich es dir!«, ruft sie so laut sie kann, ohne dass man uns hört. Widerwillig folge ich ihr und gemeinsam rutschen wir auf dem Treppengeländer ins Erdgeschoss. Dort müssen wir bedeutend weniger aufpassen erwischt zu werden, denn hier befinden sich lediglich das Büro der Heimleiterin, ein Gemeinschaftsraum

und der große Festsaal, welcher nur an Weihnachten seinen Nutzen findet. Als wir endlich nach draußen stolpern und die kühle Nachtluft sich wohltuend wie eine Decke um mich schmiegt, glaube ich endlich wieder richtig durchatmen zu können. Ich fühle mich gleich um einige Lasten erleichtert, auch wenn der Schein trügt. In Wahrheit erwarten mich vermutlich noch sehr viel mehr Komplikationen. Grace legt inzwischen einen sportlichen Sprint zu den Ställen hin und ich habe Mühe, ihr zu folgen. Aber das muss ich, wenn ich die versprochenen Antworten einfordern will.

»Schattenmann hat mir gesagt, es ginge nur draußen, der Testlauf könne wohl etwas lauter werden und wir brauchen angeblich den Himmel«, erklärt sie, als ich zu ihr aufschließe. Verständnislos schaue ich sie an, aber auch sie zuckt nur hilflos mit den Schultern.

»Mehr weiß ich auch nicht, ehrlich.«

»Hmm ...«, mache ich nur zustimmend. Sehr positiv scheinen diese Testlaufargumente ja nicht zu sein. Bleibt nur zu hoffen, dass er besser laufen wird, als zu erwarten ist. Dennoch bin ich mehr als nur neugierig, was Schattenmann sich da ausgedacht hat und welche Rolle wir dabei spielen sollen. Am liebsten würde ich Grace nach ihren Vermutungen fragen, aber da stehen wir auch schon vor den Pferdestallungen.

Ich gebe es nur ungern zu, aber dieser Ort eignet sich tatsächlich perfekt dafür, Geheimnisse, so auch unseren Ausbruch aus dem Heim, zu planen und zu besprechen. Die Stallungen liegen abseits des Haupthauskomplexes und führen zu einer großen breitflächigen Wiese, auf der die Pferde in Ruhe und ungestört grasen können. Hinter den morschen alten Holzzäunen, die die Koppel abstecken, beginnt der Tote Wald. All seine Bäume haben kohlrabenschwarze Stämme, und an den Ästen hängt nicht ein Blatt. Doch manchmal, wenn man ganz genau hinhört, kann man ein Phantomblätterrauschen hören, das einem eine ordentliche Gänsehaut beschert. Es gab wohl schon einige Verrückte, die in den Wald hinein, aber nie wieder herausgekommen sind. Manche behaupten, das Phantomrauschen der Blätter sei in Wahrheit das leise Flüstern ihrer verlorenen Gedanken, die um Hilfe für ihre Körper bitten. Und dass sie so lange im Wald umherirren, bis sie eines Tages selbst zu einem der schwarzen Bäume werden.

Gruseliger geht es meiner Meinung nach kaum.

Dennoch hat der Wald irgendetwas Anziehendes an sich. Er lockt einen

mit Freiheit, obwohl er einem diese in Wirklichkeit nimmt.

»Kaithy, du kannst später noch genügend Löcher in die Luft starren, jetzt komm endlich!«, ruft Grace, und zieht mich am Arm mit in den Stall. Als die Tür hinter mir zu fällt, ist es drinnen beinah noch finsterer als draußen, und meine Augen gewöhnen sich nur langsam an die Dunkelheit. Es dauert einen Moment, bis ich wenigstens ein paar Umrisse ausmachen kann. Aus der hintersten Box dringt ein matter Schein, und ich vermute, genau dort auch Schattenmann zu finden.

Einige Pferde wiehern als sie uns bemerken, aber die meisten bleiben zum Glück ruhig. Ich höre, wie Grace die Nase rümpft und kann ein leises Lachen nicht unterdrücken. Sie kann den Geruch von Pferden und besonders deren Mist nicht ausstehen, doch ich finde ihn nicht weiter schlimm. Ich mag die Arbeit mit diesen Tieren, und meine Lieblingsstute Mira zu reiten, ist eines der wenigen Dinge hier, die mir Spaß machen und die ich liebe. Besonders, wenn Schattenmann sich den sturen Hengst Calleo schnappt und wir ein Wettreiten veranstalten.

»Da seid ihr zwei ja endlich! Was hat bitte so lange gedauert?«, tönt Schattenmanns verärgerte Stimme aus der Stallbox, noch bevor ich diese aufstoßen kann. Ich verdrehe die Augen.

»Nette Begrüßung«, erwidere ich, als ich die Box betrete. Grace gluckst leise und lässt sich im Schneidersitz auf dem Boden nieder. Ich schließe leise die Tür hinter uns und setze mich dann zwischen die beiden. Der Boden ist bequemer, als ich zuerst dachte. Schattenmann hat ihn mit frischem Heu gestreut und darüber eine große Picknickdecke ausgebreitet. Ein bisschen piekst es zwar noch, aber angenehmer als der kalte Betonboden ist es allemal. Wir sitzen in einem kleinen Kreis zusammen und in der Mitte hat Schattenmann eine Kerzenlaterne gestellt, damit wir wenigstens etwas Licht hier drin haben.

»Wie geht es dir?«, fragt Schattenmann nun deutlich sanfter und sieht mich besorgt an.

»Soweit wieder ganz okay.« Es liegt mir auf der Zunge, ihm genau dieselbe Frage zu stellen. Denn mir ist nicht entgangen, dass er sich sogar jetzt noch in seiner verfestigten schwarzkörnigen Gestalt befindet und das kann alles andere als normal sein. Ob mein erneuter Ohnmachtsanfall wieder damit zu tun hat? Ich nehme mir fest vor, Schattenmann später nochmal darauf

anzusprechen, aber jetzt haben wir erst mal wichtigere Dinge zu besprechen. Ich räuspere mich und mache eine auffordernde Geste in seine Richtung, als Zeichen, mit dem Reden zu beginnen.

»Gut, dann fang ich am besten erst mal mit den Grundlagen an, bevor wir zum komplizierten Teil übergehen«, erläutert er und knackt angriffslustig seine Finger durch.

»Wie ihr wisst, befinden wir uns hier im Schwarzen Loch unserer Galaxie, woraus es angeblich kein Entkommen gibt. Deshalb habe ich mich schon vor einiger Zeit mit den Schwachstellen dieses Ortes beschäftigt. Dabei bin ich auf eine Sache gestoßen: unseren Himmel.«

»Unseren Himmel?«, echot Grace irritiert. Nachdenklich lege ich den Kopf schräg. Ich habe mit versteckten Portalen gerechnet, nicht mit so etwas Harmlosem wie unserem Himmel.

»Ja, der Himmel. Denn dies hier ist kein wirklicher Himmel, sondern mehr so eine Art große Gewitter-Tornadowolke aus kosmischem Staub, die uns gefangen hält und uns durchs All transportiert. Von außen ist sie sogar unsichtbar, weil sie jegliches Licht absorbiert. Also ein Tornado, der nicht nur Gegenstände einfängt, sondern alles, was ihn umgibt.«

»Also, da fand ich den Himmelgedanken schöner«, unterbreche ich ihn und lächle schief.

»Danke dafür, Illusionszerstörer«, ergänzt Grace und boxt ihn spielerisch in die Seite.

»Wartet bitte mit euren Beschuldigungen, bis ich fertig bin. Denn genau diese Tatsache, dass der Himmel kein Himmel ist, können wir nutzen, indem wir eine einfache physikalische Reaktion erzeugen, die sich Schluckauf nennt.«

»Einen *Schluckauf*?«, spotte ich und ziehe eine Augenbraue in die Höhe. Schattenmann nickt, sieht über unsere misstrauischen Mienen hinweg und fährt mit seiner Erklärung fort.

»Einen Schluckauf erzeugen wir, indem wir einen Störfaktor im Schwarzen Loch einbringen. Diesem bleibt dann keine andere Wahl, als diesen Faktor entweder zu zerstören oder hinauszuwerfen. Und da eine Zerstörung aus Gründen, die ich euch gleich noch näher erläutern werde, nicht möglich sein wird, bleibt nur Option zwei, der Hinauswurf, übrig. Das ist unser Schluckauf. Und durch diesen wird ein Loch in die Himmelsdecke gerissen,

durch das wir drei dann in die unendliche Weite der Galaxie fliehen können, um uns auf die Suche nach unseren Erinnerungen zu machen.«

Vor Staunen steht mir der Mund offen. Der Plan klingt für mich noch reichlich theoretisch, kompliziert und unausgereift obendrein, aber dennoch scheint eine, wenn auch geringe, Möglichkeit zu bestehen, dass er funktioniert.

Grace ist bereits einen Gedanken weiter als ich.

»Und wie hast du dir diesen ›Störfaktor‹ vorgestellt? Ich meine, wo sollen wir bitte etwas finden, was so viel Macht besitzt, dass es die herrschende Ordnung im Schwarzen Loch so gravierend stören kann?«, fragt sie skeptisch.

»Ich habe ihn bereits gefunden«, erwidert Schattenmann seelenruhig.

»Dich, Grace. Du wirst unser Störfaktor sein.«

»*Ich*?!«, schreit sie schrill, während ich gleichzeitig »Sie?!« rufe. Entsetzt schaue ich Schattenmann an. Das kann nicht wirklich sein Ernst sein, oder? Wie war das gleich mit den zwei Optionen? Entweder, das Schwarze Loch vernichtet den Störfaktor oder es wirft ihn hinaus? In jedem Fall würde es Grace nicht nur in eine unglaubliche Gefahr bringen, sondern sie verletzen, wenn nicht sogar schlimmeres. Ich will gerade den Mund aufmachen, um zu protestieren, als Schattenmann mich mit einer gebieterischen Handbewegung unterbricht.

»Grace wird nichts geschehen! Es ist auch nicht sie selbst, sondern ihr Leuchten, was die Störung auslösen wird, wenn alles so klappt, wie ich es mir vorstelle.«

»Und was stellst du dir bitte vor?«, fragt Grace.

»Das Schwarze Loch absorbiert jegliches Licht, aber was wäre, wenn es ein Licht gäbe, welches sich nicht löschen lässt? Du hast dein inneres Leuchten nach deiner Seelenabgabe nie verloren, ja sogar einen Weg gefunden, es nach außen hin zu zeigen. Du bist sozusagen wie Rudolf, das Rentier mit der roten Nase.«

»Toller Vergleich«, motzt Grace und ich schmunzele. Langsam beginne auch ich zu verstehen, was Schattenmann meint, und führe seine Erklärung weiter aus.

»Was er damit sagen will ist, dass Licht von allem erdenklichen genommen und in Dunkelheit verwandelt werden kann, außer von einem Lebewesen.«

»Deshalb fällt auch Option eins weg, denn wenn das Schwarze Loch dich zerstören könnte, hätte es das schon längst getan, so oft wie du dein Licht nutzt. Aus diesem Grund können wir Option zwei in Betracht ziehen«, ergänzt mich Schattenmann.

»Da bleibt aber immer noch ein Haken an der Geschichte. Egal, wie laut ich auch singe, mein Leuchten ist nicht stark genug, um ein Loch in den Himmel zu reißen. Dafür müsste ich viel näher heran.«

»Auch daran habe ich bereits gedacht.« Stolz reckt Schattenmann sein Kinn in die Höhe und greift nach etwas, das hinter ihm zu liegen scheint. »Ich habe eine Ewigkeit danach gesucht, bis ich endlich drei Stücke davon fand.« Freudig breitet er drei unförmige graue Kugeln vor uns aus und sieht uns erwartungsvoll an. Verständnislos schaue ich erst sie, und dann Schattenmann an.

»Was soll das sein?«, frage ich und strecke die Hände nach einem von ihnen aus. Ich bin offen erstaunt, wie leicht die Kugel ist, als ich sie anhebe, um sie genauer betrachten zu können.

»Das, meine Liebe Kaithy, sind Sterne, tote Sterne, aber nicht mehr lange. Denn Grace wird sie mit ihrem Leuchten, ebenso wie die Pflanzen, hoffentlich zum Leben erwecken.«

Grace' Augen werden mindestens so groß wie die Kugeln.

»Und du glaubst wirklich, dass das funktioniert?«

Schattenmann nickt.

»Und warum ausgerechnet drei?«

»Eine Kugel ist für Grace, die sie als Test- und Übungsobjekt nutzen kann, die zweite ist dafür, ein Loch in das Himmelszelt zu reißen. Das ist unser Testlauf. Und die dritte dient unserem eigentlichen Ausbruch. Wir werden sie wie eine Art Heißluftballon verwenden.«

»Aber ist der Stern nicht viel zu klein, um uns alle drei gleichzeitig zu tragen und in die Luft zu heben?«, werfe ich ein. Ich kann einfach nicht anders. Wenn ich nicht alle Fakten kenne und analysiere, kann ich auch keinen vernünftigen Plan entwickeln, und dieser ist bei so einem riskanten und irren Manöver absolut notwendig.

»Nicht, wenn Grace ihn in eine explosive Supernova verwandelt.«

»Ich soll den Stern zum Implodieren bringen? Wie soll ich das denn nun wieder machen?«

»Keine Sorge, das macht der Stern von ganz alleine, du musst mit deinem Leuchten nur genügend Energie in ihn leiten, sodass er sich zu einem blauen Sternriesen wandelt. Die Reaktion zur Explosion geschieht dann automatisch und nichts kann sie dann mehr stoppen.«

»Klingt echt so gar nicht beängstigend …« Meine Stimme trieft nur so vor Sarkasmus, aber in Wahrheit mache ich mir nur gewaltige Sorgen. Der Plan hat mehr Ecken und Kanten als unser Waisenheim Treppen hat und wenn etwas schieflaufen sollte, sind wir drei toter als tot, und wenn uns die Heimleiterin erwischt, geliefert. Das sind alles nicht die rosigsten Aussichten, jedoch beschleicht mich das dumme innere Gefühl, keine Wahl zu haben. Was auch immer mich von innen heraus zerfrisst, ich will nicht den Tag erleben, an dem es eines Tages nichts mehr zu essen für dieses Etwas gibt. Sollte es nämlich je so weit kommen, wird von mir nichts mehr übrig sein, soviel steht fest.

Die größten Sorgen mache ich mir allerdings um Grace und Schattenmann. Ich weiß, sie würden alles dafür tun, um mir zu helfen, ja, selbst ihr eigenes Leben riskieren, aber das werde ich nicht zulassen. Ich kann es nicht. Ich sterbe lieber ein zweites Mal, als auf ewig mit der Schuld leben zu müssen, dass auch nur einer von ihnen für mich sein Leben gibt. Da selbst das Leben nach dem Tod für mich eine genauso große Bedeutung hat wie das wahre Leben. Weil es egal ist, wie viel die Seelen beim Übergang von uns mitnehmen, ein Teil von ihnen wird auf ewig in uns bleiben. Und dieser Teil, wie klein er auch sein mag, kann selbst in der finstersten Finsternis von einem Funken Hoffnung zu Liebe anschwellen. Liebe überdauert bekanntlich alle Zeit der Welt, und kann auch an einem Ort wie dem Schwarzen Loch nicht erlöschen.

Aber man kann sie verlieren, wie alles andere auch, und das ist meine größte Angst.

Eines Tages aufzuwachen, nur um festzustellen, wie hoch der Preis der Freiheit war, weil selbst die Liebe ihn manchmal nicht bezahlen kann.

Kapitel 12

O kay, leg los«, verlangt Schattenmann und wirft Grace eine der Sternkugeln zu, die sie gekonnt auffängt. Verblüfft schaut sie ihn an.

»Jetzt sofort?«

»Natürlich jetzt, morgen um diese Uhrzeit wollen wir schon längst weg sein. Das heißt, du wirst mit diesem Stein probieren, ob es überhaupt funktioniert, und dann starten wir unseren Testlauf, um den Himmel aufzureißen. Sollte das nämlich nicht funktionieren, stehen wir mit unserem Plan wieder bei null, und ich weiß nicht, ob wir dann noch genügend Zeit haben, einen neuen zu entwerfen. Jede Sekunde ist daher unglaublich wichtig und darf nicht verschwendet werden!«

»Moment mal, warum hast du es eigentlich so eilig? Ich will ja auch endlich hier raus, aber ich finde, wir sollten nichts überstürzen. Du weißt, was für Folgen ein unausgereifter Plan haben kann und ich möchte nicht riskieren, dass einer von euch verletzt wird.«

»Du hattest wieder einen dieser Albträume, oder?«, übergeht mich Schattenmann.

»Ja, hatte ich, na und?«

»Kaithy, das sind nicht nur bloß Träume, merkst du das denn nicht?«

»Was sollten sie denn sonst sein, wenn keine Träume?!«

Trotzig verschränke ich die Arme.

»Erinnerungen, verdammt noch mal!«

»Unmöglich! Niemand kann sich erinnern!«

»Ja, und weißt du auch, warum? Weil sie alle vorher wahnsinnig geworden sind und in Keller gesperrt werden oder im Toten Wald ihren Verstand verlieren!«

»Das ist nicht wahr!«

»Doch, und wie das wahr ist. Deine Träume sind nur der Anfang vom Ende und das Gefühl, das du beschreibst, wird dich jeden Tag ein Stückchen mehr auffressen. Auch wenn du es nicht wahrhaben willst, und ich sage es nur ungern, aber dein Verfall ist bereits sichtbar.«

Wütend funkle ich ihn an. Wie kann er es wagen, so etwas zu behaupten?

»Eine Frage, wie kann Kaithy von ihren Erinnerungen träumen, wenn wir doch eigentlich vorhaben, diese erst noch wiederzufinden?«, mischt sich Grace ein. Dankbar lächle ich sie an.

»Genau, erklär es uns, Mr. Oberschlau.«

Genervt verdreht Schattenmann die Augen.

»Weil Kaithys Träume nur ein Teil des ganzen Puzzles sind. Wenn man deiner Theorie Glauben schenkt, Grace, und das tue ich, dann verfügten wir einst über all unsere geistigen Fähigkeiten, dazu auch unser Erinnerungsvermögen. Aber ihr zwei vergesst etwas Wichtiges. Die Schnittstelle. Auch Übergang genannt. Der Moment des Todes. Man konnte uns vielleicht die Erinnerungen an unser Leben nehmen, aber nicht diejenigen, die unseren Tod betreffen, weil dieser bereits Teil unseres neuen Lebens hier im Schwarzen Loch ist. Deshalb träumt Kaithy auch nur von dem Moment, in dem sie gestorben ist.«

»Ich gestehe, das klingt durchaus plausibel«, gebe ich zu, »Aber warum sollten diese Träume mein Ende bedeuten? Das verstehe ich nicht.«

»Liegt das nicht auf der Hand? Ich meine, wer würde nicht durchdrehen, wenn einen mehrmals am Tag Blackouts mit Träumen vom eigenen Tod heimsuchen? Sie sind der wahre Fluch. Und wenn du nicht anhand der Bilder oder Schuldgefühle zugrunde gehst, dann durch das Gefühl des Vermissens, wie du es beschrieben hast.«

»Und woher willst du das alles so genau wissen?«

»Weil ich es auch spüre.«

Mir klappt die Kinnlade herunter.

»Aber warum fällst du dann nicht auch in Ohnmacht?«

Schattenmann lacht auf, greift nach meiner Hand und verschränkt seine Finger mit meinen.

»Hast du es schon vergessen? Ich kann schließlich seit neustem deine Energie in mir fühlen. Jeder Ohnmachtsanfall deiner Seite, lässt das Gefühl nur noch stärker werden – und dich immer schwächer. Und ich werde bestimmt nicht

dabei zusehen, wie du jeden Tag ein bisschen mehr verschwindest. Je länger wir also mit dem Ausbruch warten, desto schlechter wird es dir gehen. Unsere einzige Chance ist es, dem Schwarzen Loch schnellstmöglich zu entkommen und unsere Erinnerungen zurückzuholen. Nur mit ihnen kannst du, nein, können wir alle unsere letzte und wichtigste Aufgabe im Leben abschließen. Und du willst doch wieder leben, oder? Wieder eins sein mit deiner Seele und weiterziehen?«

»Natürlich«, hauche ich und wische mir eine Träne aus den Augenwinkeln. »Ich habe mir nur jahrelang verboten jemals darauf zu hoffen, dass das möglich ist.«

»Und ich habe jahrelang versucht einen Ausweg zu finden, um dir das zu ermöglichen. Jetzt ist es endlich so weit. Wir sollten daher keine weitere kostbare Zeit in diesem Loch hier verschwenden.«

»Du hast ja recht«, schniefe ich und ein Lächeln schleicht meine Lippen entlang. Mir wird bewusst, wie viel Schattenmann für mich getan hat.

Womit habe ich ihn nur verdient?

»Gut, dann werde ich es jetzt versuchen. Ich rate euch nur, einen gewissen Sicherheitsabstand einzunehmen, denn ich weiß nicht, ob ich dieses Sternding hier unter Kontrolle behalten kann.«

Grace sieht uns warnend an und bedeutet uns mit einer scheuchenden Handbewegung, ihr Platz zu machen. Schattenmann steht sofort bereitwillig auf und zieht mich mit sich in die hinterste Ecke der Box. Ich nicke Grace zu, als Zeichen, dass sie nun loslegen kann. Kaum eine Minute später beginnt sie ein altes und beruhigendes Kinderlied vor sich hinzusummen.

»Sie wählt eine einfache Melodie, damit sie sich besser konzentrieren kann. Das ist eine gute Idee«, flüstert Schattenmann mir zu, um mich zu beruhigen. Zuerst bin ich irritiert, doch gleich darauf merke ich, wie bitter nötig ich seine Worte habe, als der erste helle Schimmer sich um Grace herum ausbreitet und ich reflexartig nach Schattenmanns Arm greife. Ich klammere mich so fest an ihn, dass ich ihm vermutlich wehtue.

Grace beginnt immer stärker zu leuchten, und ich spüre, wie die Lufttemperatur deutlich um mehrere Grad fällt. Mit den Füßen wippt sie sacht im Takt des Liedes. Ihre blonden Locken werden von der Energie aufgewirbelt, was den Eindruck erweckt, als ob sie gleich abheben und davonfliegen würde. Ich bete inständig, dass sie es nicht tut. Zum Glück scheint sie davon noch weit

entfernt zu sein. Sie konzentriert sich vollständig auf die kleine Sternenkugel.

Licht strömt aus ihren Händen hinaus, direkt in den Stern hinein und erweckt ihn Stück für Stück wieder zum Leben. Die vorher graue Oberfläche des Sterns verfärbt sich langsam ebenso golden wie Grace' Licht. Es wirkt so, als ob sie eine kleine Sonne in ihren Händen entstehen ließe. Plötzlich lässt Grace ihn los und tritt einen Schritt zurück. Ich schnappe erschrocken nach Luft und Schattenmann springt vor, um den Stern aufzufangen, bevor er auf dem Boden ankommt. Nur ist das erstaunlicherweise gar nicht nötig. Wie von Zauberhand schwebt der kleine Stern vor uns und leuchtet munter vor sich hin, während er sich stetig weiter in Richtung der Stalldecke bewegt.

»Grace, halte ihn auf, wir brauchen ihn noch!«, ruft Schattenmann ihr zu und Grace erwacht aus ihrer Starre.

»Das Schwarze Loch kann ihn nicht zerstören, weil es deine Energie ist, die ihn am Leben hält. Also zieht es den Stern hoch zum Himmel, um ihn hinauszubefördern.«

»Aber das ist doch gut, oder nicht? Ich dachte, das soll er tun. Warum muss ich ihn dann aufhalten?«

»Zurzeit ist er noch nicht stark genug, um einen so großen Riss im Himmel zu erzeugen, dass wir alle drei hindurch passen. Er würde wie ein kleiner Gummiball einfach durch die Decke schlüpfen.«

»Woher willst du das jetzt schon wieder wissen?«, frage ich, während Grace ihrem Stern hinterherspringt und versucht, ihn mit den Händen einzufangen, was alles andere als leicht aussieht.

»Falls es dir noch nicht aufgefallen sein sollte, ich mache mir verdammt noch mal große Sorgen um dich, weshalb ich alles zu Astronomie und Physik in meiner Bibliothek recherchiert habe! Abgesehen davon hat Physik mich schon immer interessiert und Astronomie ist ein Teil davon. Ich habe in den letzten Tagen alles zu Sternen und den in ihnen stattfindenden chemischen Reaktionen gelesen, was ich finden konnte. Irgendwie hatte ich eine Ahnung, dass uns das helfen würde. Oder vielmehr ein Gefühl, dadurch auf der richtigen Spur zu sein. Mit Grace haben wir die absolut einmalige Chance, dass dies auch gelingt«, erklärt sich Schattenmann, doch ich stolpere nur über eine Sache.

»Wir haben hier eine Bibliothek?«, frage ich verdutzt. »Warum, zum Henker, weiß ich nichts davon?«

Ich glaubte, jeden einzelnen Raum des Heims zu kennen, schließlich putze ich auch fast jeden, aber offenbar habe ich mich getäuscht. Fassungslos sieht Schattenmann mich an und breitet die Arme wie Flügel aus.

»Ist das das EINZIGE, was bei dir hängen geblieben ist?«

Dass er mich nicht anschreit, sondern seine Stimme dabei bricht, macht nur noch deutlicher, wie wütend und enttäuscht er von mir ist.

Ich schlucke schwer und schaffe es nicht, seinem Blick länger standzuhalten. Mir ist klar, dass ich ihn verletzt habe, indem ich ihm meine Probleme verschwieg, aber nicht wie sehr. Ich wollte meine Probleme nicht wahrhaben und habe versucht zu verdrängen, dass sie da sind. Mein ganzer Körper sackt bei meinen nächsten Worten zusammen.

»Natürlich nicht.«

Schattenmann wirkt von einem auf den anderen Moment ganz verändert und lässt die Arme sinken.

»Okay«, fügt er sanft hinzu. Ich weiß nicht genau, was er damit meint, nur dass es seine Art ist, mir zu verzeihen.

»Ehrlich gesagt, kannst du meine Bibliothek auch gar nicht kennen, weil es meine Geheim-Bibliothek ist. Niemand außer mir hat sie je betreten. Geschweige denn, dass ich jemandem von ihr erzählt habe. Du kannst dich also geehrt fühlen.« Neckisch zwinkert er mir zu.

Nur fühle ich mich alles andere als geehrt, eher wie betrogen. Ich dachte, zwischen uns gäbe es keine Geheimnisse. Selbst wenn es nur eine geheime Bibliothek ist, geht es dabei um Vertrauen. Er weiß, dass ich das Stehlen der Sammlertruppe nicht gerade gutheiße und hat die Bibliothek aus diesem Grund vor mir verheimlicht. Sie besteht nämlich mit größter Wahrscheinlichkeit aus geklauten Büchern. Ich kann einfach nicht fassen, dass er mir das verschwiegen hat! Ärgerlich runzle ich die Stirn, doch bevor ich ihn deswegen zusammenstauchen kann, kommt er mir mit einer Entschuldigung zuvor.

»Es tut mir leid, Kaithy. Ehrlich. Ich weiß, ich hätte dir davon erzählen sollen, aber meine Angst vor deiner Reaktion war so groß. Ich hatte Angst, dass du mich dann genauso anschaust, wie du es jetzt tust. Abwertend, so als hätte ich das schlimmste Verbrechen der Welt begangen ...«

»Das stimmt nicht!«, halte ich dagegen. »Ich habe mich zu entschuldigen. Du solltest meinetwegen kein schlechtes Gewissen haben, und abgesehen davon, war die Bibliothek ja zu einem guten Zweck gedacht. Das verstehe ich,

so unmoralisch ihre Beschaffung auch gewesen sein mag. Mich macht nur traurig, dass du das Gefühl hattest, mir nichts davon erzählen zu können.« Ich ringe mir ein aufmunterndes Lächeln ab, bis Schattenmann es erwidert.

»Den letzten Teil kann ich eigentlich gut zurückgeben. Bis du mir endlich von deinen Problemen erzählt hast, sind Wochen ins Land gegangen, Kaithy! Glaubst du etwa, ich habe mir keine Sorgen dabei um dich gemacht, wenn du jeden Morgen wie der wandelnde Tod aussiehst und mir nicht sagst, was los ist?!«

Seine Lippen verziehen sich zu einer ernsten und strengen Linie. Das zarte Lächeln von eben ist wie weggeblasen, und aus irgendeinem Grund bedauere ich das. Die Schamesröte steigt mir ins Gesicht und bringt mich dazu, schnell den Kopf zu senken und eine nicht vorhandene Falte aus meinem Arbeitskleid zu streichen.

»Das ist etwas gänzlich anders!«, behaupte ich.

»Nein, ist es nicht, sondern genau das gleiche! Das Ganze ist eine Frage des Vertrauens, egal ob es um eine geheime Bibliothek oder Albträume geht. Wir sind doch noch Freunde, oder?« Seine Stimme klingt auf einmal so leise und unsicher, dass ich nicht anders kann, als aufzuschauen. Das Licht seiner Augen scheint zu flackern und ich erkenne, wieviel Angst er vor meiner Antwort hat.

Entsetzt blicke ich ihn an. Wie kann er auch nur ansatzweise glauben, dass ich wegen sowas gleich unsere Freundschaft beende? Jeder macht Fehler, so auch wir beide. Es gibt nichts, was ich ihm nicht verzeihen könnte. Abgesehen davon, aus Fehlern lernt man schließlich, oder?

Als ich in seine Augen schaue, weiß ich es mit Sicherheit. In Wahrheit hat er einfach nur genauso viel Angst davor mich zu verlieren, wie ich ihn.

Eine unglaubliche Erleichterung.

Entschlossen greife ich nach seiner Hand und gestatte es mir für eine winzige Sekunde, das prickelnde Gefühl seiner Sandkörnchen auf meiner Haut zu genießen.

»Natürlich sind wir Freunde! Mehr als das«, sage ich und beiße mir im gleichen Augenblick auf die Lippe, als mir die Zweideutigkeit meines letzten Satzes bewusst wird. Mich jetzt zu erklären, würde die ganze Situation noch peinlicher werden lassen, als sie es ohnehin schon ist. Ich verfluche mich selbst für meine Dämlichkeit. Die Erinnerungen an unseren vorgestrigen

Streit kommen hoch, und ich kann sie nur mit Mühe verdrängen. Darüber müssen wir später unbedingt nochmal reden, aber jetzt ist weiß Gott nicht der richtige Augenblick dafür.

»Grace!«, fällt es mir siedend heiß ein und ich blicke mich nach ihr um, erschrocken darüber, dass wir sie während unseres Gespräches ganz vergessen haben.

»Graaace!«, brülle ich und reiße die Boxentür auf, um draußen nach ihr zu suchen. Schattenmann ist dicht hinter mir. Die Pferde wiehern erschrocken über meine laute Tonlage und machen es mir dadurch nicht gerade leichter Grace zu finden, aber als ich um die Ecke schaue, sehe ich draußen einen leuchtenden Schein, der durch die Stalltür schimmert. Panisch renne ich die Stallgasse entlang und stoße zusammen mit Schattenmann die großen Flügeltüren auf, die zur Koppel führen, nur um daraufhin wie angewurzelt stehen zu bleiben.

»GRACE!«, brülle ich erneut, doch diesmal ist es pure Angst. Der Stern hat inzwischen eine beachtliche Höhe erreicht und Grace turnt auf einem der toten Bäume, um ihn irgendwie noch zu erwischen. Verwirrt schaut sie sich um, als sie meine Stimme hört und verliert dabei beinah das Gleichgewicht. Vor Schreck schlage ich mir die Hand vor den Mund. Meine Beine wollen mich nicht schnell genug zu ihr tragen und ich bin erleichtert, als Schattenmann mich überholt und in wenigen Sekunden bei ihr ist. Im schlimmsten Fall könnte er sie jetzt auffangen, sollte sie fallen.

»Komm sofort da runter!«, befehle ich ihr panisch, aber sie tut exakt das Gegenteil und klettert nur noch höher.

»Ich muss den Stern einfangen!«, ruft sie zu mir runter und greift nach dem nächsten Ast. Dieser knackt und bricht direkt unter ihrem Gewicht weg. Ich schreie auf.

»GRACE! Du kommst jetzt *sofort* da runter! Ich werde nicht zulassen, dass du dich jetzt schon für mich in Lebensgefahr begibst! Und wenn ich dich persönlich da runterholen muss!« Entschlossen umfasse ich den untersten Ast, ziehe mich daran hoch und schüttle dabei Schattenmanns Hand ab, die mich davon abhalten will.

»Kaithy, bitte bleib hier unten. Ich kann, wenn überhaupt, nur eine von euch beiden auffangen, keinesfalls euch beide zusammen.«

Habe ich eigentlich schon erwähnt, dass ich es hasse, wenn er recht hat? Ich

schnaube wütend, lasse den Ast aber wieder los und komme neben ihm zum Stehen. Dankbar nickt Schattenmann mir zu. Grace ist inzwischen auf dem obersten Ast in den Baumkronen angelangt und streckt die Hand nach dem Stern aus, welcher nur wenige Meter von ihr entfernt schwebt. Ihre Finger verfehlen ihn um Haaresbreite, doch sie lehnt sich bereits so weit vor, wie sie es dem morschen Ast zutrauen kann, dass er sie trägt. Ich höre sie böse fluchen und werfe Schattenmann einen strafenden Blick zu. So unschuldig er auch tut und ganz zufällig in eine andere Richtung schaut, ich weiß genau, dass er es war, der ihr das beigebracht hat. Aber momentan haben wir andere Sorgen.

»Grace! Es reicht! Du kannst ihn nicht mehr aufhalten, also komm da jetzt bitte runter!«

»Aber was ist mit dem Stern?!« Verzweifelt schaut sie zu uns runter.

»Der kann uns auch nicht mehr helfen, wenn du hier nicht heil wieder runterkommst«, erwidere ich genervt. Langsam nickt sie mit dem Kopf und zieht sich zum Stamm zurück, um sicher wieder nach unten zu klettern.

»Grace, warte eine Sekunde!«, ruft Schattenmann zu meinem Missfallen. Wütend funkle ich ihn an.

»Ich hab da noch eine letzte Idee. Wenn die nicht funktioniert, dann lassen wir es«, erklärt er und legt mir beruhigend eine Hand auf die Schulter. Dann wendet er sich wieder Grace zu.

»Okay, versuch bitte noch mal, so nah wie möglich an ihn heranzukommen. Am besten, du drehst dich herum und klammerst dich wie ein Faultier an den Ast. So verteilst du dein Gewicht besser und kannst fast bis zum Ende des Astes rutschen«, weist er sie an. Ich schnappe entsetzt nach Luft. Das ist doch viel zu gefährlich!

»Bist du denn des Wahnsinns? Selbst wenn du vorhast sie aufzufangen, sie ist bereits viel zu hoch, als dass ihr beide das ohne Verletzungen überstehen würdet!«, zische ich ihm ins Ohr, um Grace nicht zu beunruhigen.

»Bitte vertrau mir, Kaithy. Ich weiß was ich tue! Und ich verspreche dir, Grace wird nichts passieren!«, flüstert er zurück.

Störrisch verschränke ich die Arme vor der Brust.

Er legt den Kopf schräg.

»Wie war das vorhin doch gleich mit dem Vertrauen? Dann sag mir die Wahrheit, Kaithy, glaubst du an mich? An mich und mein Versprechen, dass

niemandem etwas passieren wird?«

Ich schlucke schwer und lasse mich von der Ernsthaftigkeit seiner Worte einhüllen. Seine grünen Augen blitzen mich wissend an. Er kennt meine Antwort längst.

»Wenn Grace auch nur ein Haar gekrümmt wird, bist du fällig!«, brumme ich missmutig und knuffe ihn in die Seite. Sein leises, aber tiefes Lachen brennt sich in mein Gedächtnis ein.

»Okay, Grace, du hast die Chefin gehört, versuchen wir es!«

Sie nickt und rollt sich vorsichtig von ihrer sitzenden Position in die liegende. Die Füße miteinander verschränkt und den Köper dicht an den Ast gepresst, robbt sie langsam vorwärts.

»Das machst du wunderbar, immer weiter so!«, lobt Schattenmann sie.

»Du hast es fast geschafft. Wenn du am Ende angekommen bist, musst du dich auch gar nicht weit runterlehnen, sondern auf der ungefähren Höhe bleiben und nur ein kleines bisschen tiefer greifen.«

Grace tut wie geheißen und lässt sich am Ende des Astes nur ein klein wenig nach unten gleiten. Ganz langsam streckt sie die Arme aus. Angespannt halte ich den Atem an. Das Ganze erinnert mich stark an eine Akrobatennummer aus dem Zirkus, nur ist das hier viel gefährlicher. Grace hat nicht einmal ein Sicherheitsnetz, welches sie im schlimmsten Fall auffangen würde, sondern nur Schattenmanns Arme. Und ob ihr die in dieser Höhe helfen, bezweifle ich.

Aber Schattenmann hat mir ein Versprechen gegeben. Darauf muss ich vertrauen, sonst drehe ich vor Panik durch. Eins weiß ich jedenfalls sicher: Wenn Schattenmann ein Versprechen abgibt, wird er alles Menschenmögliche, nein sogar das *Unmögliche* dafür tun, um es zu halten.

Grace hat den Stern mittlerweile fast erreicht.

Ihre Finger sind nur noch wenige Zentimeter von ihm entfernt. Ihr ganzer Körper ist gespannt wie ein Drahtseil und ihre Arme so weit durchgestreckt, wie nur irgend möglich, aber es bleibt zwecklos. Sie bekommt ihn einfach nicht zu fassen.

»Ist nicht schlimm, Grace! Das habe ich mir schon fast gedacht«, erklärt Schattenmann.

»WAS?«, rufen Grace und ich im Chor.

Ist er jetzt etwa völlig verrückt geworden? Er lässt sie so ein riskantes

Manöver ausführen, obwohl er geahnt hat, dass es nicht klappen wird? Das war seine ach so brillante Idee gewesen?! Oh, er ist sowas von tot, wenn ich mit ihm fertig bin! So viel zu seiner *Vertrau-mir-Kaithy-es-wird-schon-alles-gut-gehen-Rede*. Doch bevor ich den Mund aufmachen kann, bedeutet er mir mit einer Handbewegung zu schweigen.

»Ich war noch nicht fertig! Grace, bitte tu mir den Gefallen und singe noch mal das Lied von vorhin und streck deine Hände erneut nach dem Stern aus. Denn vergiss nicht, der Stern leuchtet nur, weil du ihm einen Teil deines Lichts geschenkt hast. Und dein Leuchten kannst du kontrollieren, und damit theoretisch auch den Stern. Vielleicht kannst du ihn so irgendwie an dich binden.«

Mir klappt die Kinnlade hinunter. An diese Möglichkeit hatte ich überhaupt nicht gedacht. Und die Idee ist gut, hoffentlich wird sie auch dementsprechend funktionieren. Stumm bete ich, dass ihr nichts passieren wird und beiße nervös in die Innenseite meiner Wangen, bis ich Blut schmecke. Eine Hand schiebt sich sachte in meine und ich schaue zu Schattenmann, der mir ein aufmunterndes Lächeln zuwirft. Ich erwidere es nur schwach.

»Sie schafft das schon. Vergiss nicht, sie ist mutiger und stärker als wir beide zusammen.«

Ich versuche genauso optimistisch zu sein wie er, aber es gelingt mir einfach nicht. Von uns beiden war ich schon immer die Realistin, und die Wahrscheinlichkeit, dass Grace fällt und sich dabei schwer verletzt, ist leider ziemlich hoch. Und Zahlen lügen nicht.

Kapitel 13

Ich wage es kaum nach oben zu sehen, aber letzten Endes kann ich nicht anders. Prompt kneife ich die Augen zusammen. Grace' Licht ist so hell, dass ich mich erst daran gewöhnen muss. Ich halte mir die Hand über die Augen, um zumindest etwas zu erkennen. Schattenmann tut es mir gleich. Ich höre Grace' liebliche und ruhige Stimme, die Sicherheit verspricht, obwohl genau das Gegenteil der Fall ist. Wenn es überhaupt möglich ist, lehnt sie sich jetzt noch weiter vor und berührt mit den Fingerspitzen gerade so den Stern. Plötzlich glitzert etwas aus ihm hervor, etwas Goldenes, das aussieht wie flüssiges Licht.

Aber das ist unmöglich, oder?

Ich halte es für eine optische Täuschung, bis Schattenmann neben mir scharf die Luft einzieht und flüstert: »Sie hat es geschafft!«

Vollkommen baff schaue ich zurück zu Grace. Das flüssige Etwas hat sich ausgebreitet und windet sich wie eine Schlange aus dem Stern heraus. Es erinnert mich entfernt an ein Seil. Mit der Besonderheit, dass es golden leuchtet. Grace bekommt es zu fassen und wickelt es sich um ihr Handgelenk. Wie ein Hund an der Leine schwebt der kleine Stern neben ihr. Grace greift nochmal etwas Seil nach, und zieht daran, wie um dessen Stabilität zu testen. Ich hoffe, sie macht nicht das, wovon ich denke, dass sie es vorhat.

»Sie will doch nicht wirklich, oder ...?«, frage ich, als sie es auch schon tut. Sie löst ihre Beine vom Ast und hängt auf einen Schlag mit ihrem ganzen Gewicht an dem kleinen Stern. Erschrocken kreische ich auf und stolpere vorwärts, als der Stern, zusammen mit ihr, einige Meter absackt. Grace schreit auf. Allerdings vor Freude statt vor Angst, wie ich im nächsten Moment feststelle. Abrupt bleibe ich stehen und starre nach oben.

Was zum ...? Grace lacht, denn statt zu fallen, hüpft sie mit dem Stern nur

fröhlich durch die Gegend. Wie Schattenmann gesagt hat, springt der Stern wie ein Gummiball. Grace scheint es nichts auszumachen. Sie hat sogar Spaß dabei, denn offensichtlich kann sie ihn durch das Band steuern.

Ein Seitenblick zu Schattenmann verrät mir, dass er ebenso überrascht ist wie ich. Aber auch stolz. Fassungslos schaue ich Grace hinterher, wie sie auf der Koppel umherspringt, als würde sie reiten. Nur eben ohne Pferd. Das ist so verrückt, dass ich für einen Moment glaube, immer noch zu träumen. Sicherheitshalber greife ich unter den Saum meines Pullovers und kneife mich in den Arm.

AU!

Gut, offensichtlich ist das hier kein Traum. Als Grace endlich kichernd vor uns zum Stehen kommt und sie sich samt Stern hinabsinken lässt, kann ich nicht anders, als auf sie zuzustürmen und sie in meine Arme zu schließen. Ich bin so erleichtert, sie wieder sicher und unverletzt in den Armen zu halten, dass mir jegliche Vorwürfe im Hals stecken bleiben und stattdessen Tränen fließen. Mir war gar nicht klar gewesen, wie groß meine Angst um sie ist. Nach einer Weile beschwert sie sich, dass ich sie zerquetschen würde. Nur widerwillig lasse ich sie los und wische mir peinlich berührt die Tränen aus dem Gesicht.

»Tu mir das gefälligst nie wieder an! Hast du verstanden?!«, schniefe ich, im verzweifelten Versuch, streng zu klingen. Ich höre Schattenmann hinter mir lachen. Gerade bin ich jedoch viel zu glücklich darüber, dass es Grace gut geht, als dass ich wütend auf ihn sein könnte, weil er sie erst in eine solche Gefahr gebracht hat. Dabei würde ich ihm sehr gerne noch so einiges an den Kopf werfen. Doch eines muss man ihm lassen: Er hat sein Versprechen gehalten. Oder besser gesagt, Grace hat dafür gesorgt, dass er es nicht brechen musste. Ich schniefe noch einmal leise und versuche den Tränenfluss mit meinen Ärmeln zu stoppen, was nur bedingt funktioniert.

»Geht's denn wieder?«, fragt Schattenmann belustigt, legt jedoch tröstend einen Arm um meine Schultern und reicht mir ein Stofftaschentuch. Dankbar nehme ich es an. Es ist blütenweiß mit einer interessanten Stickerei drauf und ich frage mich automatisch, wo er es her hat. So etwas habe ich noch nie zuvor gesehen. In der Mitte ist ein aufgesticktes Unendlichkeitszeichen, doch das Interessanteste ist dessen Färbung. Sie verläuft von einem hellen Rot ins Weinrote und letztendlich ins Schwarze. Der Rand ist verziert

mit schwarzen Dornenranken und in der linken Ecke stehen die Initialen »D. D.«

»Du kannst es behalten, wenn du magst«, meint Schattenmann, dem meine Musterung aufgefallen ist.

»Woher hast du es?«, bohre ich nach. Ich kann einfach nicht anders, ich muss es wissen.

»Es ist nicht gestohlen, falls du das glaubst«, gibt er beleidigt zurück.

»Das meinte ich nicht.«

»Es ist tatsächlich meines«, erklärt er schließlich gedehnt. Ich nicke nachdenklich und fahre andächtig mit den Fingern über die schöne Stickerei. Mein Blick bleibt bei den Initialen hängen. D. D.

»Dein richtiger Name beginnt also mit einem D?«, stelle ich fest und schaue ihn erwartungsvoll an. Er zuckt mit den Schultern.

»Vermutlich. Aber selbst mit diesem Hinweis kann ich mich einfach nicht an meinen richtigen Namen erinnern. Es ist zwecklos.«

Wieder ein Achselzucken. Ich spüre, dass ihn das frustriert, auch wenn er es zu überspielen versucht. Ich will ihm das Tuch zurückgeben, doch er schüttelt den Kopf.

»Bitte nimm du es. Ich habe schon viel zu viele Stunden damit verbracht, darauf zu starren und mich zu fragen, wie ich heiße und woher ich es habe. Wenn du es hast, ist es genauso gut aufbewahrt, wenn nicht sogar besser als bei mir.«

Mühevoll ringt er sich ein Lächeln ab. Ich warte einige Sekunden, ob er es sich vielleicht doch noch anders überlegt, dann stecke ich es in eine der vielen Taschen meines Arbeitskleides. Darüber werde ich später noch mal mit ihm reden. Mir fällt es schwer zu glauben, dass er nicht einmal den Hauch einer Ahnung besitzt, was es mit dem Taschentuch auf sich hat. Nachdenklich wende ich mich wieder Grace zu, die mit dem Stern spielt.

»Was machst du da?«, frage ich sie, denn ich habe absolut keine Ahnung. Interessiert beuge ich mich zu ihr hinab.

»Oh, das macht so einen Spaß! Ich kann ihm beliebig viel von meiner Energie geben und sie ihm auch wieder entziehen. Schau mal!«, fordert sie mich auf und winkt Schattenmann und mich näher heran. Das orangene Licht des Sterns leuchtet plötzlich so hell, dass ich die Augen zusammenkneifen muss. In der nächsten Minute ist sein Licht wieder so trüb, als wäre er

kurz vor dem Erlöschen.

»Das machst du wunderbar!«, lobt Schattenmann sie anerkennend und klopft ihr auf die Schulter.

»Kannst du etwas für mich versuchen?«, bittet er und ich ziehe argwöhnisch die Augenbrauen zusammen. Wenn das wieder eine seiner ach so tollen Ideen ist, die Grace abermals in Gefahr bringen, dann …

»Könntest du versuchen, ihn wärmer zu machen? Also zu erhitzen? Stell dir am besten vor, wie du heißes Wasser über ihn kippst, bis er wärmer und wärmer wird. Vielleicht hilft das dabei.«

»Sie soll genau was bitte tun?«, frage ich verwirrt nach, während Grace bereits versucht, seinem Wunsch nachzukommen. Umso froher bin ich über ihren nächsten Satz.

»Es klappt nicht.«

»Bist du sicher?«, hakt Schattenmann nach. Grace nickt und lässt die Schultern hängen.

»Die Temperatur ist wie ein Grundbaustein. Ich kann ihn nur am Anfang setzen. Diesen Stern hier kann ich höchstens in einen roten Riesen verwandeln. Ihn also nur kühler werden lassen, aber nicht wärmer. Momentan ist er orange, weil er angenehm lau ist«, erklärt sie, während ich mir wie der letzte Trottel vorkomme.

»Wie jetzt? Ich dachte, Rot bedeutet Hitze und Blau steht für Kälte?« Schattenmann verdreht die Augen angesichts meiner Ahnungslosigkeit.

»Normalerweise ist das auch so, nur bei Sternen nicht. Bei ihnen haben die Farben genau die gegenteilige Bedeutung. Blaue Sternriesen sind also am heißesten, während rote Riesen kälter als der Nordpol sind.«

»Aha«, mache ich nur. »Das heißt also, jetzt ist dieser Stern bereits in einer Temperatur, die du nicht mehr ändern kannst, außer sie noch kälter werden zu lassen. Und um einen warmen Stern zu erzeugen, bräuchtest du einen völlig neuen Stern?«

Grace und Schattenmann nicken synchron.

»Genau so ist es. Dann würde ich sagen, wir fangen mal an«, verkündet Schattenmann schließlich und klatscht unternehmungslustig in die Hände.

»Anfangen mit was?«, brumme ich misstrauisch. Meiner Meinung nach war das mehr als genug Aufregung für einen Tag, beziehungsweise eine Nacht.

»Na, mit dem Testlauf, den müssen wir unbedingt noch heute machen!«

Entgeistert schaut er mich an und ich seufze ergeben. Er hat ja nur das Beste im Sinn, trotzdem hätte ich unseren Ausbruch lieber noch um eine Nacht verschoben, um noch etwas mehr Zeit zum Ausruhen zu haben.

Aber ich ahne, dass wir diese kostbare Zeit später vermutlich erst recht brauchen werden. Ich wende mich an Grace.

»Und du bist dir sicher, dass du das schaffen kannst? Du hast gerade erst einige Anstrengungen vollbracht, nur um diesen Stern zurückzuholen.«

»Es wird schon noch gehen, meine Hände zittern zwar etwas, aber das kommt von meinem Versuch, dieses Band hier«, sie zupft leicht an dem goldenen Seil, welches sie mit dem Stern verbindet, »herzustellen. Das werde ich morgen noch etwas üben müssen.«

Sie verzieht das Gesicht.

»Grace, wir vertrauen dir, ich glaube an dich und deine Fähigkeiten, aber wenn es dir zu viel wird oder du nicht mehr kannst, dann brich bitte sofort ab. Im schlimmsten Fall kann ich uns auch noch einen Stern besorgen. Das wird zwar einige Zeit in Anspruch nehmen, aber wir wollen hier schließlich keinen Kollateralschaden«, redet Schattenmann auf sie ein und ich bin dankbar dafür. Ich hoffe nur, Grace wird seinen Ratschlag berücksichtigen, sollte es tatsächlich dazu kommen.

Er hält ihr zögerlich den zweiten Stern hin, welchen sie bemüht gelassen entgegennimmt. Sie weiß sehr genau, dass sie nur einen Versuch hat, aber sie wirkt so ruhig und konzentriert, dass ich sie dafür nur bewundern kann. Sie ist so unglaublich mutig für ihre sechs Jahre, dass es beängstigend ist. Diesmal singt sie jedoch kein beruhigendes Kinderlied, sondern stimmt ein poppigeres Lied an. Ihr Leuchten setzt beinah sofort ein, doch als es in den Sternenklumpen übergeht, verwandelt es sich in ein bläuliches Licht, welches von Minute zu Minute immer heller zu werden scheint.

Kleine Funken explodieren auf der Oberfläche. Grace muss inzwischen höllisch aufpassen, nicht von ihnen getroffen zu werden. Ihre Fingerkuppen leuchten bereits in einem hellen Rosa, weil die Hitze ihre Haut verbrennt. Aber kein Laut der Beschwerde kommt über ihre Lippen. Schweiß rinnt ihre Stirn hinab und ihre Haare fliegen wild peitschend umher. Ihr angespannter Gesichtsausdruck zeugt von der starken Konzentration, die sie aufwendet, um dem Stern ein wärmendes Leben einzuhauchen.

Das blaue Leuchten breitet sich in einem Umkreis von mindestens zehn

Metern aus. Die Wärme lässt sogar meine Haare aufwirbeln und ich spüre die Energie des Sterns in meinem Körper widerhallen. Es prickelt, als wäre Champagner in meinem Blut. Augenblicklich stellen sich die Härchen auf meinen Armen auf.

»Okay, Grace, ich glaube das wird ausreichen. Du kannst ihm jetzt einen ordentlichen Stoß in Richtung Himmel geben.«

Schattenmann nickt ihr ermutigend zu. Augenblicklich lässt sie den Stern los und dieser zischt pfeilschnell nach oben und hinterlässt eine gewaltige Dampfwolke.

»Wo ist er hin?«, frage ich, weil ich für einige Sekunden so geblendet bin, dass ich nichts erkennen kann.

»Dort ist er!«, ruft Grace und deutet zum Toten Wald. Und tatsächlich. In einem steilen Bogen über den Toten Wald hinweg schwebt der Stern und steigt immer weiter nach oben. Stumm zähle ich den Countdown bis er sein Ziel erreicht.

KRRRAAAAAAWWWWUUUUUUMMMMMMM!!!!!!

Ein Krachen, als ob Donner und Blitz gleichzeitig aufeinandertreffen, klingelt mir in den Ohren und sorgt dafür, dass mir schwindelig wird. Eine Druckwelle breitet sich vom Stern aus und bringt die Bäume unter sich in Schieflage. Auch uns reißt der gewaltige Luftzug zu Boden und ich lande mit dem Gesicht im Dreck, bevor ich mich mit den Händen abfangen kann. Ich überschlage mich mehrfach auf dem Boden, bis ich endlich zum Stillstand komme.

»Shit!«, fluche ich. Meine Handflächen brennen, vermutlich habe ich sie mir bei meinem Sturz aufgeschürft. Alles in meinem Kopf dreht sich und auf meinen Ohren liegt ein seltsamer Druck. Mit der Hand fahre ich mir übers Gesicht und spucke weiteren Dreck aus.

Verdammt, ist das trocken und eklig im Mund!

Als ich meine Lippen befeuchte, spüre ich, dass sie aufgesprungen sind und bluten.

Na, große Klasse.

Ich klopfe den Staub und Schmutz von meinem Kleid und schaue mich nach den anderen um. Offenbar hat es Schattenmann geschafft, sich rechtzeitig auf Grace zu werfen und sie somit vor der Druckwelle zu schützen, denn bis auf ein etwas zerknittertes Kleid scheint ihr nichts passiert zu sein. Ich

werfe ihm einen dankbaren Blick zu, lege den Kopf schräg und deute mit der Hand auf seinen Körper. Ob Schattenmann verletzt ist, kann ich aufgrund der Dunkelheit seines Körpers nicht erkennen, daher muss er es mir sagen. Stumm schüttelt er den Kopf.

Erleichtert atme ich auf. Ihm geht es gut. Ebenso wie Grace, die plötzlich jauchzt und die Hände in die Luft hebt.

»Guckt nach oben!«, befiehlt sie uns mit einem Quieken.

Verwundert schaue ich auf. Der Anblick, welcher sich mir nun bietet, lässt meine Kinnlade herunterfallen. Ein riesiges Loch klafft im Himmelszelt und es ist schöner als alles, was ich je gesehen habe.

Schattenmann hatte ja so recht gehabt!

Das Loch wirkt wie ein Fenster in eine andere Welt. Oder besser gesagt in die Galaxie einer Welt, denn dahinter glitzern sicher mehr als tausend Sterne und einige Planeten, die ihre Bahnen ziehen. Ich bilde mir sogar ein, ganz entfernt die Erde auszumachen.

Einfach unfassbar. Tränen der Rührung laufen mir über das Gesicht, vermischen sich mit dem Schmutz, aber nichts kann mein Lächeln in diesem Moment aufhalten. Das erste Mal seit Ewigkeiten habe ich das Gefühl, selbst zu strahlen. Gut, vielleicht nicht direkt ich, aber die Hoffnung in mir auf jeden Fall. Und es fühlt sich unbeschreiblich gut an.

Vor Freude falle ich Grace um den Hals.

»Du hast es geschafft, Grace! Du hast es wirklich geschafft! Ich bin ja so unendlich stolz auf dich! Auf deinen Mut, selbst den stärksten Elementen des Universums zu trotzen!«

»Danke«, murmelt Grace verlegen in mein Ohr. Vermutlich drücke ich sie mal wieder viel zu fest. In dem Moment bin ich einfach nur froh, dass alles gut gegangen ist und unser Plan zu funktionieren scheint. Nur Schattenmann scheint unsere Freude nicht zu teilen.

»Was ist los?«, frage ich verdutzt.

»Nichts weiter, nur dachte ich, dass der Stern das Loch direkt über uns öffnen würde. Jetzt ist es mindestens drei Kilometer entfernt und liegt mitten im Toten Wald. Das wird ein langer, gefährlicher und komplizierter Marsch werden nächste Nacht.«

Meine gute Laune weicht augenblicklich den Sorgen von morgen.

Drei Kilometer Fußmarsch durch den toten Wald ...

Na, das kann ja was werden. Ich glaube vielleicht nicht an die Schauergeschichten, die man sich über ihn erzählt, aber das heißt nicht, dass ich besonders scharf darauf bin, ihn zu durchqueren.

»Ach ja, und noch was,« ergänzt Schattenmann, »wir sollten schleunigst zusehen, dass wir hier abhauen. Die Sternexplosion hat einen ganz schönen Lärm verursacht, mich würde es daher nicht wundern, wenn das halbe Waisenhaus jetzt auf den Beinen ist. Und es sollte, wenn möglich, natürlich nicht auffallen, dass wir fehlen.«

»Scheiße!«, fluche ich und drehe mich zum Haupthaus um. Zum Glück kann uns zwar niemand durch die Fenster entdecken, dafür sind wir zu weit weg, aber wie kommen wir unbemerkt wieder in unsere Zimmer, wenn da drin vermutlich gerade Chaos herrscht?

»Wie sollen wir jetzt verdammt noch mal da reinkommen?«, frage ich verzweifelt. Grace sieht ebenso ratlos aus wie ich und zuckt mit den Schultern.

»Hintereingang«, ist Schattenmanns pragmatische Antwort.

»Aber der ist doch bewacht!«

»Für so ein Problem habe ich immer ein paar hiervon einstecken!«

Schattenmann grinst stolz von einem Ohr zum anderen, greift in seine Tasche und präsentiert uns seinen offenen Handteller, in welchem einige kleine Kugeln liegen, die ich als Knallerbsen identifiziere.

»Du bist genial!«, stelle ich fest, was ihm ein Schmunzeln entlockt. »Na dann, auf geht’s, Mädels. Wer als erster da ist, darf sie auch werfen!«, spornt er uns an und rennt los.

Kapitel 14

Es dauert eine Sekunde, bis ich begreife, dass er das wirklich ernst meint, als Grace ihm bereits hinterherrennt und sich lauthals beschwert: »Hey, das ist unfair! Du hast schon einen Vorsprung und abgesehen davon bin ich viel kleiner als du!«

»Nur Ausreden auf Lager, Dornröschen? Pass lieber mal auf, dass du beim Laufen nicht einschläfst!«

»Oh, na warte! Jetzt kannst du aber was erleben!«

Grace legt noch einen Zahn zu. Ich versuche gar nicht erst, die beiden einzuholen, sie waren schon immer schneller als ich. Abgesehen davon, bin ich diejenige, die sich ihre Kräfte fortan besser einteilen muss. Trotzdem versuche ich mich zu beeilen, als Grace' blonder Haarschopf hinter einer Hecke verschwindet. Als ich endlich neben den beiden zum Stehen komme, keuche ich mir einen ab und stemme die Hände wegen Seitenstechens in die Hüfte. Schattenmann wirft mir einen belustigen Blick zu. Genervt rolle ich mit den Augen. Die zwei werden mich noch ins Grab bringen! Bevor ich jedoch etwas auf seinen Blick erwidern kann, zieht er mich hinter ein paar Büschen in Deckung.

»Was ist los?« Verwundert hebe ich eine Augenbraue. Schattenmann legt einen Finger an seine Lippen und macht mit der anderen Hand eine winkende Bewegung, um mir zu bedeuten, ihm möglichst still zu folgen. Ergeben schüttle ich den Kopf und greife nach Grace' Hand.

Ich seufze leise und folge Schattenmann, der auf allen vieren vor mir her krabbelt. Der Kies bohrt sich dabei unangenehm in meine Handinnenflächen und Knie und das blöde Gestrüpp zerkratzt mir das Gesicht. Ich schnaube wütend und versuche meinen Kopf zu drehen, um den spitzen Dornen auszuweichen. Etwas, was mir nur bedingt gelingt, denn jetzt verfangen sich die

Dornen und Äste in meinen Haaren und reißen mir einige Strähnchen aus.

Gerade, als ich mich frage, ob diese verdeckte Annährung wirklich nötig ist, stoppt Schattenmann plötzlich, schiebt einen Teil des Gebüsches beiseite und gewährt uns somit einen Blick auf die hintere Eingangstür. Jetzt sehe ich sie auch.

Zwei in schwarz gekleidete Wachen blockieren breitbeinig und mit verschränkten Armen den Eingang, um im Notfall das Waisenheim vor unerwünschten Eindringlingen zu schützen. Oder, was ich eher vermute, dafür zu sorgen, dass niemand hinaus kann. Mit Argusaugen überwachen sie den Platz und registrieren jede noch so kleine Bewegung. Hinter der hüft-hohen Hecke können sie uns zwar nicht sehen, aber hören mit Sicherheit. Ich schlucke schwer und tue alles, um mich noch leiser zu bewegen als ohnehin. Vorsichtig schiebe ich mich an Schattenmanns linke Seite. Grace ist mir dicht auf den Fersen und robbt geschmeidiger als eine Katze neben mich.

Eng pressen wir drei uns aneinander und mustern durch eine Lücke in der Hecke die zwei Wächter. Sie sind sicher alles andere als dumm, dennoch hoffe ich, dass sie auf den Knallerbsentrick hereinfallen werden. Immerhin scheinen sie nicht wie einige andere Wachen, die das Haupttor beschützen, Waffen zu tragen. Es ist allerdings nur ein kleiner Trost, denn ihre ausgeprägten Muskeln kann ich selbst aus der Entfernung gut erkennen. Sie bräuchten sicher keine fünf Minuten, um uns zu Boden zu ringen. Ein Kind, ein Mädchen, das kaum laufen kann vor Erschöpfung und ein Schatten. Bessere Opfer könnte es kaum geben. Ich verziehe das Gesicht zu einer Fratze.

»Ich weiß, was du denkst.« Schattenmann wirft mir einen anklagenden Seitenblick zu. »Aber wir schaffen das, Kaithy. Der Trick wird funktionieren.«

Die Bestimmtheit in seiner Stimme sollte mich beruhigen, aber sie löst nur das Gegenteil aus. Skeptisch schiele ich zurück zu den Wachen.

»Versprochen«, schiebt er hinterher und nickt mir aufmunternd zu. Auch wenn ich nicht weiß, wie er sich bei so etwas dermaßen sicher sein kann, um ein Versprechen zu leisten, ziehen sich meine Mundwinkel unweiger-licher nach oben. Egal, wie unmöglich seine Versprechen manchmal auch erscheinen, bis jetzt hat er noch nie eines gebrochen. Dafür hat er sich meinen größten Respekt und mein Vertrauen verdient.

Sacht nicke ich ihm zu, als Zeichen dafür, dass er mit seinem Plan nun

loslegen kann. Das Grün seiner Augen blitzt auf, als er nach den kleinen Erbsen in seiner Hosentasche greift.

»Okay, Grace, auf drei werfen wir sie gleichzeitig.«

Er legt ihr die Hälfte der kleinen Kugeln in die Hand. Auch mir gibt er ein paar.

»Behalte sie, Kaithy, vielleicht werden wir sie später noch einmal brauchen, um drinnen für weitere Ablenkungen zu sorgen.«

»Ich hab da noch eine Idee!«, werfe ich ein, froh, endlich auch mal einen meiner Pläne umsetzen zu können. »Werft die Knallerbsen direkt in die linke Ecke des Haupthauses neben den alten Wasserkrug. Dort erzeugen sie einen Schall, der die Wachen denken lässt, die Gefahr käme aus einer anderen Richtung und sie werden da nachschauen.«

»Und sobald die Wachmänner dann um die Ecke gehen, rennen wir zur Tür!« Grace' Augen leuchten vor Aufregung.

»So machen wir es!«, sagt Schattenmann und begibt sich in die Hocke, um besser zielen zu können.

»Eins«, haucht Grace.

»Zwei«, erwidere ich grinsend.

»Drei!«, ergänzt Schattenmann und lässt zusammen mit Grace seinen Arm vorschnellen, um die Erbsen zu werfen. Der entstehende Lärm ist ohrenbetäubend. Erschrocken zucke ich zusammen und halte mir die Ohren zu.

Die Wachen schauen sich verwirrt um, bis sie beschließen, dem Geräusch auf die Spur zu gehen und um die Ecke verschwinden.

»JETZT! LAUFT!«, zischt Schattenmann, springt mit einem Satz über die Hecke und sprintet vorwärts. Ungeschickt wie immer, trete ich hinter dem Gebüsch hervor und renne ihm nach. Grace ist dicht neben mir, während Schattenmann die Tür öffnet und hineinspäht, um zu überprüfen, ob die Luft rein ist. Aufgeregt wedelt er mit der Hand, als Zeichen, dass wir ihm gefahrlos ins Innere folgen können. Und das wird auch allerhöchste Zeit, denn die Wachen kommen bereits wieder zurück. Ihre Schritte höre ich dank des mit Kies bedeckten Hofes laut und deutlich. Hektisch ziehe ich die Tür hinter uns allen ins Schloss.

»Geschafft!« Erschöpft, aber auch erleichtert, atme ich die Luft aus und lehne mich gegen die kühle Steinmauer.

»Dann trennen sich wohl ab hier unsere Wege«, sagt Grace. Wenn ich

mich nicht irre, sehe ich eine Spur Enttäuschung in ihren Augen glitzern. Mir wird klar, dass ihr das alles wie ein großes aufregendes Abenteuer vorkommen muss, und dass sie die Gefahr, die es mit sich bringt, noch nicht ganz begreift. Immerhin ist sie noch ein Kind, wenn auch ein sehr kluges.

»Dann werde ich mal zusehen, dass ich unbemerkt in meinen Schlafraum schlüpfen kann und noch ein bisschen Schlaf abbekomme. Gott sei Dank ist morgen Sonntag und ich habe keine weiteren Verpflichtungen, als euch auf den Senkel zu gehen.«

Schattenmann grinst selbstgefällig und ich verdrehe die Augen.

»Gute Nacht!«, murre ich und ziehe Grace mit mir, während Schattenmann lachend in Richtung seines Schlafraumes spaziert.

»Zurück zur Krankenstation?«, frage ich Grace zögerlich.

»Ich glaube, das können wir vergessen. Im ersten Stockwerk werden sich jetzt so viele Leute befinden, da kommen wir nirgends rein, ohne gesehen zu werden. Abgesehen davon, wird die Krankenschwester aller Wahrscheinlichkeit nach dort als erstes nach dir gesucht haben. Vermutlich hat sie längst festgestellt, dass du nicht mehr in deinem Bettchen liegst. Deine einzige Ausrede ist, dass es dir soweit wieder gut ging, dass du in deinen eigenen Schlafraum zurück bist, weil, was weiß ich, du dort besser schlafen konntest nach dem Krach draußen.«

»Klingt einleuchtend.« Ich nicke.

»Na dann, auf in den dritten Stock!«

Schweigend steigen wir die gefühlt hundert Treppen noch oben. Das Feuerzeug brauchen wir jetzt nicht mehr, denn durch den Aufruhr wurden von den Wachen überall die Fackeln an den Wänden angezündet, welche ein warmes Licht an die alten Steinmauern werfen. Leider erhöht dies auch das Risiko entdeckt zu werden, weshalb wir uns unterwegs ab und zu in eine der vielen Nischen quetschen. Zum Glück ist unser Flur im dritten Stock weit weniger besiedelt und wir kommen ungesehen in unsere Zimmer. Grace lässt sich erschöpft in ihr Bett plumpsen und stöhnt auf.

Mit dem Schließen unserer Zimmertür fallen auch von mir all die Anstrengungen dieser Nacht ab und ich lasse mich erledigt ins Bett gleiten. Fast im selben Moment schließe ich die Augen, zu müde, um mich noch auszuziehen. Das Letzte, was ich höre, ist Grace' leises Schnarchen, bevor ich in einen tiefen und traumlosen Schlaf falle.

»Hey, du Schlafmütze! Es wird Zeit aufzustehen!«, meckert mich eine bekannte Stimme an. Mühsam öffne ich ein Auge und blinzle, bis ich Grace scharf vor mir erkenne. Ich protestiere murrend in mein Kissen.

»Nichts da! Es ist gleich Mittagszeit! Raus aus den Federn!«

Mit einem Ruck zieht Grace mir die Bettdecke weg. Ich kreische erschrocken auf, rolle mich wie ein Embryo zusammen und umklammere mein Kissen umso fester. Das Letzte, was ich will, ist jetzt aufzustehen.

»Kaithy!«, herrscht sie mich an.

»Was ist?«, brumme ich. Ich versteh nicht, warum sie mich nicht einfach weiterschlafen lässt.

»Los jetzt, wir haben viel zu tun! Wir müssen uns Proviant besorgen, Taschen packen, uns fertig machen, und ich muss auch noch mit dem Stern üben und mich danach ausruhen, um für den Ausbruch wieder fit zu sein. Also komm jetzt!«

Egal, was sie sagt, mein Kissen gebe ich nur über meine Leiche her. Grace seufzt lautstark und geht. Zuerst bin ich erleichtert, dann werde ich misstrauisch. Grace gibt sonst nie so leicht auf, doch ich bin zu müde, um meine Augen wieder zu öffnen und zu sehen, was sie vorhat. Hätte ich es mal besser getan.

PLATSCH!

Eiskaltes Wasser trifft mich und ich schreie geschockt auf. Ich lasse mein Kissen los und schnelle in die Senkrechte.

»GRACE!«, rufe ich empört und reibe mir das Wasser aus den Augen. Böse starre ich sie und den roten Eimer in ihrer Hand an.

»Na also, geht doch.« Sie lächelt mich triumphierend an. Meinen Todesblick ignorierend bringt sie den Eimer zurück ins angrenzende Bad.

»Das, meine Liebe, wird sich eines Tages böse rächen!«, schwöre ich, während ich mein nasses Haar auswringe. Grace kichert amüsiert.

»Ach ja? Na, das werden wir noch sehen!«

»Ich sage es dir nur einmal«, drohend hebe ich den Zeigefinger, »ab dem heutigen Tag bist du verflucht und jegliches Wasser wird fortan dein Feind sein!«

Grace prustet vor Lachen los, und schließlich kann auch ich nicht mehr anders und grinse von einem Ohr bis zum anderen.

»Dann geh ich jetzt wohl mal besser duschen«, sage ich und versuche,

mich aus den nassen Sachen zu schälen. Sie kleben wie eine zweite Haut an mir und ich muss kräftig ziehen, um sie zu lösen.

»Ist wohl eine gute Idee, nass bist du ja eh schon«, gibt Grace ihren Senf dazu. Wenigstens hilft sie mir aus dem Kleid raus.

»Danke«, murmle ich, als ich mich endlich von meinen Klamotten befreit habe und mich in ein Handtuch kuschle, das Grace mir reicht.

»Ich geh dann schon mal Mittagessen. Wenn du mit Duschen fertig bist, kannst du ja dann runterkommen.«

Sie wendet sich zum Gehen und ich mache mich auf in Richtung Dusche. Diesmal nehme ich mir jedoch die Zeit und warte, bis das Wasser warm wird.

Nach Grace' Wasserattacke ist mir so kalt, dass ich erst mal wieder auftauen muss. Ungeduldig wippe ich mit den Füßen auf und ab, in der Hoffnung, so nicht an Ort und Stelle festzufrieren. Währenddessen betrachte ich mich ausgiebig im Spiegel.

Wenn es überhaupt möglich ist, sehe ich noch schlechter aus als gestern. Der erholsame Schlaf in den letzten Stunden hat zwar gutgetan, aber er konnte die Spuren meiner Albtraumnächte nicht wieder wettmachen. Mein nasses Haar klebt an mir, und obwohl es schwarz ist, scheint es stumpfer und kraftloser zu sein als früher. Meine Augen gleichen zwei finsteren Höhlen, selbst das helle Auge. Und meine Lippen sind ohne jegliche Fülle und gleichen einem schmalen blassen Pinselstrich. Zudem laufen sie bereits blau an, so kalt ist mir. Von dem Rest meines Körpers will ich gar nicht erst anfangen. Die Knochen treten aus ihm hervor, dass es den Eindruck erweckt, ich bestünde nur aus ihnen.

Mir läuft ein unangenehmer Schauder über den Rücken. Ich grusle mich vor mir selbst und komme mir vor wie ein Zombie aus *The Walking Dead*. Meinen eigenen Anblick nicht länger ertragend, trete ich in die kleine Duschkabine und stöhne genussvoll auf, als das warme Wasser auf meinen Körper trifft. Von den gestrigen Ereignissen spüre ich jeden Knochen und alle noch vorhanden Muskeln. In mir zieht und zerrt sich alles zusammen, nur die Wärme schenkt mir einen Moment der Entspannung. Meine Seife duftet nach Pfirsichen und Sommer, was ich heute überdeutlich wahrnehme. Ich sehne mich so sehr danach, echte Sonnenstrahlen auf meiner Haut zu spüren, dass es wehtut. Ich würde alles dafür geben, nur einmal noch in meinem Leben das Gesicht in die Sonne zu halten und ihre Wärme zu fühlen. Wirklich alles.

Mit dem herablaufenden Wasser vermischen sich meine Tränen. Ärgerlich wische ich sie weg. Es bringt einfach nichts, um etwas zu trauern, was einem nicht länger zusteht. Dadurch macht man es sich nur unnötig selber schwer. Verlorene Träume sind nun mal genau das – verloren.

Entschlossen drehe ich das Wasser ab und steige aus der Dusche. Die Kälte trifft mich unmittelbar und schnell angle ich mit den Fingern nach meinem Handtuch, um mich abzutrocknen. Ich nehme mir ein zweites, kleineres Handtuch aus dem Schrank gegenüber der Dusche und wickle es um meine Haare. Anschließend stapfe ich aus dem Bad und bleibe nachdenklich vor meinem Kleiderschrank stehen. Was man wohl für einen Ausbruch am besten anzieht? Auf jeden Fall etwas Bequemes, und man muss sich gut darin bewegen können. Es sollte aber auch gut Wärme speichern können. Denn wer weiß, wie die Temperaturen in der Galaxie sind.

Ich tippe mir gedankenverloren mit dem Finger gegen die Lippen und greife schließlich nach meiner täglichen Arbeitskleidung. Diese ist nicht nur unauffällig, sondern erfüllt auch alle geforderten Kriterien. Die Leggins sorgen für eine ausreichend gute Beweglichkeit. Der schwarze Pullover wird mich warmhalten, ebenso wie mein rotes Arbeitskleid, welches ich darüber tragen kann.

Ich bin froh, immer von etwas eine zweite Garnitur zu besitzen, denn meine anderen Klamotten liegen noch immer pitschnass auf dem Fußboden vor meinem Bett. Ich werde sie aufhängen müssen. Also schnappe ich mir meine neuen Sachen und streife sie mir so schnell wie möglich über, um nicht zu lange frieren zu müssen. Meine Haare hingegen sind immer noch ziemlich feucht, weshalb ich versuche, das Trocknen mit dem Handtuch zu beschleunigen. Nach einer Viertelstunde beschließe ich, dass es jetzt genug ist und drehe sie zu einem unordentlichen Dutt im Nacken zusammen. Danach klaube ich meine nassen Klamotten vom Boden und hänge sie im Badezimmer über der Dusche auf. Vorher durchsuche ich noch alle Taschen, um nichts Wichtiges in ihnen zu vergessen. Mir fallen meine Armbanduhr, die restlichen Knallerbsen, ein kleines Klappmesser, ein Feuerzeug und das Stofftaschentuch mit der seltsamen Stickerei von Schattenmann in die Hände. Die Armbanduhr lege ich mir direkt um und stopfe den Rest bis auf das Tuch in die Taschen des trockenen Arbeitskleides, das ich anhabe.

Nachdenklich falte ich das Stofftaschentuch auseinander und fahre mit den

Fingern das aufgestickte Unendlichkeitszeichen entlang. Wer auch immer es stickte, hat saubere Arbeit geleistet. Mehr noch. Die Linien erscheinen mir geradezu filigran. Und dieser eigenartige Farbverlauf erst. Von Rot zu Tiefschwarz und wieder zurück. Mir wird klar, dass dies die Unendlichkeit noch mehr verdeutlicht. Denn die Farbe Rot steht meist für die Liebe, für das Leben. Schwarz hingegen für den Tod. Für das Ende vom Anfang.

Nachdenklich falte ich es zusammen, lege es in eine der Taschen meines Arbeitskleides und verlasse das Zimmer.

Als ich einige Minuten später im Speisesaal ankomme, bin ich wieder ganz schön spät dran, aber diesmal ist die ältere Frau an der Essensausgabe noch so nett, mir lediglich einen tadelnden Blick zuzuwerfen und einen Teller mit einem undefinierbaren Brei über die Theke zu schieben. Angewidert greife ich danach. Inzwischen weiß ich, dass der süße Geruch nur Betrug ist und der Brei in Wirklichkeit alles andere als essbar. Die guten Reste vom Vortag waren wohl endgültig aufgebraucht und jetzt gibt es wieder den gleichen Mist wie vor dem Weihnachtsball. Ich weiß ja, dass wir sparsam mit dem Essen umgehen müssen, aber was wäre verkehrt daran, ab und zu auch mal was Vernünftiges zu kochen? Leider muss ich mir eingestehen, dass unsere Zutaten aus den Obst- und Gemüseanlagen bei Weitem noch nicht dafür ausreichen, weshalb unser Essen wohl noch eine ganze Weile so beschränkt sein wird. Vermutlich wird es sogar noch schlimmer, wenn Grace nicht mehr hier sein wird, um mit ihrem Licht die Pflanzen zu ernähren.

Ich verbiete mir, ein schlechtes Gewissen zu haben. Schließlich gehen wir nicht nur um meinetwillen, sondern auch um unsere Erinnerungen wiederzufinden und sie all den Menschen hier zurückzugeben. Und mit den Erinnerungen ist möglicherweise all unser Leid beendet und niemand müsste dann mehr Hunger leiden. Unser Ausbruch dient also auch dem Allgemeinwohl.

Mit dem Essensteller in der einen und Besteck in der anderen Hand, lasse ich meinen Blick über die Menge schweifen. Über hundert Menschen sitzen gleichsam über ihr Essen gebeugt da und einige wenige unterhalten sich angeregt. Die meisten starren jedoch ausdruckslos vor sich hin. Die Leere in ihren Augen lässt mich erschaudern. Sie erinnert mich an das Gefühl, das auch mich langsam aber sicher verrückt macht. Viele sind bereits mit Essen fertig oder haben gar nicht erst damit angefangen. Es ist nicht gerade unüblich,

dass einige über längere Zeit hinweg sämtlichen Willen zur Selbsterhaltung verlieren. Der einzige Unterschied dabei ist, dass es ihnen nicht möglich ist, sich dabei zu Tode, sondern höchstens in den Wahnsinn zu hungern. Genauso verhält es sich mit dem Trinken, dem Atmen und allem anderen.

Der Punkt ist, wir könnten es unterlassen, schließlich sind wir alle nur Kopien unserer echten Körper, Geistwesen, um genau zu sein, aber das heißt nicht unbedingt, dass es gut für unser menschliches Gemüt ist. Es unterstreicht hingegen nur umso mehr unsere Sonderbarkeit.

Als ich mich an den Tischen vorbei zu Grace, Schattenmann und meinem Stammplatz schlängle, fasse ich einige Gesprächsfetzen auf. Im Grunde scheint sich alles nur um ein Thema zu drehen: Den großen Krach letzte Nacht und den eingerissenen Himmel.

Die einzelnen Theorien sind so unterschiedlich wie seltsam und manche klingen dermaßen verrückt, dass ich nur den Kopf schütteln kann. Aber keiner hat auch nur eine Ahnung von dem tatsächlichen Grund, was beruhigend ist. Die Mehrheit glaubt an eine Störung des Schwarzen Lochs, die sich bald von selbst beheben wird.

Ausgefallener hingegen sind die Theorien, dass Raketen oder deren Bruchstücke ins Schwarze Loch gefallen sind.

Ich schmunzle in mich hinein.

Wenn die wüssten ...

Kapitel 15

Hello Sunshine«, begrüßt mich Schattenmann, als ich mich zu ihnen an den Tisch setze.

»Hi«, erwidere ich lediglich und stopfe mir den ersten Löffel des widerlichen Breis in den Mund. Am liebsten würde ich ihn direkt wieder ausspucken. Ihn als geschmacklos und fad zu bezeichnen, wäre die Untertreibung des Jahrhunderts. Aber es nützt ja alles nichts, irgendetwas muss man ja essen.

»Hast du schon die ganzen Gerüchte gehört? Irre, oder?«, fragt Grace aufgeregt und beugt sich vor. Ich nicke nur, weil der Brei in meinem Mund sich gerade vervielfältigt.

»Arme Christie.« Grace wirft einen mitleidigen Blick zu dem Mädchen. Christie sitzt mutterseelenallein an einem der Ecktische und hat ihr Essen, soweit ich das von meinem Platz aus erkennen kann, nicht mal angerührt. Der gebrochene Ausdruck in ihrem Gesicht sagt alles. Sie scheint am Boden zerstört.

»Wasch isch mipf ihr?«, bringe ich mühsam hervor, wobei mir überschüssiger Brei aus dem Mund zurück auf den Teller tropft. Schattenmann lacht leise über mein Missgeschick, reicht mir aber netterweise eine kleine grüne Serviette, mit der ich mir den Mund abwischen kann.

»Ein paar Kinder glauben, dass sie etwas mit dem Riss im Schwarzen Loch zu tun hat und sie ihre Krankheit nur vortäuschte, um ihre wahren Absichten zu verschleiern. Die Kinder hacken deshalb auf ihr rum. Das wiederum hat nun auch die Heimleiterin mitbekommen und knöpft sie sich jetzt ebenfalls vor.«

»Oha!«, mache ich. Das tut mir ehrlich leid.

Ich hatte nie vor, mit unserer Aktion jemanden in Bedrängnis zu bringen.

Schon gar nicht ein unschuldiges Kind. Zudem ging es Christie wirklich nicht besonders gut, wir hatten sie ja letzte Nacht gehört. Mein schlechtes Gewissen meldet sich, aber ich kann ja kaum etwas dagegen tun, ohne mich zu verraten.

»Ich weiß«, meint Grace nur, die meine Gedanken gelesen zu haben scheint.

»Okay, Mädels, wir sollten jetzt den weiteren Ablauf planen.«

Schattenmann mustert uns eindringlich. »Ich habe uns allen dreien kleine schwarze Rucksäcke besorgt. Wir werden das Gepäck am besten aufteilen, sonst wird es zu viel für einen allein. Ich werde etwas Proviant besorgen und ihn bei mir verstauen, ebenso wie unsere Sterne. Ihr beide packt dann vor allem praktische Dinge ein, darunter Kleidung, eine Flasche Wasser und am besten auch etwas Arznei. Wer weiß, was uns da draußen erwartet. Aber achtet darauf, dass die Rucksäcke nicht zu schwer werden, wir haben schließlich noch einen anstrengenden Lauf durch den Toten Wald vor uns.«

Ich schlucke schwer. Bei dem Gedanken an unseren Marsch durch den Toten Wald vergeht mir der Appetit. Ich schiebe den halbleeren Teller von mir, als ein lautes Klirren hinter mir mich zusammenfahren lässt. Erschrocken drehe ich mich in die Richtung, aus der das Geräusch kam. Hundert weitere Augenpaare tun es mir gleich. Die Ursache ist schnell gefunden.

Edgar, ein älterer Mann mit einem Katzenbuckel, steht mitten im Raum und hat die Augen weit aufgerissen, sodass ich selbst aus der Ferne das Weiße in ihnen erkennen kann. Sein Essenstablett hält er in seinen stark zitternden Händen, doch es ist offensichtlich, dass es seine Schale ist, die vor ihm auf dem Boden liegt. Mit den Füßen steht er im matschigen Brei.

»Ich kann das nicht«, höre ich ihn flüstern. Sein Blick huscht unruhig umher und scheint keinen Halt mehr zu finden. Seine Hände zittern nur noch stärker.

»ICH KANN DAS NICHT MEHR!«, brüllt er und schlägt mit einer ungeahnten Wucht das Tablett auf den Boden. Die Umstehenden schreien erschrocken auf und weichen vor ihm zurück. Auch ich ziehe scharf die Luft ein und lasse ihn nicht aus den Augen. Beinah verzweifelt rauft er sich die Haare, doch ich weiß, was seine Geste in Wirklichkeit bedeutet. Sie stellt eine Explosion dar, in seinem Kopf.

Mitfühlend betrachte ich seine gekrümmte Gestalt. Ich weiß, wie es ist,

wenn die eigenen Gedanken so laut sind, weil im Kopf nichts weiter ist, außer ihnen.

Keine Erinnerungen, kein Nichts.

Nur die Frage nach dem Warum. Sie schallt wie ein umgekehrtes Echo an den Wänden unsere Köpfe wider und wird lauter statt leiser. Und wenn man es eines Tages nicht mehr aushält, zerbricht die Frage in tausend Scherben, deren spitze Kanten auch dich zerstören. Verlierst du also den Kampf, verlierst du auch dich selbst. Nichts vermag dich dann noch zu retten.

Ich erschaudere abermals. Ob mir dasselbe auch bald bevorsteht, wie Schattenmann behauptet? Edgar stößt einen animalischen Schrei aus und reißt sich dabei weitere Haare aus.

»SEI STILL!«, ruft er zu niemand bestimmtem, schnappt sich einen leeren Stuhl und schmettert ihn an die Wand. Die anderen schreien auf und gehen unter den Tischen in Deckung. Aufgescheucht durch den Lärm, stürmen einige Wächter in den Raum und versuchen, Edgar zu fassen zu bekommen, ohne dabei verletzt zu werden.

»Lasst mich los, ihr verdammten Schweinesäcke!«, schreit Edgar und wehrt sich mit Händen und Füßen und zerkratzt dabei einem der Wächter das Gesicht. Doch statt loszulassen, packen sie ihn umso fester an den Armen und schleifen ihn aus der Kantine. Draußen hören wir ihn noch eine Weile schimpfen und grölen, während es im Raum so still und erstarrt ist, als läge ein Zauber über allen. Nur langsam kommen die Gespräche wieder in Gang und auch ich muss erstmal schwer schlucken.

»Das war jetzt schon der vierte Vorfall innerhalb einer Woche«, bemerkt Grace flüsternd. Ich nicke mechanisch. Edgars verzweifelter Anblick und wie er sich die Haare herausriss, gehen mir nicht aus dem Kopf. Ich kannte ihn nicht gut, lediglich lang genug, um seinen Namen zu wissen. Aber das reicht völlig.

»Nicht nur bei Kaithy scheint es schlimmer zu werden«, stellt Schattenmann nüchtern fest. »Ich habe mir einen Überblick über die Statistiken verschafft. Fast doppelt so viele Menschen wie letztes Jahr rennen aus Verzweiflung in den Toten Wald. Und ihr wollt gar nicht erst wissen, wie viele Irre in den Kellern festgehalten werden.«

Grace' Augen weiten sich und eine Gänsehaut breitet sich auf ihren Armen aus.

»Hör bitte auf, du machst ihr Angst!« Ich streiche Grace beruhigend über den Rücken. Betroffen senkt Schattenmann seinen Blick und nuschelt eine Entschuldigung. Grace protestiert zwar, aber ich lese ihr die Sorgen von ihrer blassen Nasenspitze ab.

»Gegen drei Uhr hole ich euch beide in eurem Zimmer ab, bis dahin solltet ihr also mit Packen fertig sein«, sagt Schattenmann schließlich, in dem Versuch, das Thema zu wechseln. Zum Glück scheint Grace darauf anzuspringen.

»Und wann, oder auch wo, übe ich dann mit meinem Übungsstern? Heute ist Sonntag, das heißt, alle Kinder werden im Stall sein und sich um die Pferde kümmern.«

Überrascht reiße ich die Augen auf. Daran hatte ich ja gar nicht mehr gedacht!

»Keine Sorge, ihr kommt einfach mit mir in meine geheime Bibliothek, dort dürften wir ungestört sein. Und während du schön übst, kann Kaithy sich noch etwas ausruhen.«

»Hey!«, unterbreche ich ihn säuerlich. Hatte ich schon erwähnt, wie sehr ich es hasse, wenn andere etwas über meinen Kopf hinweg über mich bestimmen?

»Oder ein Buch lesen, was weiß ich!« Er rollt mit den Augen.

»In Ordnung«, stimme ich letztendlich zu, denn ich habe keine Lust und Energie, wieder mit ihm darüber zu diskutieren.

»Und wann werden wir fliehen?«, hakt Grace nach.

»Gut, dass du fragst, denn das ist tatsächlich etwas, das umgeplant werden muss«, sagt er. »Durch das Chaos, das wir letzte Nacht veranstaltet haben, wurden die Sicherheitsmaßnahmen gravierend verschärft. Die Heimleiterin meinte heute Morgen, dass in Zukunft alle Eingänge abends stärker bewacht werden. So wollen sie sichergehen, dass keiner raus oder rein kann. Das heißt für uns drei, wir müssen es schaffen, entweder ungesehen oder mit einer guten Ausrede vor zwanzig Uhr das Gebäude zu verlassen.«

Er fährt sich mit der Hand durch das Haar und sein Blick wandert unruhig im Raum umher. Ohne es zu merken, hat er angefangen, mit den Fingern auf den Tisch zu trommeln und ich ahne, dass er längst nicht so zuversichtlich ist, wie er sich gibt.

»Dann ist die Haupttür vermutlich erst recht bewacht. Wenn nicht sogar

noch stärker und mit Vollzeitbesetzung«, kommentiert Grace. Ihr Blick verfinstert sich und sie zieht einen kleinen Schmollmund, der mich schmerzlich daran erinnert, wie jung sie eigentlich ist. Wie können wir ihr nur so viel aufbürden? Das ist einfach unverantwortlich, aber leider weiß ich keine andere Lösung.

Schattenmann stützt den Kopf in die Hände und streicht sich dabei mit der Hand über das Kinn.

»In den toten Wald kommen wir letztendlich nur über die Koppel. Die wird ja wohl kaum jemand bewachen.«

»Wahrscheinlich nicht«, sage ich, auch wenn wir uns dessen nicht zu sicher sein sollten. »Wo sind eigentlich die Rucksäcke?«

Ich linse unter den Tisch.

»In unseren Schränken«, sagen Grace und Schattenmann wie aus einem Mund. Nur dass Schattenmann »euren« statt »unseren« Schränken sagt.

»Okay! Dann hätten wir das ja geklärt. Kommst du, Grace? Wir sollten wohl mit Packen anfangen.« Ich erhebe mich von meinem Stuhl.

»Heißt das, du willst das nicht mehr essen?«, fragt Schattenmann und ich höre die Hoffnung deutlich aus seiner Stimme heraus. Ich kann mir ein Schmunzeln nicht verkneifen. Wenn Schattenmann eines nicht ist, dann wählerisch. Zumindest in Bezug auf Essen.

»Du kannst es haben.« Ich zwinkere ihm zu.

»Danke«, nuschelt er, während er sich den Löffel in den Mund schiebt. Ich schüttle nur den Kopf über sein Verhalten und hake mich bei Grace ein, um mit ihr gemeinsam nach oben zu gehen.

»Ein Wunder eigentlich, dass er noch so schlank ist, oder?«, flüstert Grace mir kichernd ins Ohr.

»HEY! Das hab ich gehört!«, kommt es von hinten – zusammen mit einem Löffel Brei, der mit einem Platschen in Grace' Haaren landet.

Wütend wirbelt sie auf dem Absatz herum.

»Na warte, Freundchen! Jetzt kannst du was erleben!«

In ihren Augen liegt ein teuflisches Funkeln.

»Oh, bitte nicht«, stöhne ich, als Grace sich vom Nachbartisch eine Schüssel Brei stibitzt und gleich die ganze Schale nach ihm wirft. Gekonnt weicht Schattenmann dieser aus und die Schale zerschellt scheppernd an der Wand hinter ihm.

»Daneben. Zielen ist wohl nicht so deine Stärke, oder?«, feixt er. Ein breites Grinsen ist in sein Gesicht getreten. Grace brodelt, doch bevor sie sich eine weitere Schale schnappen kann, ziehe ich sie fort. Die anderen gucken schon, was mir ja normalerweise egal wäre, aber das Motto dieses Tages lautet *Nicht auffallen.*

Und sich eine Strafarbeit von der Heimleiterin wegen Vandalismus im Speiseraum einzuhandeln, zählt definitiv zu den Dingen, die wir heute meiden sollten.

»Was sollte das? Ein zweites Mal hätte ich ihn mit Sicherheit nicht verfehlt!«, schmollt sie. »Zu zweit wären wir unschlagbar gewesen! Wo ist dein Kampfgeist geblieben?«

Ich seufze und überlege, wie ich ihr am besten erklären kann, warum eine Essensschlacht heute keine gute Idee ist, als Grace sich von meiner Hand losreißt. Ich kann mich gar nicht schnell genug nach ihr umdrehen, als sie bereits

»ESSENSSCHLACHT!« brüllt und sich mit zwei Schalen Brei bewaffnet. Ich stöhne abermals, denn jetzt ist es zu spät, um sie aufzuhalten. Alle in unserer Nähe springen auf, entweder um hinter Tischen und Stühlen in Deckung zu gehen oder sich selbst mit Brei zu bewaffnen. Es ist nicht die erste Essensschlacht, die Grace anstiftet. Aber, wie ich zugeben muss, eine der wildesten. Obwohl ich weiß, dass heute eigentlich der schlechteste Zeitpunkt dafür ist, kann ich nicht anders, als mich daran zu erfreuen. Denn für einen Augenblick scheinen alle glücklich zu sein. Besonders die Kinder, aber auch die Erwachsenen können ein Schmunzeln nicht verbergen. Grace gibt ihnen allen ein Gefühl von Freiheit, Ungezwungenheit und Sorglosigkeit. Sie ist wahrhaftig ein Geschenk für alle hier, mich eingeschlossen.

»Na, Prinzessin, ergibst du dich?«, spricht mich eine schelmische Stimme hinter mir an. Ich wirble herum. Entgegen meiner Erwartung ist es nicht Schattenmann.

»Brian«, sage ich und versuche, gelassen zu klingen. »Erstens bin ich nicht deine Prinzessin und zweitens würde ich lieber sterben, als mich vor dir zu ergeben.« Ich gehe in Angriffshaltung über und balle die Hände zu Fäusten.

»Bist du dir da sicher?« Lässig wirft er eine Schale Brei in die Luft und fängt sie wieder auf, ohne, dass er etwas verschüttet. Ich verdrehe genervt die Augen. Oh, wie ich diesen Kerl und seine Angebereien hasse. Wie zwei

Löwen kurz vor dem Angriff umkreisen wir uns und lassen das Gegenüber keine Sekunde aus den Augen. Brians überlegenes Grinsen könnte auch super als Zähnefletschen durchgehen. Am Ende ist er allerdings nur ein weiterer Idiot, der nur an Macht gewinnt, wenn man es zulässt und vor Furcht vor ihm erzittert. Und weil ich weder das eine noch das andere tun werde, weiß ich, dass ich immer die Stärkere von uns beiden sein werde.

»Aber ich muss dir in einem Punkt zustimmen, meine Prinzessin bist du nicht. Sondern Schattenmanns. Versteckst dich hinter ihm wie ein feiges Huhn! Du bist erbärmlich, Kaithy! Ohne deinen dunklen Beschützer bist du nichts!«, speit er aus und spuckt nach mir. Wütend verziehe ich das Gesicht.

Wie kann er es nur wagen, so etwas zu behaupten!

»Das ist nicht wahr! Ich bin kein feiges Huhn! Und niemandes Prinzessin!«, fauche ich. Der Typ kann jetzt was erleben!

»Dann wirf doch, wenn du dich traust!« Provozierend hebe ich die Arme und wackle mit den Augenbrauen. Seine Antwort lässt nicht lange auf sich warten. Geschickt weiche ich der ersten Schale aus und gehe hinter einem Tisch in Deckung. Inzwischen sind Brians Geschosse nicht die einzigen, auf die ich achten muss. Im Speiseraum ist das Chaos ausgebrochen. Diejenigen, die sich nicht an der Schlacht beteiligen, verstecken sich ebenso wie ich hinter umgedrehten Tischen, oder versuchen mit Stühlen, das Schlimmste abzuwenden und aus dem Raum zu fliehen. Schalen, Besteck und Brei fliegen durch die Luft und treffen sowohl ihr Ziel als auch alles andere. Der Brei ist mittlerweile überall und klebt sowohl an den Wänden als auch an den Menschen.

Vorsichtig linse ich um die Tischkante herum. Brian hat mich noch nicht entdeckt und sucht die Umgebung nach mir ab. In all dem Gewimmel muss er mich aus den Augen verloren haben, was ich zu meinem Vorteil nutzen kann. Etwas entfernt haben sich offenbar zwei Teams gebildet, von dem einen Grace die Anführerin zu sein scheint. Kampflustig und wie eine wilde Kriegerin steht sie auf einem der Tische, eine Bratpfanne als Schutzschild schräg vor sich haltend. In der anderen hält sie einen Kochlöffel, mit dem sie ihr Team zu dirigieren scheint. Sie brüllt ihrer Mannschaft Kommandos wie »FEUER!« zu, woraufhin ihr Team zum Breischlag ausholt. Ich grinse in mich hinein. Grace ist eine geborene Anführerin, das sieht selbst ein Blinder.

»Na, hast du mich vermisst?«

Erschrocken drehe ich mich um.

»Schattenmann?!« Überrascht schnappe ich nach Luft. Verschwörerisch legt er einen Finger auf die Lippen und deutet mit der anderen Hand in Richtung Brian. Ich nicke stumm und lächle. In seinen Augen funkelt eine schelmische Vorfreude, die auf mich überspringt und sich mit einem aufregenden Kribbeln in meinem Körper ausbreitet.

»Ich weiß, dass du besser zielst als Grace, deshalb habe ich dir das hier mitgebracht«, flüstert er und schiebt mir eine Schale Brei zu.

»Verschwende sie nicht.« Er zwinkert mir zu.

»Würde ich nicht mal im Traum daran denken«, entgegne ich grinsend.

»Bereit zum Angriff?« Fragend sieht er mich an.

Ich werfe einen prüfenden Blick über die Tischkante. Brian hat inzwischen einige seiner Freunde um sich geschart und durchkämmt strategisch alle Versteckmöglichkeiten. Viel Zeit bleibt uns nicht mehr, bis er uns entdeckt. Wenn wir jetzt zuschlagen, haben wir zumindest den Überraschungseffekt auf unserer Seite. Mit einem Lächeln im Gesicht nicke ich Schattenmann zu.

Angriff!

Gleichzeitig springen wir hinter dem Tisch hervor und schreien:

»ATTACKEEE!!!«

Wir werfen unsere Schalen beinah zeitgleich und treffen jeweils die zwei Typen links und rechts neben Brian. Geschockt wirbelt dieser zu uns herum.

»Da bist du ja wieder, ich hab dich schon vermisst«, witzelt Brian und klatscht begeistert in die Hände.

»Hat die Prinzessin ihren Beschützer wiedergefunden?«

»Du wirst es wohl nie kapieren, oder?«, erwidere ich. »Schattenmann ist genauso wenig mein Beschützer wie ich seine Prinzessin!«

»Lass sie in Ruhe, Brian!«, mischt sich Schattenmann ein und bekommt dafür prompt eine Schale Brei entgegen geschleudert, welcher er jedoch geschickt ausweicht. Schattenmann lacht auf.

»So schnell erwischst du mich nicht, McLaren! Dafür musst du schon schneller sein. Aber wir wissen ja beide, dass selbst eine Schnecke flinker ist als du …«

Lässig schnappt sich Schattenmann zwei weitere Schalen von einem der noch stehenden Tische und bewirft damit zwei von Brians Kumpanen, die sich uns von hinten nähern. Einer von ihnen rutscht auf dem Brei aus, den

anderen trifft der Brei im Gesicht. Dadurch kann dieser allerdings nicht sehen, wo er hintritt und fällt der Länge nach über seinen Kumpel. Brian schnaubt verärgert angesichts deren Versagens. Bei dem ganzen Schalenwerfen, muss ich zugeben, bin ich froh, dass diese aus Plastik sind, wobei Brian es verdient hätte, mal einen ordentlichen Kratzer davon zu tragen. Ich bin es leid, dass er mich nur deshalb ärgert, weil er neidisch auf Schattenmanns Posten in der Sammlertruppe ist und nicht anders an ihn herankommt.

»Kaithy!«, ruft Schattenmann plötzlich und ich eile an seine Seite. Jetzt sehe ich sie auch. Brians Freunde aus der Sammlertruppe haben uns umzingelt, und wir haben es nicht gemerkt. Rücken an Rücken drehen wir uns im Kreis, als ich spüre, wie Schattenmann mir eine weitere Breischale in die Hand schiebt, die er vorher hinter seinem Rücken versteckt hatte. Ich presse mich noch dichter an ihn, um die Übergabe der Schale und Schattenmanns eigene Schale vor den anderen zu verbergen. Ich ahne bereits was er vorhat und drehe meinen Kopf leicht in seine Richtung. Er nickt kaum merklich und ich lächle siegessicher. Schattenmann und ich haben einen Wurftrick perfektioniert, der stets unsere beste Geheimwaffe ist.

»Na, ergebt ihr euch, Turteltäubchen?«, verhöhnt uns Brian und verschränkt abschätzig die Arme vor der Brust.

»Niemals!«, brüllen Schattenmann und ich wie aus einem Mund und ich stoße einen animalischen Kampfschrei aus.

»Kaithy, Grace, JETZT!«, ruft Schattenmann aus und ich reagiere automatisch, auch wenn es mich für einen kurzen Augenblick durcheinander bringt, dass er auch nach Grace ruft. Ich drücke mich von seinem Körper los, vollführe eine Hundertachtziggraddrehung und lasse die Schüssel genau im richtigen Moment los. Schattenmann tut es mir gleich, als wäre er mein Spiegelbild, was der Sinn dieses Tricks ist. Unsere Schalen beschreiben einen kleinen Bogen, bevor sie direkt über Brain aufeinanderprallen, sodass der ganze Brei zweier Schüsseln auf seinem Kopf landet und sein Gesicht hinab läuft. Ich juble laut und klatsche mich lachend mit Schattenmann ab. Auch er grinst von einem Ohr bis zum anderen und für eine Sekunde fühle ich mich im Moment des Sieges nicht mehr schwach oder krank von den Sehnsüchten meines toten Herzens, sondern glücklich. Doch so sehr ich mir wünschte, dieser Zustand würde für immer anhalten, weiß ich, dass es nur eine Frage der Zeit sein wird, bevor mich die grausame Realität wieder einholt.

Als ich mich umschaue, erkenne ich den Grund, warum auch Grace' Name fiel. Offenbar hat sich ihre Allianz unbemerkt unter Brians Leute geschmuggelt und diese entwaffnet, was mir entgangen, Schattenmann aber aufgefallen zu sein scheint.

Brian kocht vor Wut, aber da seine gesamte Mannschafft ohne eine einzige Breischale dasteht, ist er machtlos gegen uns. Wortlos dreht er sich um und geht. Immerhin weiß er, wann er verloren hat. Zufrieden stolziert Grace wie eine Königin zu uns in die Mitte und klatscht sich ebenfalls mit Schattenmann ab. Auch wenn sie eigentlich schon zu groß dafür ist, kann ich nicht anders, als sie mir zu schnappen und auf den Armen zu tragen.

»Gebt es zu, ohne mich wärt ihr aufgeschmissen gewesen!«, behauptet sie und zwickt mich spielerisch in die Seite. Ihre blauen Augen sprühen nur so vor Schalk.

»Natürlich!«, beschwichtigt Schattenmann sie und wuschelt ihr durch die blonden Locken.

»Hey!« Grace lacht. »Brians Sammlertruppe hätte euch mit Brei abgeschlachtet, hätten wir sie nicht mit unserer Löffelattacke davon abgehalten!«

Mit großer Wahrscheinlichkeit hat sie damit sogar recht, aber ich lache nur und nicke zustimmend. Die Luft der Kantine ist erfüllt vom Duft klebrig süßen Breis und dem Lachen der Menschen, abgesehen von Brian natürlich. Für einen Moment scheint einfach alles perfekt. All die Sorgen und Probleme rücken in den Hintergrund. Wichtig sind nur noch wir drei und der glückliche Ausdruck in unseren Gesichtern. Wir haben nicht viel hier im Waisenheim, worüber wir lachen oder uns freuen können, aber wenn es dann doch mal passiert, gilt es den Augenblick zu genießen. Und genau das tue ich, bis …

Kapitel 16

Grace Santino! Kaithy Cortess! Schattenmann!«, donnert eine Furcht einflößende Frauenstimme und lässt mich und all die anderen gehörig zusammenfahren und in der Bewegung erstarren. Mein Blick schnellt zur Eingangstür. Was ich dort sehe, ist schlimmer als jeder Albtraum.

Unsere Heimleiterin, Ms. Genevieve Coldwater.

Ihre großgewachsene, schlanke Gestalt lässt den ganzen Raum gleich viel kleiner wirken. Sie trägt eine eng anliegende braune Lederhose und eine bis zum Hals hochgeknöpfte schwarze Bluse und darüber einen blutroten Umhang. Ihr strenger Gesichtsausdruck lässt nichts Gutes erhoffen. Die schwarzen Haare zu einem Dutt hochgesteckt, verstärken das Gefühl, vor einer Person zu stehen, mit der nicht gut Kirschen essen ist. Ihr suchender Blick durchkämmt den Raum, bis er an uns dreien hängenbleibt.

»Ihr! Mitkommen!«, zischt sie und deutet mit dem Finger auf uns. Ihre Stimme ist schneidender als jedes Messer. Ich schlucke schwer und lasse Grace wieder auf den Boden gleiten, halte ihre Hand jedoch weiterhin fest. Schattenmann setzt sich als erster in Gang und folgt der Heimleiterin, die bereits der Kantine den Rücken gekehrt hat und den Flur entlangmarschiert. Ihre hohen Absätze klackern dabei so laut wie Gewehrschüsse auf dem alten Steinboden.

»Alle anderen beseitigen das Chaos! Bis zum Abend will ich keinen einzigen Klecks Brei mehr an den Wänden sehen!«, ruft sie und das Echo des Flures trägt ihren Befehl laut und deutlich in die Kantine. Fast augenblicklich setzen sich alle in Bewegung und es folgt das Scharren von Stühlen und Tischen, die wieder aufgerichtet und zurück an Ort und Stelle geschoben werden.

Mit gesenktem Kopf und schlechtem Gewissen eile ich Schattenmann

hinterher und ärgere mich über mich selbst. Ich habe geahnt, dass diese Essensschlacht kein gutes Ende nehmen würde, und doch habe ich nichts getan, um sie zu verhindern. Es sei denn, und das wäre noch tausendmal schlimmer, die Heimleiterin zitiert uns nicht etwa wegen der Essensschlacht in ihr Büro, sondern wegen dem, was letzte Nacht passiert ist. Was ist, wenn wir doch nicht so vorsichtig waren wie gedacht? Wenn uns möglicherweise jemand beim Verlassen oder Reinschleichen ins Waisenheim gesehen hat? Das wäre der Untergang unseres Plans.

Mir wird schlecht.

Ich habe das Gefühl, der klebrige Brei in meinem Magen formt sich gerade zu einem tonnenschweren Stein. Der Riss im Himmel ist unsere einzige Chance! Wir dürfen sie einfach nicht verpassen.

Aber wenn die Heimleiterin uns deswegen im Waisenheim einschließt, können wir unseren Ausbruch vergessen. Und niemand weiß, wie lange das Loch im Himmel überhaupt offen bleibt. Vielleicht schließt es sich schon nach ein paar Tagen und wir müssten erneut einen Weg finden zu entkommen. Wer weiß, wie lange das erst dauert. Dann wäre es für mich vielleicht schon zu spät.

Angespannt beiße ich auf meine Unterlippe. Ich darf einfach nicht zulassen, dass die Heimleiterin unseren Ausbruch vermasselt! Unter keinen Umständen.

Mein Blick bohrt sich in den von Schattenmann. Er sieht nicht weniger entschlossen aus als ich. Etwas anderes hätte mich auch gewundert. Er ist ein Kämpfer, war er schon immer. Sein Mut und seine Tapferkeit beeindrucken mich schon seit unserer gemeinsamen Ankunft. Ich kenne niemanden, der mit solch einer Gelassenheit akzeptiert hätte, auf ewig als Schatten umherzuwandeln. Als ob er es verdient hätte, in dieser Gestalt zu sein. Wobei das mit Sicherheit nicht der Fall ist. So schwarz sein Äußerstes auch sein mag, sein Herz ist rein, dafür würde ich die Hand ins Feuer legen.

Mit Sicherheit gibt es einige Dinge, die er selbst mir verschweigt, aber das macht ihn noch lange nicht zu einem schlechten Menschen. Geheimnisse hat schließlich jeder.

Ich drücke Grace' Hand fester. Ich werde nicht zulassen, dass sich jemals etwas zwischen uns stellt.

»Hier herein! Und hinsetzen!«, befiehlt die Heimleiterin und öffnet eine

große Flügeltür links von uns. Sie hält eine der Türen für uns auf und wartet, bis wir alle nacheinander eingetreten sind. Erst dann betritt sie selbst den Raum und schließt die Tür hinter sich. Schattenmann und ich waren schon oft in ihrem Büro, aber Grace ist das erste Mal hier. Mit großen Augen lässt sie ihren Blick schweifen.

»Beeindruckend, nicht wahr?«, flüstere ich ihr zu. Sie nickt nur mit offenem Mund. Ich schmunzle. Mir ging es genauso, als ich das erste Mal hier war. Doch das Gefühl verschwindet, sobald die Heimleiterin einen mit ihrem undurchdringlichen Blick erdolcht. Trotzdem komme ich nicht umhin die Schönheit des Raumes zu bewundern.

Echte Designermöbel, wohin man auch schaut. Der wuchtige Schreibtisch ist aus wunderschönem Mahagoniholz. Die Wände sind bestückt mit Regalen, in welchen sich über hundert Bücher stapeln. Und das Ledersofa weiter hinten sieht so gemütlich aus, dass ich sicher darauf einschlafen und nie wieder aufwachen würde.

Die großen Fenster hinter dem Sofa lassen genügend Helligkeit herein, sodass keine Kerzenlaternen vonnöten sind.

Ich schnuppere leicht in die Luft. Tatsächlich, selbst der Geruch hat sich seit meinem letzten Aufenthalt hier nicht geändert. Zitrone. Wo auch immer er herkommt. Ich kann mir zwar nicht vorstellen, dass jemand freiwillig danach riechen würde oder diesen Duft als Raumspray verwendet, aber der Heimleiterin traue ich es durchaus zu.

Wortlos setzen Schattenmann und ich uns auf die uns zugewiesen Stühle vor dem Schreibtisch. Grace hebe ich einfach auf meinen Schoß, denn einen dritten Stuhl scheint es hier nicht zu geben.

»Also ... Ihr wisst sicher, warum ihr hier seid«, setzt die Heimleiterin an und ich halte die Luft an. Ich bete, dass sie die Essensschlacht meint, alles andere wäre fatal. Ich kann spüren, wie auch Schattenmann sich neben mir verkrampft und die Hände unter dem Stuhl zu Fäusten ballt. Ungeduldig warte ich darauf, dass sie weiterspricht, doch stattdessen beginnt sie langsam im Raum hin und her zu wandern.

»Euch zwei«, sie zeigt mit dem Finger auf Schattenmann und mich, »hatte ich schon so oft bei mir zu Besuch, dass ich nichts anderes von euch erwartet habe. Aber du, Grace, von dir bin ich am meisten enttäuscht. Du bist kaum ein Jahr hier und fällst schon so vehement auf! Also, was soll ich nur mit euch

anstellen?«

Mit verschränkten Armen lässt sie sich auf dem Stuhl uns gegenüber nieder. Ich spüre, wie Grace sich vor Scham und Angst in meine Arme duckt. Gern würde ich sie beruhigen, aber gerade habe ich Mühe, selbst die Fassung zu bewahren.

Warum sagt die Heimleiterin nicht einfach, weswegen wir bestraft werden, oder erwartet sie ernsthaft eine Antwort von uns? Wenn ja, kann sie noch lange darauf warten. Eher beiße ich mir die Zunge ab, als unsere Pläne zu verraten.

»Das war nicht die erste Essensschlacht, die laut Augenzeugen von euch dreien angezettelt wurde.« Vorwurfsvoll sieht sie jeden von uns an, doch ich atme erleichtert aus. Verwundert wirft Grace mir einen Blick zu und ich schenke ihr nur ein aufmunterndes Lächeln. Sie macht uns lediglich für die Essensschlacht verantwortlich, noch mal Glück gehabt.

Dachte ich zumindest.

»Ihr wisst bestimmt, dass ich so etwas, besonders beim wiederholten Mal, nicht dulden kann.« Ihr rauer Ton lässt mich aufhorchen. Ihre kohlrabenschwarzen Augen heften sich an mich.

»Da offensichtlich alle bisherigen Strafen für euch keine Früchte getragen haben oder zur Unterlassung besagter Aktionen führten, muss ich mir diesmal wohl etwas Bedeutenderes für euch ausdenken.«

Ich schlucke schwer und rutsche unruhig auf dem Stuhl herum. Das klang gar nicht gut. Ich hatte angenommen, sie verpasst uns einfach zusätzlichen Stall- oder Putzdienst, aber ihr Gesichtsausdruck lässt sehr viel Schlimmeres vermuten. Sofort ist die vorherige Anspannung zurück und ich beiße nervös auf meine Unterlippe.

»Ihr habt Essendienst«, sagt sie. Doch bevor ich vor Erleichterung aufatmen kann, fährt sie fort: »Für die Verfluchten.«

Ihre Stimme wurde zum Ende des Satzes hin immer eisiger. Ihre Worte brennen sich in meine Ohren, dennoch hoffe ich, mich verhört zu haben.

»Für die Verfluchten?«, echot Grace ängstlich und ich drücke sie schützend an mich, als die Heimleiterin nickt.

»Das können sie nicht machen!«, protestiert Schattenmann sofort, wobei ich ihm nur zustimmen kann. Aufgebracht springt er auf. Ich tue es ihm gleich und schiebe Grace hinter mich. Außer Reichweite dieser irren Frau.

Die Verfluchten nennen wir all jene, die aufgrund ihres Gedächtnisverlustes ihren Verstand verloren haben und schier wahnsinnig geworden sind. Bevor sie jedoch in den Toten Wald rennen konnten, hat die Heimleiterin sie in den Kellern des Waisenhauses einschließen lassen, falls irgendwann eine Heilung möglich sein, beziehungsweise eintreten sollte. Was bis jetzt bei noch keinem Einzigen geschehen ist. Diesen Leuten ihr Essen zu bringen, ist eine äußerst undankbare und gefährliche Aufgabe, denn dazu muss man die Zellen derjenigen betreten. Normalerweise übernehmen diese Aufgabe deshalb auch speziell ausgebildete Wachen, die sich im schlimmsten Fall zu verteidigen wissen. Ein sechsjähriges Kind da reinzuschicken, wäre blanker Wahnsinn!

»Grace ist noch ein Kind! Das dürfen sie gar nicht!«, fauche ich.

»ICH bin die Heimleiterin! Und wie ich das darf! Was erlaubst du dir überhaupt, meine Autorität in Frage zu stellen?«

Ehe ich mich versehe, hat sie mit der Hand ausgeholt und mir eine saftige Ohrfeige verpasst, die mich rückwärts stolpern und auf den Boden fallen lässt. Grace schreit auf und lässt sich zu mir auf den Boden gleiten. Ich halte mir die schmerzende Wange. In meinen Ohren klingelt es so laut, dass ich nicht höre, was Schattenmann sagt, aber sein vor Wut verzerrtes Gesicht ist mir Antwort genug. Seine Faust donnert auf den Tisch nieder und zufrieden registriere ich die dadurch entstandene Delle im teuren Holz. Geschieht ihr recht.

Ich spüre, wie Grace an meine Seite rutscht und ihre Arme wimmernd um meine Mitte schlingt, doch ich lasse die Augen keine Sekunde von der Heimleiterin. Wie kann jemand nur so grausam sein und einem Kind befehlen, sich in Lebensgefahr zu begeben?! So jemand ist für mich keine Leiterin, sondern ein Monster. Sie ist eindeutig diejenige, die unten in die Keller eingesperrt gehört.

»Sie Ungeheuer!«, rufe ich trotzig und ihre toten Augen wandern zurück zu mir.

»Wie kannst du es wagen, du unverschämtes Gör! Na warte!« Sie stößt einen spitzen Schrei aus und will sich auf mich stürzen, als Schattenmann sich ihr in den Weg stellt.

»Stopp! Ich übernehme die Strafe für die beiden. Lassen Sie sie in Ruhe.« Sein Ton ist ruhig und gefasst. Geschockt keuche ich auf. So froh ich über sein Angebot auch bin, ich ahne, dass die Heimleiterin sich nie und nimmer

darauf einlassen wird.

»Nein!«, kommt es auch prompt von ihr, gefolgt von einem Zischen.

»Ihr geht alle drei. Ein Wachmann wird euch zur Aufsicht begleiten und allein Grace als Schutz dienen. Ihr anderen beiden müsst sehen, wie ihr klarkommt! Das ist mein letztes Wort! Und jetzt raus aus meinem Büro!«, befiehlt sie und spuckt in meine Richtung. Ich verziehe angeekelt das Gesicht und wische mir mit dem Ärmel die Spucke weg. Diese Frau ist einfach nur ...

Es gibt nicht mal ein passendes Wort dafür.

Sie benimmt sich so kalt und unsensibel, als hätte man ihr Herz bei lebendigem Leibe herausgerissen. Dass unsere Herzen hier zwar nicht mehr schlagen, ist noch lange keine Rechtfertigung dafür, sich auch herzlos zu verhalten. Aber ehrlich gesagt will ich gar nicht wissen, was die Heimleiterin zu einem solch furchtbaren Menschen gemacht hat, selbst nach dem Tod. Ich weiß nur, dass es etwas unheimlich Schreckliches gewesen sein muss. Denn in ihren Augen erkenne ich, was hinter ihrer Härte und Kälte lauert:

Leid. Leid und unendlich viel Schmerz.

Etwas, das jeder hier in sich trägt, der eine mehr, der andere weniger. Manche gehen daran zugrunde. Mir wird klar, dass die Heimleiterin trotz ihrer Fehler auch eine innere Stärke besitzt, von der andere nur träumen können. Dafür hat sie meinen Respekt.

So würdevoll, wie es mir möglich ist, rapple ich mich auf und lasse die Heimleiterin dabei keine Sekunde aus den Augen. Diese Suppe ist noch lange nicht ausgegessen. Trotzig hebe ich das Kinn und versuche, ihr einen hoffentlich vernichtenden Blick zuzuwerfen. Ich habe keine Angst vor ihr. Das soll sie ruhig wissen. Mit ihren Spielchen kommt sie bei mir nicht weit.

Schattenmann reißt derweil die Tür auf und stolziert hinaus. Ich laufe ihm mit Grace an der Hand nach. Nur raus aus diesem scheußlichen Raum. Ich spüre Grace' Zittern durch ihre Hand. Im Gegensatz zu mir, muss sie wahnsinnige Angst haben. Kurz bevor ich die Tür hinter mir schließe, ruft die Heimleiterin uns nach:

»Wartet dort draußen, bis ein Wächter kommt und euch abholt.«

Kommentarlos schmettere ich die Tür hinter mir ins Schloss. Mir doch egal. Keine Sekunde später höre ich Grace schluchzen und erschöpft auf den Boden plumpsen. Besorgt knien Schattenmann und ich uns zu ihr. Sie mag zwar das mutigste kleine Mädchen sein, das

ich kenne, aber mit einem Besuch bei den Verfluchten stößt auch sie an ihre Grenzen. Etwas, das ich mehr als nur nachvollziehen kann. Auch mir ist die ganze Sache nicht geheuer, und ich bin kein Kind mehr. Sanft wiege ich Grace in den Armen und versuche sie dadurch zu beruhigen. Schattenmann sitzt stumm daneben, hält meine Hand und streicht mit der anderen über Grace' Rücken. Von oben müssen wir wie ein Kreis aussehen.

Wie eine Einheit. Eine Familie.

Der Gedanke gibt mir den nötigen Halt, um nicht durchzudrehen. Wir werden immer füreinander da sein, egal in welchen Mist wir uns reinreiten. Wir stehen das gemeinsam durch.

Leise flüstere ich meine Gedanken, teile sie, denn sie spenden Trost und geben Hoffnung. Schöneres gibt es in einer solchen Situation kaum zu sagen. Gleichzeitig versuche ich dadurch, die uns immer näher kommenden schweren Schritte zu übertönen, die unweigerlich einem Wächter gehören müssen. Ich halte die Luft an, bis sich zwei schwarze Stiefel in mein Sichtfeld schieben.

Ein lautstarkes Räuspern ertönt.

Ich schließe die Augen, in der Hoffnung, dass dieser Wächter dadurch einfach verschwindet. Leider tut er genau das Gegenteil.

»Ihr sollt mitkommen«, brummt er. Ich ignoriere ihn und klammere mich nur umso fester an Schattenmann und Grace.

»Kaithy, wir müssen«, flüstert Schattenmann die entsetzlichen Worte.

»Nein! Die Heimleiterin hat kein Recht dazu, uns so zu bestrafen.« Meine Stimme bricht.

»Vertrau mir, Kaithy. Ich kann und werde nicht zulassen, dass euch etwas zustößt. Grace als allerletztes. Darauf hast du mein Wort.«

Sanft drückt er meine Hand. Ich schaue auf.

In seinen Augen entdecke ich tiefe Entschlossenheit.

Diese gibt mir den Mut aufzustehen, mich dem Wächter gegenüberzustellen und ihn mit meinem Blick hoffentlich zu töten.

Der Wächter ist groß gebaut, muskulös und hat sich fast gänzlich in seinen blauen Umhang mit dem aufgestickten silbernen Unendlichkeitszeichen gehüllt, der ihn als Wächter kennzeichnet.

Ich greife nach Schattenmanns und Grace' Händen.

Sie geben mir nicht nur das Gefühl nicht allein zu sein, sondern machen mich auch stark.

Denn ich würde alles für die beiden tun. Und dafür braucht es keinen Mut, lediglich Liebe. Kurz scheint der Wächter überrascht, dann wirken seine Gesichtszüge wieder völlig gleichgültig.

»Kommt mit.«

Mit diesen Worten dreht er sich um und marschiert Richtung Kellergeschoss. Stumm folgen wir ihm.

Kapitel 17

Schnappt euch die Teller mit dem Essen und Besteck vom Servier-wagen und dann geht in die euch zugewiesenen Zellen«, erklärt uns der Wächter. »Das Essen müsst ihr in Reichweite des Verfluchten abstellen.« Er mustert uns mit einem Blick voller Abscheu. Die Schwärze seiner Augen unterstreicht den Hass, mit dem er uns begegnet, umso mehr. Dass er uns für völlig unfähig hält, ist mir sofort klar. Gleichzeitig weckt genau das meinen Ehrgeiz. Ich kann und werde nicht versagen. Und ich werde nicht zulassen, dass Grace etwas passiert. Dieser Wächter sieht alles andere als scharf darauf aus, unseren Babysitter spielen zu müssen. Gelangweilt kramt er etwas aus einer Tasche seines Umhanges hervor.

»Noch irgendeinen abschließenden Tipp?«, frage ich sarkastisch.

Schattenmann brummt belustigt.

»Versucht, nicht draufzugehen«, antwortet der Wächter kalt und drückt jedem von uns einen Zettel in die Hand. Ich atme geräuschvoll aus.

Da sind zehn verdammte Namen drauf! Zehn!

Meine Augen weiten sich vor Schreck. Als ich zu Schattenmann rüber schiele, erkenne ich, dass seine Liste sogar noch länger ist. Allein Grace hat zum Glück nur drei Namen. Was nicht zwingend besser sein muss. Ihre drei Personen könnten am Ende gefährlicher sein als die zehn auf meiner Liste.

»Die Namen findet ihr oberhalb der Zellentüren.« Mit dem Finger weist der Wächter uns auf alte Messingschilder hin, in welche die Namen einge-ritzt sind. Die meisten Schilder sind von Schmutz und Rost überzogen und machen dadurch manche Namen fast unlesbar.

Große Klasse. Das hat mir gerade noch gefehlt.

Am Ende stolpere ich noch in die falsche Zelle.

»Was steht ihr noch hier rum?! Ich hab auch noch anderes zu tun, also

bewegt eure Hintern, bevor ich sie persönlich in eine der Zellen stecke!«, blafft der Idiot. Ich knirsche mit den Zähen. Der kann mich mal. Nur zu gern würde ich ihm die Zunge rausstrecken, aber ich belasse es dabei, ihn absichtlich anzurempeln, als ich an ihm vorbei zum Servierwagen gehe.

»Bekommen wir wenigstens eine Waffe oder so, um uns im Notfall verteidigen zu können?«, fragt Schattenmann. Ich drehe mich nochmal um. An eine Waffe hatte ich nicht mal gedacht, aber es wäre tatsächlich keine schlechte Idee, eine zu besitzen. Ich habe zwar mein kleines Klappmesser in einer der Taschen meines Arbeitskleides, aber im Angesicht der uns drohenden Gefahr, wäre eine etwas größere Waffe von Vorteil. Als mein Blick jedoch den des Wächters trifft und ich das diabolische Funkeln darin erkenne, weiß ich, dass ich umsonst hoffe.

»Du hast Hände, oder? Die sollten normalerweise reichen, wenn ihr euch nicht allzu dumm anstellt.« Ein widerliches Grinsen breitet sich auf dem Gesicht des Wächters aus. Angeekelt wende ich mich ab. Ich verstehe einfach nicht, wie jemand nur so grausam sein kann. Hier, im Schwarzen Loch, sitzen wir schließlich alle im selben Boot. Doch anstatt einander zu helfen, arbeiten manche gegeneinander. Der Sinn darin will sich mir einfach nicht erschließen.

Kopfschüttelnd greife ich nach einem der Teller und genieße für einen Moment die Wärme, die er an meine Hände abgibt, als meine Finger ihn umschließen. Die Hitze des dampfenden Breis schlägt mir entgegen und lässt mich an unsere Essensschlacht denken. Sie ist kaum eine Stunde her, aber es fühlt sich an, als wären Tage vergangen. Von der Freude und Leichtigkeit, die ich bei unserem Sieg gegen Brian verspürt habe, ist nichts mehr übrig. Die Erschöpfung ist in meine Glieder zurückgekehrt, ebenso die Kälte. Wobei letzteres zum Teil auch an den frostigen Temperaturen des Kellers liegen kann. Als der Wächter uns vorhin hier hinab führte, konnte ich geradezu spüren, wie die Gradzahlen sanken. Und die Trostlosigkeit dieses Ortes macht es auch nicht besser.

Der Keller gleicht mehr einem riesigen steinernen Gewölbe, das nur mit wenigen Fackeln an den Wänden beleuchtet wird. Es gibt an die hundert Nischen und in jede ist eine Zellentür eingelassen, hinter der ein Verfluchter sitzt. Es stinkt nach Verwesung, Moder und einer guten Prise Verzweiflung.

Als wir hier unten ankamen, glaubte ich zuerst in ein zweites Schwarzes

Loch gefallen zu sein. Außerhalb des Kellers ist unsere Welt schon ein trister Ort, aber hier unten fühlt sich alles noch eine Spur toter an. Mir kommt es vor, als würde der Keller auch noch den letzten Rest Leben aus mir stehlen.

Ein Schauer läuft mir über den Rücken. Dazu kommt das leise Wimmern und Weinen der Verfluchten. Ab und zu schreit auch jemand. Es zerreißt mir beinah das Herz. Diese Verfluchten sind schließlich immer noch Menschen. Aber ließen wir sie frei, wären sie durch ihren anhaltenden Wahnsinn nicht nur für andere eine Bedrohung, sondern auch für sich selbst. Dass sie hier unten eingesperrt werden, ist lediglich eine Schutzmaßnahme. Wenn auch eine äußerst grausame. Ich bin mir sicher, es gäbe noch eine andere Lösung.

Unsicher schaue ich Schattenmann und Grace an. Beide halten inzwischen ebenso wie ich einen dampfenden Teller Brei in den Händen und gucken alles andere als begeistert. Grace zittert und aus ihren Augen spricht pure Angst.

Ich wünschte, ich könnte sie ihr nehmen. Ein Kloß bildet sich in meinem Hals, als sie gemeinsam mit dem Wächter zu ihrer ersten Zelle läuft. Meine Beine wollen ihr folgen, aber ich weiß, dass ich es nicht darf. Am liebsten würde ich ihr den Teller aus der Hand reißen. Ich werfe einen Blick auf meinen eignen Zettel.

Zehn Namen. Auf drei mehr oder weniger kommt es jetzt auch nicht an.

»Stopp!«, rufe ich so laut ich kann und renne zu Grace.

Schützend stelle ich mich vor sie.

»Ich übernehme ihre Liste«, erkläre ich und versuche dabei, so entschlossen zu klingen wie möglich.

»Auf keinen Fall! Die Heimleiterin sagte mir ausdrücklich, dass jeder von euch seine Strafen persönlich abzuleisten hat.« Der Wächter wirft mir einen grimmigen Blick zu. »Und jetzt geh aus dem Weg, du dummes Mädchen, oder willst du noch zehn weitere Namen auf deiner Liste?«

Er versucht, mich beiseitezuschieben. Stur bleibe ich, wo ich bin. Meine Hände zittern leicht, aber ich lasse es mir nicht anmerken.

Ich darf jetzt keine Schwäche zeigen.

»Ich. Werde. Grace'. Aufgabe. Übernehmen.«, wiederhole ich so langsam und deutlich, als spräche ich mit einem Kind.

»O nein, das wirst du nicht«, widerspricht er und schubst mich unwirsch zur Seite. Ich pralle hart gegen eine der Zellentüren und ein stechender Schmerz bohrt sich in meine linke Schulter. Schattenmann ist keine Sekunde

später bei mir, aber da habe ich mich bereits aufgerichtet und ergreife Grace' Arm im selben Moment wie der Wächter. Wenn er glaubt, ich lasse mich von seinem kleinen Schubser beeindrucken, täuscht er sich gewaltig. Ich werde nicht aufgeben!

»Lass sie los, oder ich werfe dich höchstpersönlich in eine dieser Zellen!«, zischt er und reißt an Grace' Arm. Grace gibt einen erstickten Schrei von sich.

»O nein, das wirst du nicht!« Ich packe ihre Hand noch fester.

Seine Worte jagen mir keine Angst ein, früher oder später werden wir aus diesem Waisenheim ausbrechen, denn für mich zählt nur eines: Grace vor diesem grauenhaften Ort hier zu beschützen.

»Sie ist doch noch ein Kind, Herrgott noch mal!«, mischt sich Schattenmann ein und nimmt Grace den Teller ab.

»Weißt du, wie egal mir das ist?« Schneller, als ich gucken kann, hat der Wächter ihm den Teller wieder aus der Hand gerissen, an Grace zurückgegeben und sie mit einer einzigen fließenden Bewegung in die Zelle geschubst.

»NEEEIN!«, kreische ich und stürze ihr hinterher.

Der Wächter hält mich auf. Er stellt sich mir in den Weg, groß und massig wie ein Berg, packt mich an der Hüfte und hält mich fest.

Ich strample so wild ich kann, schlage um mich, trommle mit den Fäusten auf seine Brust ein, schleudere ihm Beschimpfungen ins Gesicht. Trotzdem schaffe ich es nicht mich zu befreien. Wie aus weiter Ferne höre ich Grace schreien und ich brülle ihren Namen, immer wieder, doch ich komme nicht an sie heran.

»Lass sie gefälligst los!«, ruft Schattenmann und springt von hinten auf den Rücken des Wächters. Doch dieser hält mich weiterhin mit eisernem Griff fest, fängt aber an zu torkeln. Wie eine Klette klebt Schattenmann an ihm fest, hält ihm die Augen zu und lässt sich nicht abschütteln.

Der Wächter flucht böse.

Er gerät immer mehr ins Straucheln und wankt hin und her bei dem Versuch, Schattenmann loszuwerden.

Dann schließlich kann er das Gleichgewicht nicht mehr halten.

Mit einem Aufschrei kippt er vornüber und begräbt mich damit unter sich auf dem harten Steinboden. Für einen Moment treibt der Aufprall mir die Luft aus den Lungen.

Ich habe das Gefühl mein Brustkorb wird zerquetscht und mein Kopf

beginnt schmerzhaft zu pochen.

Doch ich schaffe es, den Augenblick zu nutzen und ramme dem Wächter mein Knie dorthin, wo es besonders wehtut. Erschrocken keucht er auf, lässt mich aber leider nicht los.

»Schattenmann, du musst Grace helfen!«

Er ist ihre einzige Chance. Aber Schattenmann schüttelt energisch den Kopf.

»Bitte! Ich komm schon klar«, flehe ich.

Nur widerwillig richtet er sich auf, lässt den Wächter aus seinem Klammergriff und rennt in die Zelle.

Erleichtert atme ich auf. Zum einen, weil dadurch ein kleines bisschen weniger Gewicht auf mir lastet, und zum anderen, weil ich weiß, dass Schattenmann nicht zulassen wird, dass Grace etwas passiert.

»Was zum ...?« Wütend rollt der Wächter sich von mir runter, springt auf und hechtet Schattenmann hinterher. Doch da kommt Schattenmann mit Grace an der Hand bereits wieder hinaus.

Der kalte Blick, den er dem Wächter zuwirft, beschert selbst mir eine Gänsehaut.

»Na schön! Dann macht doch, was ihr wollt! Aber wagt es ja nicht, mich um Hilfe anzuflehen oder euch zu beschweren!«, brüllt der Wächter wild gestikulierend.

»Danke«, erwidere ich kühl und hebe meinen Teller auf, der während unserer Rangelei mit mir auf dem Boden gelandet ist. Ich weiß, dass es ein Fehler ist, kaum dass ich es tue. Die Schuhspitze des Wächters bohrt sich tief in meinen Bauch und raubt mir für einen Augenblick den Atem. Überrumpelt falle ich zurück in den Dreck und reibe mir die Handflächen auf.

»Fass sie nicht an!« Schattenmanns Blick ist nichts im Vergleich zu seiner eisigen Stimme. Sie klingt tödlicher als jede Schwertklinge. Das Blickduell zwischen den beiden verpasse ich zwar, als ich mich mühsam wieder aufrichte, aber die zum Zerreißen gespannte Stimmung spüre ich mit jeder Faser meines Körpers. Sie erfüllt den gesamten Keller und ich bin mir sicher, dass nicht mehr viel fehlt, um die Situation eskalieren zu lassen. Das möchte ich Grace allerdings nicht auch noch antun und schlucke daher meinen Stolz hinunter. Mit einem Kampf ist niemandem geholfen.

Ich schnappe mir meinen Essensteller und stapfe so würdevoll wie möglich

zu der mir zugewiesenen Zelle. Nicht ohne den Wächter dabei abermals anzurempeln. Sein von Hass erfüllter Blick bohrt sich in meinen Rücken, aber ich ignoriere es.

Dieser Typ kann mir sowas von den Buckel runterrutschen, ebenso wie die Heimleiterin mit ihren bescheuerten Regeln. Sehen die alle nicht, wie unsinnig diese Quälerei ist? Wir sind doch schon tot! Müssen wir es uns wirklich noch schwerer machen?

Ich schüttle unmerklich den Kopf. Das alles kommt mir vor wie ein weiterer böser Albtraum, nur mit dem Unterschied, dass es aus diesem hier kein Erwachen gibt.

Mit einem mulmigen Gefühl im Magen öffne ich meine erste Zellentür. Auf dem Namensschild steht Jonny Cole, doch von ihm selbst ist nichts zu sehen. Das Gitter ist kalt und fühlt sich rau und schmutzig an unter meinen Händen. Der Riegel, welcher nur von außen aufgeht, lässt sich leicht öffnen, aber die Gittertür der Zelle ist ziemlich schwer. Ich muss einige Male kräftig an ihr rucken, um sie aufzuschieben.

Hinter mir höre ich, wie Schattenmann und Grace es mir gleichtun. Ich bin so froh, dass sie jetzt nicht allein ist. Ich vertraue Schattenmann, dass er sie im Fall des Falles beschützt. Dem Wächter hätte ich nicht über den Weg getraut.

Apropos, wo ist der überhaupt? Ich werfe einen Blick über die Schulter und entdecke ihn mit verschränkten Armen und grimmiger Miene am Servierwagen. Er wird uns nie und nimmer helfen. So viel steht fest. Ich seufze ergeben und wende mich meinem aktuellen Problem zu.

Wo ist Jonny?

In der Dunkelheit der Zelle lässt sich kaum etwas erkennen und ich wünschte, ich hätte mir eine Kerze mitgenommen.

Ich schlucke nervös und mache noch ein paar vorsichtige Schritte ins Innere der Zelle.

»Wer kommt denn da?«, fragt eine krächzende Stimme links von mir. »Dich kenne ich nicht. Bist du hier, um mich zu befreien?«

Erschrocken zucke ich zusammen und lasse beinah den Teller fallen.

»Ich bringe dir dein Essen«, erkläre ich hilflos und verfluche meine Stimme, die ganze drei Oktaven zu hoch ist.

»Bedauerlich. Zutiefst bedauerlich.«

Immer noch kann ich ihn nicht sehen und drehe mich verzweifelt im Kreis.

Plötzlich greift etwas nach mir und ich schreie auf. Ketten rasseln und mir wird der Teller aus der Hand gerissen. Geschockt blicke ich in ein Gesicht, das dieser Bezeichnung eigentlich nicht mehr würdig ist. Ebenso wie der dazugehörige Körper.

Papierdünne, faulige Haut spannt sich über Jonnys Knochen. Die Kleidung, oder vielmehr ein Fetzen an Stoff, bedeckt ihn nur dürftig. Seine Augen liegen tief in ihren Höhlen und sind blutunterlaufen. Wenn man den Horrorbüchern Glauben schenkt, stünde mir ein wahrhaftiger Zombie gegenüber. Jonny scheint meinen entsetzten Blick bemerkt zu haben und lacht höhnisch auf.

»Na, Püppchen, gefällt dir, was du siehst? Bin ich nicht ein Prachtexemplar?« Immer noch lachend breitet er die Arme aus und deutet an sich herab. Den Teller schleudert er dabei achtlos an die Wand und der Brei ergießt sich über den Boden. Meine Beine tragen mich automatisch rückwärts, Richtung Zellenausgang.

»Mach ich dir etwa Angst, Püppchen?«, feixt er.

Ich bleibe wie angewurzelt stehen. Ich darf bei diesen irren Menschen keine Angst oder Schwäche zeigen, sonst bin ich verloren. Es sind schon fast wilde Tiere, die nur darauf warten, mich zu ihrer Beute zu machen.

Das darf ich auf keinen Fall zulassen.

»Ich bin nicht dein Püppchen«, entgegne ich. »Und ich habe keine Angst vor dir.« Angriffslustig balle ich die Hände zu Fäusten.

»Mutig, mutig, kleines Mädchen. Aber auch dumm. So dumm. Weißt du denn nicht, was ich alles mit dir anstellen kann?«

Unvermittelt macht er einen Satz nach vorne und zieht an meinen Haaren. Ich schreie auf. Wütend fahre ich herum und trete blindlinks nach ihm. Geschickt weicht er mir aus.

»DU hast keine Ahnung, was ich mit DIR anstelle, solltest du mir noch einmal zu nahe kommen!«, erwidere ich und werfe ihm einen hoffentlich tödlichen Blick zu. Doch Jonny lacht nur.

»Was du mir antun willst? PAH! Ich sehe es in deinen Augen, Püppchen, es dauert nicht mehr lange und wir sind Zellengenossen.«

Ich erschaudere.

»Niemals«, flüstere ich, obwohl ich die Wahrheit seiner Worte tief in meinem Innersten spüren kann. Doch wir werden heute Nacht von hier

verschwinden und dann wird dieser Albtraum endlich sein Ende finden. Dafür werde ich sorgen. Kein Mensch hat es verdient, in solch einer Grausamkeit sein Dasein zu fristen.

»Früher oder später wirst du es einsehen müssen. Der Fluch holt uns alle. Du kannst deinem Schicksal nicht entkommen.« Er schenkt mir ein mitleidiges Lächeln. Ich schüttle stur den Kopf und bewege mich rückwärts aus der Zelle.

»Ich bestimme mein Schicksal, und niemand sonst!«

Entschlossen recke ich mein Kinn in die Höhe.

»Das kannst du dir gern einreden, wenn es dir damit besser geht. Ändern wird sich trotzdem nichts. Auf Wiedersehen, tapferes Mädchen. Auf Wiedersehen.«

Die Gewissheit in seiner Stimme beschert mir eine Gänsehaut.

Kapitel 18

Eine gute Stunde später trete ich völlig erschöpft und ausgelaugt aus der letzten mir zugewiesenen Zelle. Ich kann nicht sagen, ob die Verfluchten nach Jonny besser oder schlimmer waren als er. Krank vor Wahnsinn sind sie zwar alle, aber die Verrücktheit äußert sich bei jedem Verfluchten anders. Am harmlosesten erschien mir eine alte Dame in Oma Mels Alter, bis sie mich hinterrücks angriff und ich mich nur dank meines Messers gegen sie wehren konnte.

Wo ich allerdings am längsten blieb, war die Zelle eines kleinen Mädchens, das bitterlich vor sich hin weinte. Ich schätzte sie auf etwa zwölf Jahre, vielleicht auch dreizehn. Ihr Gesicht war vom vielen Weinen ganz rot und geschwollen. Lange, verfilzte dunkle Haare breiteten sich wie eine Decke über ihren geschundenen Körper aus.

Geschockt hatte ich mich neben sie gesetzt und versucht, sie zum Essen zu überreden. Sie war die Einzige, die mich nicht angriff oder versuchte zu fliehen. Obwohl ihr kein Wort über die Lippen kam, erkannte ich in ihren Augen, dass sie mir nichts tun würde. Ihr Blick war zwar nicht weniger irre als der der anderen, aber mehr in sich gekehrt, als bekäme sie gar nicht mit, was außerhalb ihrer Gedanken existiert. Sie schien so sehr in ihre Trauer vertieft, als wäre sie in ihren eigenen Tränen ertrunken. Wenn ich ihren Zustand mit nur einem Wort beschreiben müsste, wäre das wohl *zerbrochen*. Zerbrochen wie ein Spiegel, dessen Scherben ihre Tränen bilden.

Die Tatsache erinnert mich an mich selbst. Das Gefühl, zerrissen zu werden, kenne ich nur zu gut. Zum einen bin ich natürlich genauso wütend wie alle anderen, mich an nichts aus meiner Vergangenheit erinnern zu können. Gleichzeitig fressen mich die Albträume auf und geben mir schmerzhaft zu verstehen, was ich einst verlor.

Mein Leben.

Meinen Herzschlag.

Und dafür hätte auch ich tausend Tränen vergießen können.

So konnte ich gar nicht anders, als Mitgefühl für dieses arme Mädchen zu empfinden. Deshalb nahm ich mir die Zeit und setzte mich zu ihr. Ich plapperte einfach drauf los und erzählte ihr eine kleine Geschichte. Meine Lieblingsgeschichte. Peter Pan.

Grace habe ich sie bestimmt schon hundertmal erzählt. Sie handelt von einem Jungen, der sich schwor, niemals erwachsen zu werden, und der einen Haufen Abenteuer auf einer Insel namens Nimmerland erlebt.

Ich hoffte, sie dadurch wenigstens etwas aufzuheitern, oder zumindest zu beruhigen. Tatsächlich hörte sie nach einer Weile auf zu heulen und betrachtete mich aufmerksam. Ihre großen stahlgrauen Augen ruhten auf mir, aber ich bin nicht sicher, ob sie überhaupt etwas von dem, was ich erzählte, verstand. Trotz allem wirkte sie immer noch abwesend. Als ich sie verließ, hatte ich das Gefühl, ein Herz aus Stein zu haben. Aber mehr konnte ich für sie in diesem Zustand nicht tun. Traurig hat sie mir nachgeschaut. Verloren in sich selbst, gefangen in einer Zelle und einsam wie der letzte Mensch auf dieser Welt. An ihrem Namensschild vor der Tür identifizierte ich sie als Aurora Finnley. Stumm versprach ich ihr, wiederzukommen und ihr zu helfen. Egal wie. Denn sie hier unten in einer Zelle zu halten wie ein wildes Tier, ist nicht richtig. Für niemanden.

Ich schlucke schwer und suche im Keller nach Grace und Schattenmann. Beide stehen neben dem Wächter am Servierwagen und scheinen ungeduldig auf mich zu warten.

»Was hat da so lange gedauert?! Die Aufgabe war Essen bringen, nicht Kaffeekränzchen halten!«, meckert der Arsch von Wächter.

Ich verdrehe genervt die Augen.

»Hast du kein Herz?«, werfe ich ihm ohne Umschweife vor und stemme die Hände in die Hüften. Verdutzt sieht er mich an, ehe er die Lippen zu einer schmalen Linie zusammenpresst. Schattenmann unterdrückt hinter vorgehaltener Hand ein Lachen. Bedrohlich stapft der Wächter auf mich zu und baut sich vor mir auf.

»Ob ich ein Herz habe?« wiederholt er. Seine Stimme ist nur noch ein Flüstern, doch den drohenden Unterton höre ich trotzdem heraus.

Energisch packt er mich an den Schultern und dreht mich in Richtung der Zellen.

»Du hast selbst diese Gestalten gesehen. Und was mit ihnen passiert ist. Was mit *dir* passiert«, zischt er in mein Ohr. Ich erschaudere. Mir wird eiskalt, doch ich widerstehe dem Drang, die Arme um mich zu legen.

Er weiß es.

Er weiß, dass auch ich bald dem Wahnsinn verfalle, es vielleicht sogar schon tue. Stück für Stück. Bis nichts mehr von mir übrig ist, ebenso wie bei den anderen Verfluchten. Genau wie Schattenmann es gesagt und Jonny es prophezeit hat.

»Wenn ich tatsächlich herzlos bin, wie du behauptest, sag mir, was hindert mich daran, dich hier und jetzt in eine dieser Zellen zu sperren? Nicht mehr lange, und du endest sowieso hier unten. Wenn ich dich gleich einsperre, betreibe ich also lediglich Schadensbegrenzung.«

Eine Gänsehaut legt sich über mich und mir wird noch kälter als ohnehin schon. Das würde er nicht wirklich tun, oder? Mich schon vor meiner Zeit hier einkerkern?

Denn er hat recht, wer oder was sollte ihn davon abhalten?

Ich versuche ein Zittern zu unterdrücken, was mir nicht gelingt.

»Ja, so ist es recht.« Sein heißer Atem streift meinen Nacken. »Hab ruhig Angst. Angesichts deiner Lage wäre das sogar vernünftig. Doch leider unbegründet. Denn ich habe ein Herz. Der Beweis dafür ist, dass ich dich gehen lassen werde, statt dich gleich einzusperren. Ich an deiner Stelle würde die verbleibende Zeit gut nutzen. Vergiss nicht, dich rechtzeitig von deinen Freunden zu verabschieden, bevor es zu spät ist. Oder du ihnen etwas antust. Du wärst nicht die Erste, der das in ihrem Wahnsinn passiert.«

Seine Warnung kommt einer Drohung gleich, aber das erschreckendste ist, dass sie wahr ist. Ich habe es selbst gesehen.

Unsanft schubst mich der Wächter zurück zu Schattenmann und Grace.

»Und jetzt verschwindet hier, bevor ich es mir noch anders überlege!« Ehrlich, nichts lieber als das.

»Und Kaithy ...«

Widerwillig drehe ich mich nochmal um. Der Wächter deutet auf seine Armbanduhr.

»Tick-Tack. Tick-Tack.«

Die Botschaft kam an. Ebenso wie sein hässliches Grinsen, das ich ihm am liebsten aus dem Gesicht schlagen würde. Wütend schnaube ich aus.

»Was meint er damit?«, fragt Schattenmann verwundert. Er konnte nicht hören, was der Wächter vorhin zu mir sagte. Dafür hat er mir viel zu leise ins Ohr geflüstert.

»Ach, nichts weiter«, sage ich und versuche, gleichgültig zu klingen. Misstrauisch wirft er mir einen Seitenblick zu, den ich gekonnt ignoriere. Mir ist klar, dass er so schnell nicht aufgeben wird, aber das ist keine Diskussion, die ich jetzt vor Grace und hier im Keller mit ihm austragen möchte. Noch dazu, wenn die Gefahr besteht, dass Schattenmann dann zurückrennt und dem Wächter gehörig eins überbrät. Ich zweifle keine Sekunde daran, dass er dazu in der Lage wäre.

Unruhig ziehe ich Grace die Stufen nach oben, hinaus aus diesem elendigen Keller. Erleichterung durchströmt mich, als ich endlich hinaustrete und im vergleichsweise hellen und freundlichen Korridor stehe, statt im Kellergeschoss. Ich habe das Gefühl, endlich wieder freier atmen zu können. Der Druck auf meiner Brust hat sich gelöst. Grace scheint es ähnlich zu gehen, denn sie seufzt, ebenso wie ich, erleichtert auf. Ich kann nicht anders, ziehe sie zu mir in eine Umarmung und sinke auf die Knie. Ihr leiser Protest geht in meinen Haaren unter, wie auch ihre Tränen.

»Oh, Kaithy. Es war so schrecklich«, schluchzt sie und ihr kleiner Körper bebt unter mir.

»Ich weiß«, flüstere ich erstickt und streiche ihr beruhigend über die wirren Locken. »Ich weiß.«

Ich wünschte, ich hätte sie besser beschützt. Sie hätte niemals diesen Keller betreten sollen. Niemals diese Grausamkeiten sehen sollen. Das ist nichts für Kinder. Erst recht nicht für so sanfte wie Grace.

Behutsam legt Schattenmann seine Hände auf meine Schultern, als könnte er meine Gedanken lesen.

»Es ist nicht deine Schuld. Mach dir keine Vorwürfe. Du hast dein Bestes getan.«

Energisch schüttle ich den Kopf und wische mir mit den Handrücken die Tränen aus dem Gesicht.

»Es ist meine Schuld. Ich hätte sie besser beschützen müssen. Doch ich habe versagt.« Die Worte schmecken bitter in meinem Mund, aber das

macht sie für mich nicht weniger wahr.

»Es gibt Dinge, Kaithy, vor denen kannst weder du noch ich sie beschützen. Und du musst lernen, das zu akzeptieren. Sie ist stärker als du denkst.« Eindringlich sieht Schattenmann mich an und nimmt mein Gesicht in seine Hände, sodass ich seinem Blick nicht ausweichen kann. Das Grün seiner Augen blitzt auf und verursacht ein Kribbeln, das sich in meinem Bauch ausbreitet und mir die Wärme in die Wangen treibt. Was ist nur los mit mir? Warum reagiert mein Körper nur so, wenn er mich berührt?

Mein Gesicht glüht und ist bestimmt so rot wie eine Tomate, sodass es ihm auffallen muss. Dennoch nimmt er seine Hände nicht fort. Erschrocken stelle ich fest, dass ich das auch gar nicht will. Dass es mir gefällt, wie er mich anfasst. Besonders, als er mit den Daumen eine leichte kreisende Bewegung macht und dadurch meine noch vom Weinen feuchten Wangen trocknet.

Ich schlucke schwer, als mir bewusst wird, wie nah er mir ist. Unsere Nasenspitzen berühren sich beinah. Es ist egoistisch, doch ich wünschte, dieser Moment würde niemals enden.

»Er hat recht«, nuschelt Grace und zerstört damit den Augenblick.

Ruckartig zieht Schattenmann seine Hände zurück und räuspert sich verlegen. Ich hingegen schnappe nach Luft. Peinlich berührt fahre ich mir durch die Haare und wende mich Grace zu.

»Wie meinst du das?«, frage ich sie fahrig und versuche meine erhitzten Wangen zu verbergen, indem ich sie mit meinen Händen kühle. Grace entgeht allerdings nichts.

»Du bist ja ganz rot!«, quietscht sie vergnügt und mustert mich neugierig.

»Das kommt von den Tränen«, lüge ich und winke ab. Grace hebt eine Augenbraue. Sie glaubt mir kein Wort.

»Also wenn du mich fragst, rot steht dir.« Schattenmann zwinkert mir zu. Ich strecke ihm die Zunge raus, aber er lacht nur.

»Also, was war jetzt los, Grace?«, greife ich ihre Aussage wieder auf.

»Ich meinte nur, dass Schattenmann recht hat. Irgendwann bist du vielleicht nicht mehr da, um auf mich aufzupassen und dann muss ich selbst die Konsequenzen für mein Handeln tragen. Die Essensschlacht war schließlich meine Idee.« Niedergeschlagen lässt sie den Kopf hängen.

»Grace! Es ist doch nicht deine Schuld! Und du bist längst nicht allein für dein Handeln verantwortlich. Alle anderen haben schließlich mitgemacht

bei der Essensschlacht. Schattenmann und ich auch.«

»Aber du hast mich gewarnt. Ich habe nicht nachgedacht und uns dadurch diese fürchterliche Strafe eingebrockt.«

Schniefend sieht sie mich an. Ihre großen blauen Augen triefen vor Kummer, den ich ihr so gern nehmen würde. Ich lege ihre Hände in meine und drücke sie sanft. Bei Grace komme ich nur mit absoluter Ehrlichkeit weiter, sonst glaubt sie mir nicht.

»Das stimmt vermutlich alles, ja, aber genau dafür lieben wir dich. Nicht weil du dich an Regeln hältst und brav bist, sondern weil du sie in Frage stellst, nach deinem Instinkt handelst und dadurch besser erkennst, was richtig und falsch ist, als viele andere hier. Du hast einen Kampfgeist in dir, von dem andere nur träumen können. Und daran ist nichts schlecht, auch wenn es manchmal für Probleme sorgt.«

Schattenmann nickt zustimmend.

»Genau. Was glaubst du wohl, warum nur du mit einem Strahlen gesegnet bist? Es ist eine Gabe, Grace. Eine Gabe, mit der nur du beschenkt wurdest, weil du etwas Besonderes bist. Andere an deiner Stelle wären nicht mal auf die Idee gekommen, das Leuchten für das Allgemeinwohl einzusetzen.«

Ich lächle bei seinen Worten. Er hat ja so recht. Auch Grace lächelt geschmeichelt, aber die Sorge in ihren Augen bleibt bestehen.

»Trotzdem war es der falsche Zeitpunkt, um Kampfgeist zu zeigen. Ich hätte beinah unsere Pläne zerstört.« Zerknirscht senkt sie den Blick. Ich will sie schon trösten, als mein Bauchgefühl mir verrät, dass hinter ihrem Kommentar noch mehr steckt.

»Und warum hast du es dann getan? Die Essensschlacht angezettelt?«

Ihr Gesichtsausdruck spricht Bände. Beschämt richtet sie sich auf, sieht mir jedoch nicht in die Augen.

»Es war vielleicht die letzte Gelegenheit einer gemeinsamen Essensschlacht für uns. Wer weiß, wann oder ob wir das jemals nochmal machen können.«

Sie klingt traurig, und ich begreife.

Sie hat Angst.

Natürlich.

Angst, dass ihr oder uns etwas passieren könnte. Auch an einem so trostlosen Ort wie diesem hier, hatten wir stets einander. Und alles, was während unserem Ausbruch und danach passiert, wird uns für immer verändern. Wir

können nicht wissen, was die Zukunft für uns bereithält und ob wir je wieder solch normale Dinge wie eine Essensschlacht veranstalten werden. Wir begeben uns auf eine Reise ins Unbekannte, und ob das nun gut oder schlecht sein wird, zeigt sich erst, wenn es so weit ist.

Ich verstehe Grace. Schon morgen wird alles um uns herum anders sein, und nichts ist mehr selbstverständlich.

»Keine Angst. Es wird schon alles gut gehen«, verspreche ich ihr und drücke sie an mich. Ich hoffe nur, dass ich dieses Versprechen auch halten kann. Nichts will ich mehr als das. Grace klammert sich an mir fest und ich spüre, wie ihre Tränen meinen Pullover durchnässen. Beruhigend streiche ich ihr über den Rücken. Für Grace da zu sein, hat für mich oberste Priorität, ob wir nun dadurch auffallen, ist mir einerlei. Meiner Meinung nach spielt Grace in unserem Plan ohnehin eine viel zu große Rolle. Auch wenn sie schon sehr reif für ihr Alter ist, bleibt sie dennoch ein Kind.

Es sollte nichts auf der Welt geben, was ihre Gedanken so schwer und traurig werden lässt. Ich bete so sehr dafür, dass diese neue Welt, die wir betreten werden, auch eine bessere für sie sein wird.

Eine, in der sie Kind sein kann.

Eine, in der sie ihre Erinnerungen wiederfindet, um eines Tages mit ihrer Seele eins zu werden.

Das wünsche ich ihr von ganzem Herzen. Denn eines steht für mich fest: Ein Herz muss nicht schlagen, um zu leben.

Es lebt, solange es geliebt wird.

Selbst wenn es nur die Erinnerung an dieses Gefühl ist.

Herzen vergessen nie.

Kapitel 19

Kaithy, warte kurz.« Schattenmann hält mich am Arm zurück. Wir stehen vor der Tür zu Grace' und meinem Zimmer. Verwirrt drehe ich mich um. Eigentlich wollten wir jetzt mit dem Packen der Rucksäcke beginnen.

»Können wir vielleicht noch kurz miteinander reden?« Bittend sieht er mich an. Ich nicke zögerlich und werfe Grace einen fragenden Blick zu.

»Ist okay, ich komm schon klar. Ich dusche einfach in der Zwischenzeit.« Sie macht eine abwinkende Handbewegung.

»Sicher?«, setze ich nach. Einen Besuch bei den Verfluchten stecke selbst ich nicht so leicht weg und Grace jetzt allein zu lassen, behagt mir ganz und gar nicht. Aber sie nickt nur noch einmal kräftig und verschwindet entschieden hinter der Tür. Ich seufze leise. Nicht dass mich Grace' Handeln überraschen würde, aber manchmal habe ich das Gefühl, sie tut es nur um meinetwillen. Und das passt mir gar nicht. Es ist nicht ihre Aufgabe, sich um andere und deren Sorgen und Probleme zu kümmern. Davon abhalten kann ich sie leider kaum.

»Also, was ist?«, frage ich an Schattenmann gewandt, der mich abwartend ansieht.

»Nicht hier. Können wir vielleicht woanders hin?«

Nervös blickt er sich im Gang um. Es ist zwar niemand zu sehen, aber ich verstehe sein Bedürfnis, einen stilleren Ort aufzusuchen. Fern von jeglichen potenziellen Lauschern an der Wand. Ich nicke, auch wenn ich lieber in Grace' Nähe bleiben würde.

»Unser See?«, frage ich und warte die Antwort gar nicht erst ab. Der See war schon immer unser geheimer Zufluchtsort. Er liegt etwas hinter den Stallungen auf einer Lichtung im Toten Wald. Nicht zu tief natürlich, das wäre

zu gefährlich.

Schattenmann beeilt sich mir zu folgen, während ich bereits dabei bin, das Treppengeländer nach unten zu rutschen. Der Wind wirbelt dabei meine Haare wie eine Fahne nach hinten, aber diesmal macht es mir nicht so viel Spaß wie sonst. Ich frage mich, worüber Schattenmann mit mir reden will, auch wenn ich es eigentlich schon ahne. Und auch ich habe einiges, worüber ich mit ihm sprechen möchte. Ein dumpfes Gefühl macht sich in meiner Magengegend breit und mir wird vom Rutschen schwindelig. Ich bin heilfroh, als ich endlich abspringen kann. Dennoch entlockt es mir ein Schmunzeln, als Schattenmann kurz nach mir die Treppe hinunterrutscht und mit einer schwungvollen Bewegung neben mir landet. Ich liebe es, dass auch er sich für so einen kleinen Spaß nie zu schade ist und einfach alles kommentarlos mitmacht. Egal, ob es andere seltsam oder komisch finden könnten. Deren Meinung hat ihn nie interessiert, sein Augenmerk lag schon immer auf etwas anderem. Instinktiv, als wüsste er, was ich gerade denke, fängt er meinen starrenden Blick auf. In seinen Augen liegt die Antwort.

Ich.

Nie war ihm etwas wichtiger als *ich*.

Auch wenn ich es nicht glauben kann, nicht glauben will. Es ändert nichts an der Wahrheit, die sich nicht länger leugnen lässt. Nicht seit dem Abend vor dem Weihnachtsball und erst recht nicht mehr jetzt. Und doch kann ich nicht anders und weiche beschämt seinem Blick aus, als ich an die kühle Luft hinaustrete.

»Ist alles okay?« Besorgt legt er mir eine Hand auf die Schuler. Ein Schauder läuft mir über den Nacken und ich renne los, in der Hoffnung, dass er es nicht bemerkt.

»Alles bestens.«

Auch wenn ich es gerade nicht sehen kann, ich spüre förmlich, wie er hinter mir die Augenbrauen in die Höhe zieht. Innerlich stöhne ich auf. Ihm kann man einfach nichts vormachen. Er durchschaut einen, insbesondere mich, sofort. Dicht folgt er mir auf den Fersen und gemeinsam laufen wir in Richtung der Stallungen. Die Stille zwischen uns ist erdrückend, aber es ist mir unmöglich, auch nur ein Wort herauszubringen. Ich schlucke gegen meinen trockenen Hals an.

»Hey. Ist wirklich alles in Ordnung mit dir?« Sanft stupst er mich an. Ich

schrecke hoch.

»Was? Ja, ja klar. Wieso?« Verwirrt schaue ich ihn an. Er lacht leise, greift nach meinem Kinn und dreht meinen Kopf.

»Weil wir da sind.«

»Oh.« Beschämt trete ich einen Schritt zurück und lasse meinen Blick über die abgestorbene Vegetation schweifen. Einerseits ist es beeindruckend, wie Dinge selbst im Tod wunderschön aussehen können. Andererseits auch reichlich gruselig. Unheilvoll ranken sich die Äste der Bäume in die Höhe. Als wären sie gezackte Kronen aus verkohltem Holz. Noch ist der Himmel hell genug und bietet genügend Licht, aber das wird sich in ein paar Stunden ändern. Später wird man kaum mehr zwischen Himmel und Bäumen unterscheiden können. Denn nur das Licht bildet Grenzen, Schwärze hingegen verbindet alles. Verbindet uns. Die ewige Dunkelheit ist ein Zeichen der Unendlichkeit, in der wir leben. Wobei *Leben* eigentlich der falsche Ausdruck ist. *Befinden* trifft es vermutlich eher.

Zwischen den Bäumen ist das Gras beinah kniehoch und glänzt silbrig, wie von Raureif überzogen. Mein Blick bleibt am tiefschwarzen See in der Mitte der Lichtung hängen. Etwas Gruseligeres und Schöneres zugleich habe ich selten gesehen – tatsächlich noch nie, zumindest nicht in der Welt der lebenden Menschen. Schattenmann und ich nennen ihn insgeheim *Lago de la noche eterna* – den See der ewigen Nacht.

Seine spiegelglatte Oberfläche erinnert an Eis, und dichter Nebel schwebt gespenstisch über ihm. Wie weiße Hände streckt er sich nach ihm aus, unfähig ihn ganz zu berühren, aber nah genug, um sich in ihm zu spiegeln. Mit etwas Fantasie könnte man den Nebel für Wolken halten, die in der Nacht über den Himmel ziehen. Was für eine verrückte Vorstellung. Doch bei weitem nicht die schauerlichste.

Tausendmal schlimmer ist seine Kälte. Ich habe einmal aus Neugier meine Hand hineingetaucht. Danach glaubte ich, sie wäre schockgefroren. Es fühlte sich an wie hunderte von Nadelstichen in meiner Haut, die mit jeder Sekunde mehr Wärme aus mir zogen und meine Hand zu einer Eisskulptur erstarren ließen. Einmal und nie wieder.

Das einzig Positive, das man über den See sagen kann, ist dass er trotz allem Anschein nach nicht giftig ist. Die Tiere können problemlos aus ihm trinken, was mir der Kälte wegen ein Rätsel ist. Aber auch ich habe es probiert und

tatsächlich ist das Wasser im Mund beinah lauwarm – wie auch immer das möglich ist.

Schattenmann hat sich eine ganze Zeit lang mit diesem Phänomen beschäftigt, aber auch er konnte keine Erklärung dafür finden. Seine einzige Vermutung ist, dass es etwas mit unserem Speichel zu tun haben muss, der in irgendeiner Art und Weise mit dem Wasser des Sees reagiert. Ganz über den Weg traue ich dem See dennoch nicht. Aber ein schöner Anblick ist er allemal. Um ihn herum ist sogar Sand statt Waldboden, und auf den dicken abgebrochenen Ästen, die um den See herum verteilt sind, kann man gut sitzen.

Wortlos lasse ich mich auf einem davon nieder. Schattenmann zieht sich einen weiteren heran und setzt sich neben mich.

»Also, worüber willst du mit mir reden?« Ich bin stolz darauf, dass meine Stimme so stark und gefasst klingt, obwohl ich innerlich am Zittern bin. Sein merkwürdiges Verhalten macht mich nervös. Angespannt kaue ich auf meiner Unterlippe herum und warte auf seine Antwort. Doch statt mir diese zu geben, sammelt er ein paar glatte Steine vom Boden und lässt sie geschickt über das Wasser springen. Eine Technik, die er mit den Jahren so verfeinert hat, dass der Stein mindestens zehnmal hüpft, ohne dabei unterzugehen. Sein Pech, dass er es mir beigebracht hat. Zeit, den Meister zu übertrumpfen. Ich klaue ihm einen der Steine und lasse ihn ebenfalls springen. Exakt elfmal.

»Ha!« Siegessicher grinse ich ihn an.

»Nicht schlecht.« Er nickt beeindruckt. »Aber toppst du auch das?«

Lässig wirft er einen weiteren. Ich weiß, dass dieser zwölfmal aufkommen wird, noch bevor er seinen letzten Hüpfer tut, und schnappe deshalb bereits nach dem nächsten Stein. Immer schneller greifen wir abwechselnd nach den Steinen, bis wir unsere letzten gleichzeitig werfen. Laut zählt Schattenmann mit. Beide Steine kommen genau gleich weit, was mich zum Schmunzeln bringt. Auch um Schattenmanns Züge spannt sich ein zartes Lächeln, bis es durch eine ernste Miene ersetzt wird.

»Was genau hat der Wächter zu dir gesagt?«

Überrumpelt von der Frage, zucke ich nichtssagend mit den Schultern.

»Im Grunde nur etwas, was längt klar war«, weiche ich aus. Er weiß das, drängt mich jedoch nicht, es ihm zu erzählen. Und dafür bin ich ihm dankbar.

»Seine Worte haben dir Angst gemacht.« Es ist keine Frage, sondern eine Feststellung. Überrascht werfe ich ihm einen Seitenblick zu. Das hat er gemerkt? Aber gut, er ist schließlich auch mein bester Freund. Durch seine Schatten bemerkt er meist mehr als alle anderen.

»Kaithy, bitte sei ehrlich zu mir. Wie schlimm geht es dir wirklich?« Sein Blick geht mir durch Mark und Bein.

Mir wird klar, dass auch er Angst hat.

Angst, mich zu verlieren. So unverwundbar er als Schatten auch sein mag, so verletzbar ist er als Mensch. Er hat es verdient, dass ich ehrlich zu ihm bin. Und ich möchte ihn nicht länger anlügen, ich könnte es auch gar nicht mehr. Dazu fehlt mir die Kraft.

Ich greife nach seiner Hand und ignoriere dabei das angenehme prickelnde Gefühl.

»Dass es mir nicht gut geht, weißt du ja. Ich fühle mich ausgelaugt und erschöpft, aber aller Schlaf der Welt scheint nicht auszureichen. Ich habe Albträume davon, wie ich sterbe. Wie für einen kurzen Moment mein Herz schlägt, bevor es wieder zum Stillstand kommt. Und das macht mich fertig, zerreißt mich. Denn so grauenvoll diese Albträume auch sind, ich sehne sie mir herbei. Und genau deshalb scheinen sie immer wieder zu kommen. Öfter noch obendrein. Sogar tagsüber! TAGSÜBER!« Ich raufe mir die Haare. So viel wollte ich Schattenmann eigentlich gar nicht erzählen, aber ich konnte gar nicht anders. Ich brauche dringend jemanden, mit dem ich über all das reden kann. Und wem kann ich mich besser anvertrauen als ihm? Verzweifelt bleibt mein Blick an seinem hängen. Hoffentlich hält er mich jetzt nicht für völlig durchgeknallt.

Die Stirn in Falten gelegt mustert er mich. Sein Gesichtsausdruck verrät mir leider nichts über seine Gedanken. Dabei würde ich diese nur zu gerne kennen.

»Erzähl mir mehr von deinen Träumen«, bittet er.

»Sie unterscheiden sich. Sie sind nicht gleich« , beginne ich zögerlich.

»Aber du stirbst immer auf die gleiche Art, oder?«

Verwundert schaue ich ihn an.

»Woher weißt du das?«

»Nur geraten.« Er winkt ab. Ich glaube ihm nicht, sage jedoch nichts. »Und was unterscheidet sich?«, hakt er nach.

Nachdenklich befeuchte ich meine Lippen und versuche die Bilder in meinem Kopf in Worte zu fassen.

»Ich weiß nicht genau, aber ich denke, es sind die Umstände. Ich sehe alles wie durch einen Nebelschleier und kann deshalb kaum etwas erkennen …«

»Versuch es trotzdem. Bitte.«

Ich seufze leise.

»Ich höre Autotüren, dann jemanden schreien. Auf dem Boden ist Blut.« Ich stocke kurz. »Und dann … ist da ein Mann. Ein Mann mit einer Waffe.«

»Was für eine Waffe?«

Ich stutze verwirrt. Spielt das denn eine Rolle?

»Ich weiß es ehrlich gesagt nicht. Es könnte eine Pistole sein, oder ein Messer oder was auch immer. Ich konnte es nie richtig sehen. Nur, dass er mich damit bedrohte.«

Der letzte Satz ist nur noch ein Flüstern.

»Bist du dir da ganz sicher? Hat er dich umgebracht?«, fragt Schattenmann und streicht mir über den Arm. Eine Geste, die mich eigentlich beruhigen soll, aber den komplett gegenteiligen Effekt hat. Die Härchen auf meinem Nacken stellen sich auf und ich hole zitternd Luft, bevor ich es schaffe, weiterzusprechen.

»Nein. Er bringt mich nicht um. Sondern ich selbst. Ich springe, bevor er mir auch nur irgendetwas antun kann. Ich will nicht, dass jemand anderes als ich darüber bestimmt, wann und wie ich sterbe.«

Ein Schauder läuft mir über den Rücken und ich schlinge die Arme um meinen Körper.

»Du springst?«, echot Schattenmann und seine Stimme klingt belegt. Ich nicke und mustere ihn fragend. Als er nichts weiter sagt, rede ich weiter.

»Ja, ich springe. Ich stehe auf einer Brücke. Sie ist rot wie Blut und besteht aus kaltem Stahl. Tief unter ihr ist Wasser. Zu tief, als dass ich weich landen würde.«

Meine Lippen zittern bei meinen letzten Worten.

»Du wählst also lieber den Freitod, als ermordet zu werden. Das ist mutig.« Er wirft mir ein anerkennendes Lächeln zu. »Was glaubst du, enthält den Kern deiner Erinnerung? Wenn wir bei meiner und Grace'

Theorie bleiben, dass die Albträume Bruchstücke des Momentes kurz vor deinem Tod sind.«

»Ich weiß es nicht genau, alle Details scheinen irgendeine Art Bedeutung zu haben. Aber ich schätze mal, das was sich wiederholt gleicht, wird schon die Wahrheit sein.«

»Du meinst deinen Sprung?«

Ich nicke.

»Das seltsamste ist allerdings, dass mich der Mann aufhalten will, kurz bevor ich springe.« Diese Tatsache ist etwas, was mir Bauschmerzen bereitet, da ich es absolut nicht verstehe. Schattenmann erbleicht.

»Was ist?« Verwirrt schaue ich ihn an.

»Nichts«, entgegnet er hastig. Zu hastig.

Ich hebe eine Augenbraue.

»Nun sag schon!«, drängle ich.

Er wendet den Blick ab. Leider bin ich nicht halb so geduldig wie er.

»Nichts weiter, wirklich …«, weicht er aus, ergänzt jedoch: »Manches von dem, was du erzählst, kommt mir nur irgendwie bekannt vor. Als hätte ich es schon einmal gehört, vielleicht sogar gesehen.«

»Aber das ist unmöglich!«, protestiere ich lachend.

»Ich weiß, verdammt!«, brüllt er plötzlich und ich zucke vor Schreck zusammen.

»Aber wie …?« Meine Stimme zittert und ich fahre mir mit der Hand durch die Haare. Ich versuche einen logischen Gedanken zu fassen, aber es gelingt mir nicht.

»Wenn diese Träume tatsächlich einen Teil meiner Erinnerung enthalten, und sie dir bekannt vorkommen, kann das eigentlich nur eines bedeuten«, schlussfolgere ich. Er nickt.

»Dass ich ebenfalls ein Teil deiner Erinnerung bin.«

Mich überläuft eine Gänsehaut, als mir eine Sekunde später die Bedeutung seiner Worte bewusst wird. Ich denke an meinen ersten Traum zurück. Ein junger Mann mit der gleichen Augenfarbe wie Schattenmann ist mit mir in den Tod gestürzt. Wäre es wirklich möglich, dass …?

»Wir sind beide am selben Tag und zur gleichen Zeit hier angekommen.« Ich schlucke schwer. »Das bedeutet, wir sind gemeinsam gestorben. Und nicht nur das. Wir sind möglicherweise die Opfer ein und desselben

Täters.« Meine Stimme ist nur noch ein Hauch. Die Erkenntnis ist so ergreifend, dass ich Schattenmann nur anstarren kann. Das Gefühl der Verbundenheit ihm gegenüber, das ich hatte, kaum dass ich ihn vor vier Jahren das erste Mal sah, fühlt sich bestätigt. Auch jetzt durchströmt es mich mit seiner ganzen Wucht, ersetzt meinen fehlenden Herzschlag und wärmt mich vom Haaransatz bis zu den Zehenspitzen. Mir ist, als hätte ich Grace' flüssiges Licht geschluckt. Meine Gedanken schlagen Purzelbäume und ich klammere mich an Schattenmanns Händen fest.

»Wir sind zusammen gestorben«, flüstert er sichtlich geschockt. »Wir kannten uns vielleicht sogar.«

»Du hast meinen Namen gekannt, bevor ich ihn dir damals nannte!«, erinnere ich mich plötzlich und reiße die Augen auf. »Weil ich ihn dir schon vor unserem Tod gesagt habe!«

»Stimmt!« Die Verblüffung steht ihm ins Gesicht geschrieben. Offenbar hatten wir diese Tatsache beide vergessen.

»Das müssen wir unbedingt Grace erzählen!«, rufe ich und schnelle in die Höhe.

»Kaithy, warte!« Er hält mich am Handgelenk fest.

»Was ist?«, frage ich verwundert und gleite zurück auf den Ast, als er mich unerwartet umarmt. Erschrocken keuche ich auf. Dann erwidere ich die Umarmung und schlinge behutsam meine Arme um seine Mitte. Sein Körper fühlt sich mir so vertraut und fremdartig zugleich an. Schatten-mann ist eigentlich nicht gerade ein großer Kuschler. Ganz im Gegenteil. Aber ich spüre, dass ich seinen Halt ebenso sehr brauche wie er den meinen. Auch wenn wir beide zu stolz sind, um das zuzugeben.

»Tschuldige«, nuschelt er verlegen in mein Ohr und löst sich so weit von mir, dass er mir ins Gesicht sehen kann. »Es war nur ...« Er lässt den Satz in der Luft hängen.

»Ich weiß.« Eine harte Nuss. Überwältigend. Unglaublich.

»Weißt du, wie bedeutend das alles ist? Kein anderer hier weiß so viel über sich, wie wir gerade über uns herausgefunden haben!« Er schenkt mir ein strahlendes Lächeln. Ich nicke.

»Und weißt du, was es noch bestätigt?« Aufgeregt wuschelt er mir durch die Haare. »Unsere Theorie!«

Verwirrt runzle ich die Stirn.

»Dir müsste es ein bisschen besser gehen, oder? Deine Augenringe sind verschwunden und deine Wangen haben ein wenig Farbe bekommen!« Wenn überhaupt möglich, werde ich noch röter als ohnehin schon. Dass meine Wangen Farbe bekommen haben, liegt vermutlich eher an ihm und seiner Umarmung. Und an der Tatsache, dass er mich noch immer festhält. Nur meine Augenringe lassen mich aufhorchen. Die können schließlich nicht von einem auf den anderen Moment weg sein. Zumindest nicht unter normalen Umständen. Ich reiße mich von Schattenmann los, hechte zum See und lasse mich am Rand des Ufers nieder. Die eisig glatte Oberfläche wirft trotz ihrer Dunkelheit ein perfektes Spiegelbild von mir zurück. Geschockt betrachte ich mein Gesicht, fasse mir an die glühenden Wangen und die augenringfreien Augen.

»Sag ich doch.« Schattenmann ist unbemerkt hinter mich getreten. Sein Spiegelbild kann ich im Wasser nicht ausmachen, auch wenn er in seiner verfestigten Form ist. Er ist und bleibt eben trotz allem schwarz. Ich schließe für einen Moment die Augen und horche tief in mich hinein, taste das erste Mal freiwillig nach dem brennenden Schmerz.

WUMM.

Oh, das hätte ich nicht tun sollen. Die Schmerzen sind immer noch da, ebenso wie das Gefühl des Vermissens, das sie auslöst. Doch trotzdem ist etwas anders. Ich brauche drei weitere Sekunden, ehe ich herausgefunden habe, was.

Es ist die Müdigkeit.

Sie ist weg.

Genau wie die tiefe Erschöpfung. Als wäre ein Teil von mir nun zur Ruhe gekommen. Ich öffne die Augen und blicke in Schattenmanns erwartungsvolles Gesicht.

»Du hast recht«, bestätige ich. »Ich fühle mich ein bisschen besser. Weniger entkräftet. Als hätte ich endlich mal genügend Schlaf bekommen.« Ich lächle selig. Das fühlt sich echt gut an. Doch Schattenmann erwidert es nicht. Plötzlich wirkt er genauso verlegen wie vorhin. Misstrauisch mustere ich ihn.

»Was ist los?«

»Hmm, also ... ähm ... Da wäre ehrlich gesagt noch eine Sache, über die ich mit dir sprechen wollte«, druckst er herum und knetet nervös seine

Hände.

»Jetzt spuck es schon aus!« Genervt rolle ich mit den Augen. Schattenmann so peinlich berührt zu sehen, ist nichts Alltägliches und auch nichts, was ich gern sehe. Grüblerisch, ja, oder geheimnistuerisch, aber niemals ängstlich oder verlegen. Letzteres passt einfach nicht zu ihm.

»Wegen unseres Streits neulich, vor dem Weihnachtsball ... Ich finde, wir sollten das klären.« Beim letzten Satz klingt seine Stimme wieder fester, bestimmter. Das ist der Schattenmann, den ich kenne. Allerdings bin ich nicht sonderlich erpicht darauf, das Streitthema nochmals aufzurollen. Ich schlucke schwer.

»Ehrlich, wir müssen nicht darüber reden. Vergeben und vergessen, wie man so schön sagt«, wiegle ich ab und versuche so, die Katastrophe aufzuhalten. Doch da habe ich die Rechnung ohne ihn gemacht. Stur verschränkt er die Arme vor der Brust. Ich stöhne laut auf.

»Na schön!«, gebe ich mich geschlagen und hebe die Hände.

»Okay, zuallererst: Kaithy, es tut mir unglaublich leid. Ich hätte dich vorher fragen sollen.«

Ja, hättest du mal, denke ich grimmig, schweige jedoch. Auch wenn ich es nicht will, wandern meine Gedanken automatisch zu diesem Abend vor dem Ball zurück. Schattenmann und ich waren zum Küchendienst eingeteilt und mussten die Reste des Abendessens beseitigen, sprich abwaschen. Bei einer so großen Menge an Menschen kann das gut ein paar Stunden dauern, weshalb man den Job auch eigentlich zu dritt macht, aber unser dritter im Bunde hat sich gekonnt vorher den Arm verstaucht. Wir waren also nur noch zu zweit. Ich hatte auf dem Tresen gesessen und gewaschen, während Schattenmann aufgrund seiner speziellen Aufsaugfähigkeit fürs Abtrocknen verantwortlich war. Und ich weiß nicht mehr genau, wie wir auf das Thema kamen, aber er fragte mich, ob ich mir vorstellen könnte, mit jemandem von hier zusammen zu sein. Ob mir einer der Jungs im Waisenheim gefiele. Ich hatte gelacht und den Kopf geschüttelt. Ich konnte nicht verstehen, wie er auf so etwas Absurdes kam. In meinem toten Leben gab es immer nur ihn und Grace, für mehr als Freundschaft fand ich keinen Platz in mir. Und seien wir mal ehrlich, wer bitte schafft es, sich an einem solch grauenvollen Ort ohne jegliche Zukunftschancen zu verlieben? Wer wäre überhaupt so dumm, es zu versuchen?

Doch da hatte ich die Rechnung ohne Schattenmann gemacht, der plötzlich so dicht vor mir stand, dass ich vor Schreck den Teller fallen ließ. Sein lautes Zerschellen auf dem Boden nahm ich nur nebenbei wahr. Schattenmann verfestigte seine Form, sodass ich ihn körnchenklar vor mir sehen konnte.

»Und was ist mit mir?«, flüsterte er so leise, dass ich es kaum hörte. Heute glaube ich, dass ein Teil von ihm vielleicht auch gar nicht wollte, dass ich ihn verstand. Meine roten Wangen und fehlende Reaktion waren ihm allerdings Antwort genug gewesen.

Er küsste mich. Einfach so. Ohne Vorwarnung und so zart und vorsichtig, als habe er Angst, ich könnte darunter zerbrechen.

Tja, und was tat ich? Ich scheuerte ihm eine. Wenn ich es mir recht überlege, sollte ich mich vermutlich auch entschuldigen. Ich hatte bis zu diesem Zeitpunkt nicht geahnt, dass jemals mehr als nur Freundschaft zwischen uns beiden existieren könnte. Ich war verletzt und fühlte mich mehr als nur überrumpelt. Und noch schlimmer, ich wollte mir unter keinen Umständen eingestehen, dass mir der Kuss gefallen hatte. Inzwischen sieht die Sache ganz anders aus. Ich sehe Schattenmann mit anderen Augen, registriere ihn als einen wichtigen Bestandteil meiner Vergangenheit und meiner Gegenwart. Er und Grace sind mir das Wichtigste auf dieser Welt. Beide liebe ich über alles, sie sind meine kleine verrückte Familie. Warum sollte ich also meine Gefühle für Schattenmann ignorieren, oder mich dagegen wehren? Es ergibt nicht länger Sinn, sie zu verleugnen. Mein Körper macht seltsame Sachen in seiner Gegenwart. Schattenmann jetzt wieder zu sagen, wir seien nur Freunde, wäre eine Lüge. Aber die Wahrheit kann ich genauso wenig sagen, oder? Er wird mich für gänzlich durchgeknallt halten, nachdem ich ihn erst so grob abgewiesen habe. Abgesehen davon ist es der denkbar schlechteste Zeitpunkt, sich in irgendwelche Liebesdinge zu verstricken. Das kann definitiv noch warten, bis wir unseren Ausbruch hinter uns gebracht und die Mission Vergangenheit abgeschlossen haben.

»Kannst du mir je verzeihen?« Schattenmanns Stimme reißt mich aus meinen Gedanken. Sein flehender Blick lässt meine Entschlossenheit straucheln. Ich will ihn nicht anlügen, das kann ich einfach nicht. Ich schlucke schwer und beiße mir in die Innenseiten meiner Wagen. Was soll ich bloß tun? Mein Herz will ihm die Wahrheit sagen, mein Verstand hingegen

ermahnt mich, es nicht zu tun. Aber vielleicht sollte ich ausnahmsweise auch mal auf mich selbst hören. Ich habe die Zeit zu schätzen gelernt und weiß, wie kostbar sie ist. Und welch schwerwiegende Folgen es haben kann, Dinge ungesagt zu lassen.

»Kannst du auch mir verzeihen?«, stelle ich die Gegenfrage.

Verdutzt sieht er mich an.

»Wie meinst du das? Was soll ich dir verzeihen?«

Ich öffne den Mund, will ihm die Wahrheit sagen, als ein lautes Knacken hinter mir mich unterbricht. Ich wirble herum.

»Grace?«, rufe ich entgeistert. Beschämt richtet sie sich auf. Offenbar ist sie uns hierher gefolgt und auf einen der Bäume geklettert, um uns zu belauschen. Zu dumm nur, dass dieser Ast zu dünn gewesen sein muss, denn sie ist mit ihm heruntergefallen.

»Hey Leute.« Schuldbewusst klopft sie sich Sand und Schmutz von den Kleidern und hält den Blick gesenkt.

»Wie konntest du nur!«, schreie ich sie wütend an. Die Schärfe meiner Stimme lässt sie zusammenzucken. Ich baue mich vor ihr auf.

»Man belauscht nicht heimlich die Gespräche anderer, das ist dir hoffentlich klar! Du hast unsere Privatsphäre missachtet, und das mit voller Absicht, Grace! Was ist nur in dich gefahren?«

Beruhigend will Schattenmann eine Hand auf meine Schultern legen, doch ich schüttle sie ab.

»Komm runter, Kaithy, sie hat es sicher nicht böse gemeint.«

»Das mag vielleicht sein, aber in Ordnung ist das trotzdem nicht!«

Immer noch auf hundertachtzig wende ich mich wieder Grace zu. Ich weiß nicht, warum mich ihr Verhalten so verletzt, aber vielleicht liegt es daran, dass sie mitten in einen sehr persönlichen Moment hineingeplatzt ist, aus dem ich besonders sie herauszuhalten versucht habe. Bevor ich allerdings den Mund aufmachen kann, stoppt sie mich.

»Du hast absolut recht. Das war falsch von mir«, gibt sie zu. »Aber versteh bitte, warum ich das tun musste. Du lässt einem ja kaum eine andere Wahl. Ich hab mir auch Sorgen gemacht um dich, Kaithy! Genau wie Schattenmann wollte ich einfach nur wissen, was los ist. Du sagst mir ja nichts! Woher sonst soll ich meine Informationen bekommen?«

Ihre Begründung macht mich sprachlos und lässt meinen Mund wie bei

einem Fisch wortlos auf und zu klappen. Ich sage ihr so wenig wie möglich, weil ich eben nicht will, dass sie sich unnötige Sorgen macht. Doch stattdessen treibe ich sie anscheinend dazu, unschöne Mittel und Wege zu nehmen, um mehr herauszufinden.

»Es tut mir leid. Das wollte ich nicht«, gebe ich zu und schließe sie in die Arme. Lange hätte ich ihr eh nicht böse sein können.

»Lasst uns reingehen, wir müssen noch packen und uns auf die Flucht vorbereiten«, sage ich nach einer Weile, auch wenn die unausgesprochenen Worte zwischen mir und Schattenmann einen bitteren Nachgeschmack in meinem Mund hinterlassen. Irgendetwas sagt mir, dass ich es später noch bereuen werde, den passenden Moment verpasst zu haben. Schattenmann nickt jedoch bereits und gemeinsam gehen wir zurück ins Haus.

Kapitel 20

Vorsichtig bugsiere ich Grace durch den Gang zu unserem Zimmer und reiße schwungvoll die Tür auf. Grace' Augen sind noch immer etwas gerötet, aber sie lächelt zumindest wieder. Schattenmann hat sich bereits unten im Hauptwohntrakt von uns verabschiedet und ist zu den Schlafsälen der Männer gegangen. Schließlich muss auch er noch packen.

»Komm!«, sage ich zu Grace, »ich mach dir die Dusche fertig und mit ein bisschen heißem Wasser und deiner Lieblingsseife sieht die Welt gleich viel besser aus!«

»Aber das kann ich doch selber machen.« Verlegen streicht sie sich eine der vielen Locken aus dem Gesicht.

»Ach, papperlapapp!«, wische ich ihre Behauptung fort. Ich weiß zwar, dass ich vermutlich gerade überreagiere, aber ich habe das dringende Bedürfnis, mich um sie zu kümmern. Ihr zu zeigen, dass sie nicht allein ist und ich immer für sie da sein werde. Komme was da wolle.

»Du suchst derweil schon mal alle Sachen raus, die du mitnehmen möchtest und legst sie bitte auf dein Bett. Dann kann ich, während du duschst, schon alles einpacken.«

Grace verdreht die Augen angesichts meines Befehlstones, dennoch entlocke ich ihr ein weiteres kleines Lächeln.

»Ja doch, Chefin!«, brummt sie und öffnet ihren Kleiderschrank. Zufrieden stapfe ich an ihr vorbei ins Badezimmer, nehme meine inzwischen getrockneten Sachen ab und drehe das Wasser auf. Eiskalt spritzt es mir entgegen und ich seufze. Dass es aber auch immer so lange dauern muss, bis es endlich warm wird!

Aus einer der Schubladen, die Grace gehören, fingere ich ihre Seife heraus und stelle sie ihr in die Duschkabine. Ebenfalls aus dem Schrank nehme ich

mir eines der pinken Handtücher und lege es ihr auf den kleinen Schemel neben dem Waschbecken. Zum Schluss überprüfe ich die Wärme des Wassers.

Inzwischen ist es lauwarm geworden, Tendenz steigend. Zufrieden verlasse ich das Bad und schaue nach Grace. Sie sitzt mitten in einem riesigen Berg aus Kleidern und anderen Dingen und scheint verzweifelt zu sein.

»Alles in Ordnung bei dir?« Bestürzt laufe ich zu ihr.

»Geht schon. Es ist nur, am liebsten würde ich alles einpacken, aber ich weiß ja, dass das nicht geht. Schattenmann hat deutlich gesagt, weshalb.« Sie seufzt. »Es fällt mir nur so schwer, zu entscheiden, was hierbleiben muss und was ich mitnehmen kann.«

»Das kriegen wir schon hin.« Zuversichtlich lächle ich sie an. »Du gehst jetzt am besten erstmal duschen und ich suche deine Kleidung aus, danach entscheiden wir gemeinsam, was sonst noch mit kann.«

Grace nickt und verschwindet im Bad.

Ich hingegen wende mich dem Berg an Klamotten zu. Meine Güte, dieses Kind besitzt eindeutig zu viel davon. Und alles in nur drei Farbkategorien: Rosa, Weiß und Hellblau.

Ich schüttelte den Kopf. Vieles bekam sie meist nur geschenkt.

Zuallererst nehme ich das heraus, was ich selbst auch auf jeden Fall einpacken werde: Das Arbeitskleid, einen Pullover zum drunter ziehen und eine Leggins. Ich finde alles bis auf letzteres. Grace scheint nur Strumpfhosen zu besitzen. Deren feiner Stoff reißt bestimmt beim kleinsten Windhauch und in den Dingern wird ihr vermutlich auch viel zu schnell kalt werden. Leider habe ich nichts anderes, denn meine Sachen sind ihr auf jeden Fall zu groß. Seufzend lege ich ihr die Sachen beiseite. Am besten ist es sicher, wenn sie diese zur Flucht tragen wird, ebenso wie ich.

Dann nehme ich mir die restlichen Sachen vor und sortiere sie in die Kategorien *Praktikabel*, *Wärmend* und *Stabil*. Den Rest ihrer Kleidung verstaue ich wieder sicher im Schrank. Mit meinen Klamotten verfahre ich ebenso und stopfe zum Abschluss alles in den kleinen schwarzen Rucksack. Meine Kleidung füllt ihn nicht einmal bis zur Hälfte aus, aber ich habe mich auch nur auf das Nötigste beschränkt.

Ich öffne die oberste Schublade meines Nachtschrankes und suche ein paar Notfalltabletten, Pflaster und eine kleine Mullbinde heraus. Sicherheitshalber packe ich alles ein. Man kann schließlich nie wissen, ob man irgendwann

etwas davon braucht. Unfälle passieren ebenso unerwartet als auch zufällig, und ich möchte auf jeden kleinen Notfall vorbereitet sein.

Ich will die Schublade gerade wieder schließen, als ich mit den Fingern auf etwas Hartes und Glasiges stoße. Erstaunt krame ich es hervor. Es ist ein gerahmtes Foto, das Grace, Schattenmann und mich vor den Toren des Heimes zeigt. Oma Mel hat es geschossen, und auch wenn sie nicht die Fotografiefähigkeiten von Grace besitzt, ist es ganz gut geworden. Nur Schattenmann ist etwas schwer auszumachen und man erkennt ihn nur, wenn man genau hinschaut. Einzig und allein seine grünen Augen stechen aus der Dunkelheit hervor und blitzen mir wie zwei Smaragde entgegen.

Mit dem Finger fahre ich andächtig über unsere Silhouetten und befreie an dieser Stelle die Glasscheibe von Staub.

Die Badtür wird aufgerissen und vor Schreck lasse ich fast das Bild fallen.

»Huch! Hab ich dich erschreckt?«, fragt Grace amüsiert und ich bin froh, sie jetzt wieder unbekümmert lächeln zu sehen.

»Nur ein bisschen«, gebe ich zu, »aber das macht nichts.« Ich winke ab.

»Oh, was hast du denn da Schönes?« Neugierig linst sie auf das Bild in meiner Hand und kommt um mein Bett herum auf nackten Füßen zu mir getapst. Dabei hinterlässt sie nasse Abdrücke auf dem kalten Steinboden.

Das rosa Handtuch hat sie gekonnt um ihren kleinen Körper gewickelt.

»Ahh, kommt mir bekannt vor.« Sie lacht auf, als sie das Foto erkennt. »Das muss definitiv mit!« Sie nimmt es mir aus der Hand und legt es zu den Sachen in meinem Rucksack.

»Als ob ich das hiergelassen hätte!« Ich muss schmunzeln. »Deine Sachen habe ich bereits fertig gepackt, und das, was du am besten heute anziehst, liegt auf deinem Bett.«

»Super! Danke dir!« Aufgeregt schnappt sie sich die Sachen und beginnt, sich umzuziehen. »Bist du mit deinem Rucksack jetzt eigentlich fertig? Denn ich brauche dann noch deine Hilfe bei den anderen Dingen.«

Während sie spricht, kämpft sie gleichzeitig mit der Strumpfhose, was zugegebenermaßen ziemlich lustig aussieht, weil sie dabei auf einem Bein herumhüpft wie ein Flamingo.

»Ich bin fast fertig, mir fehlen nur noch ein paar Sachen aus dem Bad. Zahnbürste und -pasta, Kamm und so weiter. Aber danach kann ich dir helfen.«

»Perfekt!«, quietscht sie, während sie versucht, sich das Kleid über den Kopf zu ziehen, ohne extra die Knöpfe vorher zu öffnen.

»Kann man dir helfen?«

»Mir ist, glaube ich, nicht mehr zu helfen. Ich stecke fest ... Sag mal, lachst du etwa?«

Schnell beiße ich mir auf die Lippen, um mir ein weiteres Lachen zu verkneifen.

»Nein«, lüge ich und halte mir sicherheitshalber die Hand vor den Mund.

»Auch wenn ich gerade nichts sehen kann, meine Ohren funktionieren einwandfrei! Also hör auf, dein Feixen zu unterdrücken und hilf mir lieber!«

Ich pruste los, gehe aber zu ihr, um ihr zu helfen. Jetzt sehe ich auch ein zweites Problem: Sie steckt nicht nur fest, weil sie zu faul war die Knöpfe zu öffnen, es haben sich auch ihre noch feuchten Haare mit den Knöpfen verheddert.

»Wie hast du das denn wieder geschafft?« Belustigt verdrehe ich die Augen und beginne, ihre Haare zu entwirren und von den Knöpfen zu lösen.

»Dass du dich aber auch nicht wie ein normaler Mensch anziehen kannst«, schimpfe ich liebevoll. Grace schnaubt.

»Nur weil jemand etwas anders macht als alle anderen, muss das doch nichts Schlechtes sein.«

»Das meinte ich damit auch nicht. Ich rede nicht von einer besonderen Weise des Anziehens, sondern einer aus Faulheit entstehenden Dummheit. Das ist etwas völlig anderes.«

»Hmm.« Ihr Grummeln bringt mich erneut zum Lachen.

»So, fertig! Du bist wieder frei!«, verkünde ich, als ich die Haare von den Knöpfen endlich gelöst und diese geöffnet habe, sodass sie das Kleid jetzt problemlos runterziehen kann. Als sie es wieder richtig anhat, schließe ich die Knöpfe.

»Danke«, nuschelt sie verlegen.

»So, dann wollen wir doch mal schauen, was noch so in deinen Rucksack passt.«

Sie nickt und wendet sich mit mir dem kleinen Stapel an Dingen auf ihrem Bett zu. Zwischen ihnen entdecke ich als erstes unsere Freundschaftskette, die Grace wohl vor dem Duschen abgenommen hat. Ich reiche sie ihr und sie wickelt sie sich sofort um ihr Handgelenk. Der kleine Herzanhänger klirrt

dabei leise vor sich hin. An einigen Stellen hat sich etwas Rost gebildet, was die Kette älter wirken lässt, als sie tatsächlich ist. Man könnte fast schon meinen, sie sei ein antikes Schmuckstück, und nicht billiger Modeschmuck.

Als nächstes ziehe ich ihren Lieblingshaarreif unter all den Sachen hervor.

»Hier! Den kannst du ja direkt aufsetzen.«

»Stimmt, dann muss ich ihn nicht extra einpacken.« Grace nickt und greift nach dem Haarreif, um ihn sich auf den Kopf zu schieben. Er ist rosa, wie so viele andere Dinge von ihr auch, und hat an der Seite eine kleine aufgeklebte Libelle mit blau-türkis schimmernden Flügeln. Aber was soll ich sagen? Der Stil passt zu ihr, und abgesehen davon ist sie immer noch ein kleines Kind. Auch wenn es manchmal nicht den Anschein hat.

»Weißt du was? Eigentlich brauche ich diesen ganzen Schnickschnack hier nicht«, beschließt sie plötzlich zu meiner Überraschung.

»Wie meinst du das?«, frage ich verwirrt.

»Ich meine damit genau das, was ich sagte. Dass ich diesen ganzen Kram gar nicht mehr brauche. Er macht mich nicht glücklich oder bringt mich zum Lachen und schenkt mir eine Umarmung, wenn ich sie brauche. Das tust nur du und Schattenmann. Ihr seid das Einzige, was ich benötige. Weil ihr meine Familie seid, und mehr brauche ich nicht, um mich wohlzufühlen. Solange wir drei immer zusammen sind, kann uns nichts passieren.«

Ich sehe sie einige Minuten geschockt an, weil ich einfach nicht glauben kann, was sie eben von sich gegeben hat. Wieder einmal hat sie es geschafft, mich zu verblüffen. Ich kenne kein einziges Kind in ihrem Alter, das sich so wie sie verhalten würde. So erwachsen und so weise.

Ich nehme Grace' Hände in meine und drücke sie sanft.

»Du weißt hoffentlich, wie unendlich lieb ich dich habe und wie stolz ich jeden Tag auf dich bin.«

Sie nickt stumm und wischt sich eine Träne aus dem Augenwinkel.

»Nichts wird uns jemals trennen können, versprochen!« Fest drücke ich sie an mich und will sie am liebsten nie mehr loslassen. Ich könnte es nicht ertragen, sie zu verlieren. Meine Gedanken wandern wieder zu dem Tag, als sie zu uns kam. Uns hat damals schon etwas miteinander verbunden, auch wenn ich es nicht wahrhaben wollte. Ganz ähnlich wie mit Schattenmann. So fest, wie sie sich an mich geklammert hat, gibt es keine andere Erklärung dafür. Und eine leise Ahnung beschleicht mich seither, dass ihre Seele mich

damals wiedererkannt und Grace deswegen dagelassen hat. Was bedeuten würde, dass ich sie schon in meinem echten Leben gekannt haben muss. Ich wünschte, ich wüsste es mit Sicherheit, aber ohne meine Erinnerungen kann ich mich lediglich auf mein Gefühl verlassen. Und das sagt mir, dass mich etwas mit ihr und Schattenmann verbindet, auch wenn ich noch nicht genau erfassen kann, was.

»Aber Mr. Shadowlight darf doch mitkommen, oder? Sonst fühlt er sich doch ganz einsam hier«, versuche ich die Stimmung wieder etwas aufzuheitern.

Mr. Shadowlight ist ein kuscheliger kleiner Teddybär, ohne den Grace nicht eine Nacht seit ihrer Ankunft hier geschlafen hat. Oma Mel verteilt diese Kuscheltiere an jedes Kind, das hier ankommt.

Mit gespieltem Entsetzen schaut Grace mich an.

»Was du da wieder redest! Mr. Shadowlight kommt selbstverständlich mit!« Empört stemmt sie die Hände in die Hüften.

»Wo ist er eigentlich?«, frage ich lachend, weil ich ihn nirgendwo zwischen all den anderen Sachen entdecken kann.

»Unter der Bettdecke natürlich«, erwidert Grace, als wäre es eine Selbstverständlichkeit. »In der Nacht passt er schließlich die ganze Zeit auf mich auf, also muss er sich tagsüber ausruhen.«

Ich schmunzele über ihre Erklärung und schlage die Bettdecke zurück. Tatsächlich, da liegt er. Sein schwarzes Fell leuchtet mir bei dem sonst überwiegenden Pink ihres Zimmers förmlich entgegen. Das Besondere an ihm sind jedoch seine riesigen goldenen Augen, wegen denen er seinen Namen erhielt. An sich ist er damit ein eher gruseliges Exemplar seiner Gattung, aber Grace liebt ihn trotzdem über alles. Sie behauptet immer, seine leuchtenden Augen stünden für den unerschütterlichen Glauben an einen Funken Hoffnung, selbst wenn alles um sie herum in tiefste Dunkelheit gehüllt ist. Treffender hätte sein Name daher kaum sein können. Und mir gefällt die Vorstellung, die Grace in ihrer Fantasie daraus zaubert.

Schneller als ich gucken kann, schnappt sich Grace den Bären und versucht, ihn noch in den Rucksack zu stopfen.

»Er passt nicht mehr rein!« Verzweifelt schaut sie mich an.

»Keine Sorge, in meinem Rucksack ist noch genügend Platz«, beruhige ich sie und packe ihn zu meinen Sachen. Gemütlich sitzt er nun auf meinen

Klamotten und schaut mich freundlich mit seinen hoffnungsschimmernden Augen an. Ich ernenne ihn im Stillen zu unserem Maskottchen. Jetzt fehlen nur noch die Badutensilien.

»Grace, dein Zahnputzzeug fehlt auch noch«, erinnere ich sie. Seufzend folgt sie mir ins Badezimmer und klaubt ihre Sachen von der Ablage, während ich direkt alles in mein Kosmetiktäschchen schmeiße.

Plötzlich ertönt ein lautes Klopfen und kurz darauf höre ich, wie die Tür aufgemacht wird.

»Kaithy, Grace? Wo seid ihr?«, ertönt Schattenmanns Stimme aus dem Nebenraum.

Ich schnappe mir mein Kosmetiktäschchen und gehe rüber. »Wir sind hier.«

Schattenmann lächelt, als er mich sieht. »Habt ihr alles fertig gepackt?«

Ich nicke. »So gut wie. Grace?«, rufe ich Richtung Bad.

»Ja, alles fertig!« Kurz darauf erscheint sie mit ihrem Waschkram in den Händen, den sie in ihrem Rucksack verstaut. Es passt geradeso noch hinein.

»Gut, dann nehmt die Taschen am besten gleich mit in meine Bibliothek. Von dort kommen wir besser weg als von hier.« Schattenmann bedeutet uns, ihm zu folgen.

»Aber fällt es nicht auf, wenn wir jetzt mit diesen Rucksäcken unterwegs sind?«, wirft Grace ein und legt den Kopf schräg.

»Keine Sorge, hier im dritten Stock tummeln sich eh nur wenige Menschen, und zur Bibliothek ist es nicht weit. Wenn wir uns beeilen, wird uns schon niemand sehen«, klärt Schattenmann uns auf.

Ich bin natürlich trotzdem skeptisch, lasse mir aber nichts anmerken. Ich helfe Grace, den Rucksack umzuschnallen und greife als letzte nach meinem eigenen.

»Wo ist eigentlich deiner?«, frage ich Schattenmann verwundert, da mir erst jetzt auffällt, dass er seinen gar nicht trägt.

»Schon in der Bibliothek«, antwortet er knapp, während er bereits die Tür öffnet und kontrolliert, ob die Luft rein ist. »Los jetzt!«, flüstert er und macht eine winkende Handbewegung.

Grace rennt vor. Ein letztes Mal schaue ich zurück und verabschiede mich von unserem Zimmer. Es ist meine Heimat geworden, und es nun zu verlassen, fühlt sich komisch an.

Eine lange Zeit war es alles, was ich hatte. Und seit Grace hier ist, sogar ein Ort, an dem ich mich geborgen und sicher fühlte. Ein letztes Mal leuchtet mir Grace' pinke Zimmerhälfte entgegen und meine Sonnenuntergangswand. Mir kommt es vor, als hätten wir sie erst gestern so angestrichen. Vor meinem inneren Auge sehe ich Grace noch genau vor mir, wie sie auf Schattenmanns Schultern saß und unsere vier Wände bemalte. Und wie ich, tollpatschig wie ich meistens bin, rückwärts in den Farbeimer stolperte. So sehr gelacht wie damals haben wir selten.

Ich schmunzle leicht. Das war ein wirklich schöner Tag. Einer der besten.

»Komm schon, Kaithy!«, drängt Schattenmann mich zur Eile.

Entschlossen drehe ich mich zu ihm um und trete durch die Tür.

Kapitel 21

O kay, seid so leise wie möglich und haltet euch links«, flüstert Schattenmann uns Anweisungen zu.

Grace beginnt, auf leisen Sohlen und geschmeidig wie eine Katze loszulaufen. Ich beneide sie um diese Eleganz. Egal, was ich tue, ich habe das Gefühl, dass jede Diele unter mir knarrt. Mich verwirrt nur eine Sache. Augenblicklich bleibe ich stehen.

Prompt läuft Schattenmann in mich hinein und flucht. »Kaithy! Was soll das?«

»Warum genau laufen wir nach links? Der Gang endet in dieser Richtung in einer Sackgasse!«, erkläre ich das Offensichtliche.

Schattenmann stöhnt genervt auf. »Ist es so schwer, mir einfach mal zu vertrauen?« Empört schnaubt er die Luft durch die Nase aus.

»Ich vertraue dir!«, verteidige ich mich sofort. Sanfter füge ich hinzu: »Immer.«

In seinen waldgrünen Augen blitzt etwas auf, was ich nicht deuten kann, dann nickt er. »Ja, dort hinten endet der Gang, aber zu meiner Bibliothek führt keine Tür, denn sie liegt auf dem Dachboden des Hauses. Dort hinten gibt eine Luke mit einer befestigten Leiter, durch deren Hilfe wir auf den Dachboden gelangen.« Ungeduld schwingt in seiner Stimme.

»Okay.« Ich stehe noch einen Moment unschlüssig herum, eine Entschuldigung auf der Zunge liegend.

Schattenmanns Blick hält mich an Ort und Stelle gefangen. Ich habe Angst, diesen Augenblick zu zerstören, sobald ich mich bewege. Erstaunt stelle ich fest, dass ich am liebsten ewig hier rumstehen würde, wenn ich dafür für immer in seine Augen schauen könnte. Was für ein irrsinniger Gedanke! Verwirrt über mein eigenes Verhalten schüttle ich den Kopf.

»Hey, ihr Turteltauben! Kommt ihr, oder was?! Wir haben schließlich nicht ewig Zeit!«, ruft Grace sich in unser Gedächtnis.

Bei ihrer Ansprache zucke ich zusammen. Schattenmann und ich sind alles, aber mit Sicherheit keine Turteltauben! Ich ignoriere die leise Stimme in meinem Kopf, die das Gegenteil behauptet. Mich jetzt mit diesen Gefühlen auseinander zu setzen, dazu habe ich *wirklich* keine Zeit! Ich reiße mich zusammen, schenke Schattenmann keinen weiteren Blick und renne Grace hinterher, die bereits am Ende des Ganges auf uns wartet. Schattenmann eilt mir hinterher.

»Grace, an der Wand hinter dir müsste eine kleine Kette mit einem Griff am Ende sein«, erklärt er, als wir zeitgleich neben ihr zum Stehen kommen. Grace dreht sich um und jetzt erkenne auch ich die kleine, feingliedrige Kette, die an einer Halterung an der Wand befestigt ist. Ich wundere mich, dass ich sie bisher nie bemerkt habe. So oft, wie ich diesen Gang schon wischen musste, hätte mir so etwas doch auffallen müssen, oder?

»Und was soll ich damit tun?«, fragt Grace.

»Du musst kräftig daran ziehen, aber sie vorher aus der Halterung lösen«, sagt Schattenmann. »Es ist ganz leicht, aber warte, ich helfe dir.«

Vorsichtig schiebt er Grace beiseite und entriegelt die Halterung, indem er leicht dagegen drückt und sie dann um hundertachtzig Grad zur Seite dreht. Danach ist es kein Problem mehr, an die Kette heranzukommen.

»Erweist du uns die Ehre?«, bittet er und hält Grace das Ende der Kette entgegen.

Tatsächlich ist an diesem ein fein gearbeiteter metallener Griff angebracht. Stolz reckt Grace ihr Kinn und zieht an der Kette. Ich staune nicht schlecht, als plötzlich wie aus dem Nichts von oben eine weiße Leiter herunterfährt. Beinah geräuschlos kommt sie neben uns zum Stehen. Sie sieht alles andere als stabil aus, aber haben wir eine andere Wahl?

Schattenmann verpasst mir einen Knuff in die Seite und weist mich an, die Leiter hinaufzusteigen. Nervös umklammere ich mit den Händen beide Streben und steige in Zeitlupe nach oben. Ich hatte erwartet, die Leiter würde unter meinem Gewicht knarzen, aber erstaunlicherweise gibt sie kaum einen Ton von sich.

Neugierig strecke ich den Kopf durch die Luke und beeile mich, nach oben zu klettern, als ich sehe was vor mir liegt. Ein riesiger Raum, vollgestellt mit

Regalen, die bis an die Decke reichen und mit Tausenden von Büchern voll-
gestopft sind. Staunend drehe ich mich im Kreis, um alles in mir aufzusaugen.
Tief atme ich den Geruch nach altem Papier und getrockneter Tinte ein,
welcher mich irgendwie an Schattenmann erinnert. Jetzt weiß ich ja, wieso.
Wie lange wohl er schon diese Bibliothek führt? Und nie hat er mir davon
etwas erzählt.

Ich spüre einen stechenden Schmerz in der Brust über seinen Vertrauens-
bruch. Mir wird klar, dass sich Schattenmann und Grace vermutlich ganz
ähnlich gefühlt haben, als ich ihnen verschwieg, dass es mir schlecht geht.
Dennoch wünschte ich, Schattenmann hätte mir diesen wundervollen Ort
nicht vorenthalten.

In der Mitte des Raumes steht ein kreisrunder Tisch aus dunklem Holz, auf
dem sich einige Bücher und Notizblätter stapeln. Inklusive einer verwaisten
Tasse, der ein starker Kaffeegeruch anhaftet. Wie es aussieht, muss Schattenmann Stunden hier oben verbracht haben.

Ich schlucke schwer, denn mir ist bewusst, dass er das nur meinetwegen
getan hat.

Weil er sich um mich sorgt und ich ihm offenbar viel bedeute.

Ebenso wie er mir.

Es gibt nichts, was ich nicht auch für ihn und Grace tun würde.

»WOW!«, entfährt es Grace hinter mir, als sie kurz darauf ebenfalls durch
die Luke klettert und den Raum betritt.

»Ja, *wow* trifft es ziemlich gut«, meint Schattenmann, der als letzter die
Leiter emporklettert und sich neben der Luke auf den Knien niederlässt. Er
greift nach einer weiteren Kette, die hier oben an einer gleichen Halterung
wie unten befestigt ist, und zieht daran. Wie von Zauberhand fährt die Leiter
wieder hoch und faltet sich origamimäßig zusammen, bis sie einer ganz
normalen Deckenplatte des Heims gleicht und dadurch die Luke schließt.
Unsichtbar für alle, die nicht wissen, dass sie existiert.

Ich frage mich, wie Schattenmann den Raum überhaupt gefunden hat. Fest
nehme ich mir vor, ihn bei Gelegenheit danach zu fragen.

»So. Da wären wir«, verkündet er und atmet erleichtert aus. Wie es
aussieht, war auch er angespannter, als er zugeben würde.

Grace stößt ein anerkennendes Pfeifen aus. »Nett hast du's hier.«

Wie ich bereits zuvor, dreht sie sich einmal im Kreis herum. Es gibt nur

ein großes Fenster, aus welchem man einen guten Blick auf den Toten Wald hat. Ein Schauder überläuft mich beim Gedanken daran, in schon wenigen Stunden in diesem herumzuirren.

Unser einziger Hoffnungsschimmer ist das in den Himmel gerissene Loch, welches hell und mit tausend funkelnden Sternen besetzt über dem Wald hängt. Es sieht wunderschön aus und ich hoffe so sehr, dass es das auch noch sein wird, wenn wir endlich dort oben in der Galaxie angekommen sind.

»Na, dann mal her mit meinem Übungsstern!«, fordert Grace Schattenmann unternehmungslustig auf und streckt ihm ihren offenen Handteller entgegen. Ich lache leise. Ungeduldig wippt sie mit den Füßen auf und ab. Ihre Haare machen direkt dabei mit. Schattenmann öffnet derweil die Schnüre seines Rucksacks, der bisher auf einem der Stühle des Tisches stand, und befördert den unförmigen, kugelartigen Stern zutage, welcher nur noch in einem schwachen goldenen Schein vor sich hin glimmt.

»Hier.« Behutsam übergibt er ihn ihr. »Am besten lässt du ihn in einer für dich angenehmen Temperatur, heute kommt es nur darauf an, dass du übst, mehrere solcher Bänder zu erschaffen.« Eindringlich schaut er Grace an, bis sie einen zustimmenden Laut von sich gibt.

»Dann wollen wir mal«, bestimmt Grace und schließt die Augen, um sich besser konzentrieren zu können. Kurz darauf beginnt sie auch schon, das alte Kinderlied von letzter Nacht zu summen. Die Melodie klingt so leicht und süß, dass es mir so vorkommt, als vertreibe sie alle Sorgen und hinterließe nichts als ein wärmendes Gefühl. Kaum dass der erste Ton Grace' Mund verlässt, breitet sich ein helles Strahlen um sie herum aus. Geblendet halte ich mir die Hand vor die Augen. Auch Schattenmann kneift die seinen zusammen.

Als ich endlich wieder etwas erkenne, sehe ich, wie Grace' Licht von ihren Händen auf den Stern übergeht, und dieser in einem warmen Orangegelb aufleuchtet. Ein goldenes Band aus flüssigem Licht schlängelt sich aus ihm heraus und windet sich beinah wie von selbst um Grace' Hand.

Als wäre es mehr als nur Licht. Als würde es tatsächlich leben.

Wie verzaubert starre ich auf den kleinen Stern und frage mich, wie so etwas möglich sein kann. Das Band schlängelt sich immer weiter heraus, bildet Kringel und tanzt verspielt um uns herum. Stück für Stück erkundet es den ganzen Raum und ich habe bald das Gefühl, von glitzernder leuchtender

Flüssigkeit umwebt zu werden. Lächelnd drehe ich einige Pirouetten und genieße die Magie des Momentes.

Grace lacht. Wie am ersten Tag erscheint sie mir wie eine Minisonne, so hell wie sie in diesem Augenblick erstrahlt.

Noch tausendmal schöner als der Stern.

»Das ist einfach nur wundervoll«, hauche ich andächtig. »Wie machst du das?« Neugierig beuge ich mich vor und trete mutig näher an sie heran. »Es ist eigentlich gar nicht so schwer, wenn man den Dreh erstmal raus hat«, gibt sie bescheiden zu, während sie beginnt, ein zweites Band zu formen. »Ich brauche nur das Lied anzustimmen, mit dem ich den Stern zum Leuchten bringe, und dann gewährt mir der Stern Zugang zu seinem inneren Kern. Zu seinem flüssigen Sternenlicht. Und das kann ich ihm entziehen, wenn ich genügend Kraft dazu habe. Ich kann es dann nach meinen Wünschen formen und stabilisieren.« Sie lacht über ihre eigenen Worte. »Ich weiß, das klingt echt theoretisch, aber für mich ist es einfach ein Gefühl, dem ich folge, ohne lange darüber nachzudenken.« Verträumt betrachtet sie den kleinen Stern. Ich bin schwer beeindruckt. Das, was sie sagt, klingt viel zu unglaublich, als dass es wahr sein könnte. Grace scheint meinen Blick bemerkt zu haben, und ergänzt wissend:

»Fantasie ist grenzenlos, ebenso wie das Universum. Wir sollten uns nicht von der Realität einengen lassen.«

Recht hat sie und ich nicke. Wieder einmal bin ich erstaunt darüber, wie klug sie für ihr Alter ist.

»Grace«, mischt sich Schattenmann ein, »würdest du bitte versuchen, auch für Kaithy und mich so ein Band zu machen?«

Grace nickt und stimmt abermals die ersten Töne des Kinderliedes an.

Ich ertappe mich dabei, wie ich leise mitsumme. Nicht unbedingt des Liedes wegen, eher weil es für mich die einzige Möglichkeit ist, Grace in ihrem Tun zu unterstützen. Und auch wenn mein Gesang kein Leuchten hervorbringt, ist es meine Art ihr zu zeigen, dass sie das alles nicht allein bewältigen muss. Als Schattenmanns Bass neben mir ertönt, bin ich zutiefst berührt. Sein Brummen hallt laut in meinem Körper wider und sorgt für eine feine Gänsehaut auf meinen Armen. Unsere plötzlich entfachten Harmonien klingen wunderschön, und ich frage mich, warum wir nicht schon früher einfach mit Grace zusammen gesungen haben. Diese schaut uns begeistert an und

bittet mich stumm um mein Handgelenk. Ich reiche es ihr und versuche so still wie möglich zu halten, während sie das flüssige Band einmal rundherum wickelt und es mit einem dreifachen Knoten zubindet. Ich habe Angst, es zu berühren, denn ich kann einfach nicht vergessen, dass es sich dabei um flüssiges Sternenlicht handeln soll – davor habe ich Respekt. Für mich ist es nichts anderes als die Seele eines Sterns, und jene sollte immer geachtet und behütet werden.

Wo ich jedoch meine Achtung habe, hat Grace keinerlei Hemmungen, und zieht das Band straff, um es um Schattenmanns Hand zu binden. Jetzt sind wir alle drei an den Stern gekettet, und ich fühle mich ein bisschen wie eine Gefangene, die man an einem Stein festgebunden hat. Sternengestein, genauer gesagt. Misstrauisch betrachte ich unsere miteinander verknoteten Bänder. Zusammen bilden wir dadurch ein stabiles Dreieck. Auf den ersten Blick könnte man das Band tatsächlich für ein ganz normales Stück Seil halten, doch auf den zweiten sieht man den gravierenden Unterschied: Unser Band besteht aus purer Flüssigkeit, so unglaublich es auch klingen mag. Wie ein kleiner Wasserfall strömt es aus dem Stern heraus und behält dabei erstaunlicherweise seine Form. Schlangenartig wickelt es sich um unsere Handgelenke und ich spüre die angenehme Wärme, die von ihm ausgeht.

Schattenmann hält seines interessiert in die Höhe und gibt ein staunendes »Aha« von sich. Auch er hat anscheinend keine Scheu, es zu berühren. Gold glitzernd gleitet es durch seine Finger und verleiht seinem schwarzkörnigen Schatten einen besonderen funkelnden Schein.

»Ist es auch stark genug, um uns alle gleichzeitig zu tragen?«, hakt Schattenmann nach.

Grace zögert einen Moment.

»Ich müsste noch etwas üben, aber ich bin mir sicher, dass ich bis heute Abend das Band stark genug hinbekomme.« Entschlossen greift sie nach unseren Bändern und löst die Knoten wieder. »Aber erklärst du uns vielleicht auch mal, warum? Oder besser, wie genau du dir das vorstellst?« Skeptisch lege ich die Stirn in Falten. Diese Frage habe ich mir auch schon gestellt. Abwartend verschränke ich die Arme vor der Brust.

»Ich hatte es gestern schon mal erwähnt, aber erklärt habe ich es nur notdürftig. Ehrlich gesagt, wusste ich selbst noch nicht genau, wie. Oder besser gesagt, mit welchen Mitteln. Klar war von Anfang an, dass wir den dritten

Stern irgendwie als Auftrieb nutzen können, und ich hatte verschiedene Ideen im Kopf, die sich mit der Art eines Heißluftballons beschäftigten.« Mit der Hand deutet er auf einige Bücher, die auf dem Tisch verstreut liegen. Eine der Überschriften springt mir direkt entgegen. *Geschichte und Aufbau des Heißluftballons.* Daneben liegen einige lose Zettel mit Schattenmanns Berechnungen zur benötigten Auftriebskraft für das Gewicht von drei Personen.

»Ein Heißluftbal-*was*?« Verwundert zieht Grace die Augenbrauen in die Höhe. Schattenmanns verblüffte Miene trifft meine, und mir fällt wieder ein, wie jung sie wirklich ist. Vermutlich hat sie in ihrem echten

Leben noch nie einen Heißluftballon gesehen, geschweige denn, dass sie in einem drin stand.

»Ein Heißluftballon ist eine mit Treibgas gefüllte Hülle. Das Gas ist leichter als Luft und das bewirkt das Aufsteigen des Ballons in den Himmel. Dadurch können schwere Lasten transportiert werden, auch Menschen. Ein Heißluftballon ist quasi ein Fahrzeug für die Luft«, gebe ich ihr die Erklärung, bevor Schattenmann sie mit seinem komplizierten Chemie- und Physik-Gequatsche dazu nerven kann. Grace nickt und Schattenmann nimmt seinen Faden wieder auf.

»Ursprünglich hatte ich deshalb vor, den Stern ähnlich zu gebrauchen, wie es bei einem Heißluftballon der Fall gewesen wäre. Genügend Auftrieb kann ein Stern schließlich erzeugen, das haben wir ja gestern gesehen«, meint er und macht eine ruckartige Kopfbewegung nach draußen, in Richtung des in den Himmel gerissenen Loches. »Aber dann hast du dieses kleine Wunder hier vollbracht.« Freudig hält er uns die goldenen Bänder unter die Nase. »Wenn diese stark genug sind, müssen wir uns einfach nur daran festhalten, während der Stern nach oben treibt. Das einzige Problem ist, dass wir dabei unmittelbar unter dem Loch stehen sollten. Sonst verfehlen wir es möglicherweise, der Stern implodiert zum falschen Zeitpunkt und wir werden nicht wie geplant in die Galaxie geschleudert, sondern stürzen zurück auf den Boden. Und diese Landung, das könnt ihr euch sicher vorstellen, wird alles andere als angenehm für uns. Deshalb der lange Marsch zum Loch.« Er sieht uns ernst an.

Ich schlucke den Kloß in meiner Kehle hinunter. Das Ganze ist kein Plan, ja nicht einmal ein Ausbruch, sondern ein Selbstmordkommando!

Und dabei sind wir eigentlich schon tot.

Soviel zu *Ruhe in Frieden*. Dass ich nicht lache!

Angespannt beiße ich auf meiner Unterlippe herum. Ich möchte keinen von den beiden solch einem Risiko aussetzen und von ihnen verlangen ihr totes Leben für mich aufs Spiel zu setzen. Wenn ihr Blut jemals an meinen Händen kleben sollte, könnte ich mir das niemals verzeihen. Einen Moment überlege ich, ob es das alles überhaupt wert ist. So schlecht, bis auf das Essen, haben wir es hier doch nicht, oder? Solange wir uns haben, gibt es keinen Grund, etwas an den Umständen zu ändern.

Oder ...?

Ich sehe es genau vor mir. Wie ich die restliche Zeit, die mir noch bleibt, mit Schattenmann und Grace verbringe, bis es irgendwann an der Zeit für mich ist, in den Keller zu gehen. Der Wahnsinn wäre einfach nur eine andere Art zu sterben.

Ich versuche mir einzureden, dass das schon okay ist, aber die Zweifel sitzen tief und lassen sich nur schwer abschütteln. Tief in mir drin weiß ich, dass diese Möglichkeit nicht in Betracht kommt. Zumindest nicht, solange es noch eine einprozentige Chance gibt, meinem Schicksal zu entkommen.

Und nicht nur meinem.

Ich denke an all die Menschen, die nicht dafür gemacht sind, hier zu leben, geschweige denn, es verdient haben. Schattenmann, Oma Mel, James, Edgar, Jonny, Aurora und all die anderen. Selbst Brian. Und dass Grace hier am falschen Ort gelandet ist, erkennt selbst ein Blinder, und dabei ist sie nicht die einzige. Ich denke auch an die Menschen, welche aufgrund ihres verlorenen Gedächtnisses halb oder ganz wahnsinnig geworden sind und deshalb aus purer Verzweiflung in den Toten Wald rennen, um sich selbst und ihren zu lauten Gedanken zu entkommen. All diese verschwendeten Leben.

Dabei sollte auch ein totes Leben lebenswert sein.

Und damit das funktioniert, muss jeder einen Teil dazu beitragen.

Und das hier ist mein Beitrag. Unser Beitrag, korrigiere ich mich.

Indem wir die Erinnerungen aller zurückholen, retten wir damit nicht nur mich, sondern eine ganze Gemeinschaft.

Wir retten dem Tod das Leben.

So seltsam es auch klingen mag. Eigentlich glaube ich nicht an Schicksal oder solchen Kram, aber wie sagte Schattenmann neulich?

Nur dank Grace hätten wir diese einmalige Chance.

Kann das wirklich nur Zufall sein?

Oder war es uns vielleicht von Anfang an vorherbestimmt, aus dem Waisenheim auszubrechen und damit alle Menschen hier zu retten?

Laut klatscht Schattenmann in die Hände und ich schrecke aus meinen düsteren Gedanken.

»Gut, Grace, ich weiß, dass du alles dafür tun wirst, das hinzukriegen, aber übe nicht zu lang, du unterschätzt die Anstrengungen«, mahnt er. »Du musst schließlich fit sein für heute Abend und dich deshalb vorher noch ausruhen.«

Stillschweigend stimme ich ihm zu. Grace' wichtige Rolle bei unserem Ausbruch mag mir weder gefallen, noch heiße ich sie gut, aber ich kann sie nicht von diesem Risiko abhalten. Das Einzige zu dem ich sie zwingen kann und werde, ist, sich vorher ordentlich auszuruhen. Und nichts anderes habe ich vor.

»Eine Stunde üben, mehr nicht!«, ordne ich deshalb an, mit einer Stimme, die keinen Widerspruch duldet.

Grace zieht einen Schmollmund, erwidert allerdings nichts. Sie weiß, dass ich es nur gut mit ihr meine. Vielleicht manchmal zu gut.

Ich schenke ihr ein aufmunterndes Lächeln.

Ich glaube an sie und daran, dass sie es schaffen wird. Sie ist etwas ganz Besonderes. Sie ist meine Grace, und ich würde ihr alle meine Leben anvertrauen. Ich greife nach ihrer Hand und drücke sie sanft.

»Wir schaffen das, gemeinsam!«, spreche ich meine Gedanken laut aus. Schattenmann ergreift ihre andere Hand und schnappt sich dann auch meine. Unsere Bänder leuchten für eine Sekunde hell auf. Ich registriere das mit einem Schmunzeln.

Selbst die Seele des Sterns scheint auf unserer Seite zu sein.

Was kann dann schon noch schiefgehen?

Kapitel 22

Ein leises Brummen weckt mich und ich blinzle angestrengt, um die letzten Reste meiner Müdigkeit zu vertreiben. Als ich es endlich schaffe die Augen aufzuschlagen, weiß ich in den ersten Sekunden nicht, wo ich mich befinde. Dann holen mich meine Erinnerungen ein, als die meterhohen Regale mit Büchern in mein Sichtfeld geraten. Ich befinde mich immer noch in Schattenmanns geheimer Bibliothek und in einer merklich unangenehmen Position.

Um der Ursache auf den Grund zu gehen, versuche ich, an mir selbst hinabzuschauen. Ich liege schräg auf einem alten Ledersofa und das Buch in meiner Hand verrät mir, dass ich offenbar beim Lesen vorhin eingeschlafen bin. Ich stelle es auf den Boden. Mir gegenüber liegt Grace, zusammengerollt wie eine kleine Raupe. Ein kleiner Sabberfaden läuft ihr aus dem Mund und befleckt eines der abgewetzten braunen Kissen. Der inzwischen nur noch schwach glimmende Stern schwebt an einem goldenen Band über ihr und eine kratzige rote Wolldecke liegt halb neben, halb auf uns.

Offensichtlich Schattenmanns Versuch, uns zuzudecken. Mir entschlüpft ein kleines Lächeln.

Moment mal, wo ist Schattenmann überhaupt?

Panisch schaue ich mich um, atme jedoch eine Sekunde später erleichtert auf, als ich eine schlafende Gestalt an eines der Regale gelehnt entdecke. Daher kam also das Geräusch, das mich geweckt hat.

Ihn und Grace so friedlich da liegen zu sehen, erwärmt mich innerlich. Ich wünsche mir, dass dieser Moment ewig dauert, auch wenn das natürlich unmöglich ist. Daher kann ich nichts anderes tun, als mir diesen Anblick tief in meinem toten Herzen zu bewahren. Als eine Erinnerung, die mir niemals jemand stehlen kann.

Seufzend wende ich mich ab und werfe einen Blick auf meine Armbanduhr. Es nützt ja alles nichts, die Zeit wird immer weiter rennen, selbst nach dem Tod steht sie nicht still, auch wenn das viele Menschen glauben. Für unsere Körper mag das sogar zutreffen. Wir hören auf zu altern. Nur unser Geist nimmt die Veränderung wahr. Zeit ist schließlich eine Erfindung der Menschheit, um das Ende von etwas messbar zu machen. Doch den Tod, oder vielmehr das Universum, interessiert das nicht, es bestimmt was nach dem Ende folgt. Nur dank seiner Güte erleben unsere Seelen die Unendlichkeit, auch wenn sie das im lebenden Zustand nicht begreifen. Wir nutzen die Zeit hier im Waisenheim lediglich dazu, um eine möglichst normale, menschenähnliche Realität nachzuahmen. Ohne sie würden viele hier, mich eingeschlossen, schneller durchdrehen, als sie bis drei zählen können.

Ich rolle mit den Augen und befreie meine Beine aus den Enden der Decke. Dann schwinge ich mich in die Senkrechte, was mein Rücken mit einem lauten Knacken quittiert. Ups. Ich drehe mich zu Grace um, doch sie schläft zum Glück weiterhin tief und fest. Beruhigt atme ich auf. Auf leisen Sohlen schleiche rüber zu Schattenmann, um sie nicht zu wecken. Langsam lasse ich mich Schattenmann gegenüber nieder und lehne mich ebenfalls an eines der Regale. In seinem Schoß liegt ein Buch und die Kapitelüberschrift springt mir geradezu entgegen. *Amnesie – Die Ursachen und Folgen.*

»Na, interessiert dich mein Lesestoff?«, brummt eine leise Stimme. Schattenmann ist aufgewacht und reibt sich verschlafen über das Gesicht.

Ich lächle entschuldigend. »Amnesie bedeutet doch Gedächtnisverlust, oder?«, hake ich nach.

Schattenmann nickt und lässt die Schultern kreisen, sodass sie knacken.

»Viele Gehirnregionen sind mit Erinnerungen verknüpft. Durch eine bestimmte Störung dieser, beziehungsweise einen Gehirnschaden, führt das letzten Endes zum Verlust der Erinnerungen.«

»Und was kann so eine Störung verursachen?«

»Eigentlich alles, aber meistens ein Unfall oder so.«

»Glaubst du, dass so etwas auch uns passiert sein könnte? Dass unsere Gehirne durch eine Störung blockiert sind und wir uns deshalb an nichts erinnern können als an den Augenblick unseres Todes?«

Schattenmann zuckt mit den Schultern. »Ich weiß es nicht, aber möglich wäre es.« Er klappt das Buch zu und schiebt es zurück in eine Lücke im Regal.

»Mal angenommen, dass es so wäre, dann müsste es doch sicherlich ein Heilmittel geben!« Aufgeregt rutsche ich näher zu ihm heran.

Traurig schüttelt er den Kopf. »Erstens wissen wir nicht genau, welche Art Amnesie wir haben, was die Behandlung schon schwierig genug machen würde. Zweitens gibt es kein explizites Heilmittel. Entweder kehren die Erinnerungen mit der Zeit von selbst zurück oder nie mehr. Und wenn ich da an Oma Mel denke, die schon seit über hundert Jahren hier ist und sich nicht erinnern kann, bezweifle ich stark, dass unsere Erinnerungen von selbst zurückkommen. Genau deshalb müssen wir hier raus und sie wiederfinden. Möglichst bevor du zu einer Wahnsinnigen mutierst und unten in den Kellern landest.« Er wirft mir einen besorgten Blick zu und ich senke den Kopf.

»Ja, ich weiß. Es ist einfach so ungerecht. Warum hat Oma Mel beispielsweise so viel Zeit und mich holt der Fluch schon nach wenigen Jahren? Woran liegt das nur?« Frustriert schlage ich die Hände im Schoß zusammen.

Schattenmann tippt sich mit dem Finger gegen die Lippen und scheint angestrengt zu überlegen. »Ich bin mir nicht sicher, aber ich glaube, das hat etwas mit Grace' Theorie zu tun, dass unsere Erinnerungen mit einer wichtigen Aufgabe zu tun haben, die wir erfüllen sollen. Hast du dir Oma Mel mal genauer angesehen?«

Verwirrt schüttle ich den Kopf.

»Was ich damit sagen will, kam dir Oma Mel jemals traurig, wütend oder frustriert vor?«

»Ehrlich gesagt, nein. Ich kann mich zumindest nicht daran erinnern. Sie scheint irgendwie …«

»… glücklich zu sein?«, vervollständigt mich Schattenmann.

Ich nicke und fange an zu begreifen. »Die Erfüllung ihrer Aufgabe ist es, sich um die Kinder hier zu kümmern! Sie hat sie unterbewusst erfüllt.« Ich reiße die Augen auf. Das ist unglaublich. »Jetzt ergibt es einen Sinn! Aber warum zum Henker kann ich meine Aufgabe nicht ebenfalls hier erfüllen? Und die anderen Verfluchten? Was ist mit denen? Abgesehen davon, wenn Oma Mel ihre Aufgabe tatsächlich hier erfüllt hat, warum ist sie dann noch nicht eins mit ihrer Seele und zieht weiter?«

Kann nicht mal eine Sache im Leben einfach sein?

»Du glaubst nicht, wie gerne ich dir darauf eine richtige Antwort geben würde, aber in dem Punkt kann auch ich nur spekulieren. Um mit der Seele

eins zu sein, braucht es schließlich nicht nur einen Körper, das Gefäß unserer Seelen, sondern auch unseren Geist. Es ist, wie du vorhin sagtest. Oma Mel hat ihre Aufgabe unterbewusst erfüllt. Ohne ihre Erinnerungen, aber diese scheinen der ausschlaggebende Punkt zu sein. Ohne sie sind wir verloren. Aufgabe hin oder her.« Niedergeschlagen senkt er den Kopf. Ich sehe ihm an, dass er lieber eine schönere Nachricht für mich gehabt hätte.

»Immerhin wird Oma Mel dadurch nicht verrückt«, versuche ich der Sache etwas Positives abzugewinnen.

Energisch schüttelt Schattenmann den Kopf. »Sie ist wie wir alle dazu verdammt, ewig hierzubleiben und mit anzusehen, wie jeder ihrer Schützlinge nach und nach dem Wahnsinn verfällt. Ich bezweifle, dass das so viel besser ist als unser Schicksal.«

»Und was ist mit mir?«, wage ich ganz leise zu fragen.

Ergeben schließt er die Augen und gleichzeitig wird mir noch schlechter als ohnehin schon. »Ich weiß, dass du eine Träumerin bist, die Welt entdecken, Abenteuer erleben willst. Da ist das Schwarze Loch der wahrscheinlich schlechteste Ort für. Es kann dir nicht geben, wonach dein Herz sich verzehrt. Wonach sich so viele unserer Herzen verzehren. Vielleicht besteht daraus der Fluch. Aber ich werde nicht zulassen, dass er dich mir nimmt, hast du verstanden?« Sanft hebt er mein Kinn an, sodass ich gezwungen bin, in seine leuchtenden grünen Augen zu blicken. Eindringlich mustert er mich und ich schlucke schwer.

»Versprich mir bitte nur eines. Verlier niemals den Glauben oder die Hoffnung. Egal, wie unerreichbar dein Ziel auch scheinen mag. Zusammen«, er nimmt meine Hand in seine, »schaffen wir alles! Wir sind gemeinsam gestorben, wir werden auch gemeinsam wieder leben. Das ist mein Versprechen an dich. Und ich werde alles dafür tun, es zu halten.« Seine Stimme gleicht nur noch einem Flüstern, aber sie ist nicht weniger bestimmend.

Seine Worte hüllen mich ein wie in einen Kokon. Aus ihnen spricht dieses ganz besondere Band, das uns schon immer verbunden hat. Endlich glaube ich zu begreifen, was es in Wahrheit ist.

Liebe.

Ich traue mich nicht es laut auszusprechen, aber das ist auch gar nicht nötig.

Das Wort knistert in jeder Zelle meines Körpers.

Es kann vielleicht nicht die Leere in mir füllen oder die Risse in mir

heilen, aber es schenkt mir etwas, wovon ich glaubte, es für immer verloren zu haben. Mein Herz.

Schattenmanns Liebe zu mir erwärmt es und gibt mir die Hoffnung, dass es eines Tages mit dem seinen im Einklang schlägt. Es gibt fast nichts, das ich mir mehr wünsche.

Schattenmann sieht mich wissend an, ganz so als wüsste er, was ich gerade denke. Sein Gesicht ist nur noch wenige Zentmeter von meinem entfernt und seine Hand liegt immer noch wärmend unter meinem Kinn. Das erste Mal seit langer Zeit treffe ich eine eigene Entscheidung, denn diesmal bin ich bereit für die daraus folgenden Konsequenzen. Oder besser gesagt, sie sind mir egal, denn ich will nur noch eines:

Ihm zeigen, dass er mir genauso viel bedeutet, wie ich ihm.

Ich beuge mich vor und küsse ihn.

Seine Lippen sind so weich und ganz anders als der Rest seines körnigen Körpers, dass ich kurz zurückzucke. Schattenmann sitzt da wie versteinert, bis mit einem Schlag Leben in seine Gestalt kommt. Er zieht mich zu sich, umfasst mit beiden Händen mein Gesicht und abermals treffen sich unsere Lippen. Erschrocken keuche ich auf, presse mich aber im selben Moment noch enger an ihn heran.

Der Kuss fühlt sich an wie unser Tanz auf dem Weihnachtsball. Entschlossen, stürmisch, aber auch voller Leidenschaft.

Er schmeckt wie eine von Grace' Blumen. Süß und wunderschön, trotz der ewigen Dunkelheit um uns herum.

Jetzt weiß ich auch, was Oma Mel damit meinte als sie sagte, ich könne das Licht nur in mir selbst finden. Ich lasse mich fallen in dieses Gefühl, bis ich glaube, von innen heraus vor Glück zu glühen. Hitze schießt mir in die Wangen und mir wird schwindelig.

»Na endlich! Das wurde aber auch mal Zeit!«, unterbricht uns eine freudige Stimme. Erschrocken fahren wir auseinander.

Lachend und die Hände in die Hüfte gestemmt mustert uns Grace.

Verlegen streiche ich mir einige Haarsträhnen aus dem Gesicht und werfe Schattenmann einen Seitenblick zu. Seine Augen liegen längst auf mir und ich erkenne die gleiche Sehnsucht in ihnen wie in mir. Automatisch finden meine Hände die seinen. Am liebsten will ich sie nie wieder loslassen.

Lächelnd hilft er mir auf und legt einen Arm um meine Hüfte. Erst als ich

stehe merke ich, wie sehr ich seinen Halt brauche.

In mehreren Hinsichten.

»Wie spät ist es denn?«, übergehe ich Grace' Kommentar und versuche meine Gedanken zu ordnen.

»Spät genug. Nach sieben, um genau zu sein. Wir sollten jetzt also los.« Schattenmann nickt. Ich reiße die Augen auf. So spät schon?

Es wird wirklich allerhöchste Zeit. Meine Beine fühlen sich allerdings an, als wären sie aus Wackelpudding. Unmöglich zu sagen, ob das an Schattenmanns Talent beim Küssen oder an meinen immer geringer werdenden Kräften liegt. Ich weiß beim besten Willen nicht, wie ich den langen Marsch durch den Wald überstehen soll. Aber ich werde es wohl oder übel müssen.

»Warum nehmen wir eigentlich nicht die Pferde?«, frage ich einer plötzlichen Eingebung folgend.

»Wir wären viel schneller und müssten unsere Kräfte nicht für einen doofen Fußmarsch verschwenden«, ergänzt Grace, die sofort auf meine Idee anspringt. Ich nicke ihr zu.

Verärgert mustert uns Schattenmann und das Grün in seinen Augen blitzt gefährlich auf. »Wollt ihr ernsthaft auch nur ein weiteres Lebewesen dem Toten Wald aussetzen? Sei es auch nur ein Pferd? Die Tiere hier sind zwar genau wie wir seelenlos, aber das ist noch lange kein Grund, sie völlig allein und schutzlos ihrem Schicksal zu überlassen, während ihr auf dem Weg in eine andere, bessere Welt seid.« Er durchbohrt uns mit seinem Blick.

»So hab ich das ehrlich gesagt noch gar nicht gesehen«, gebe ich zu. »Ich habe mir keine Gedanken darüber gemacht, was mit den Pferden passiert, wenn wir weg sind.« Beschämt senke ich den Kopf. Schattenmann hat so recht. Ich kann es ja schon kaum ertragen, dass er und Grace sich einem so großen Risiko für mich aussetzen, da möchte ich nicht auch noch ein weiteres unschuldiges Lebewesen mit in den Schlamassel hineinziehen.

»Also zu Fuß«, stellt Grace fest und greift nach ihrem Rucksack. In ihren großen hellblauen Augen spiegelt sich die gleiche Erkenntnis wie in mir. Auch sie möchte kein Lebewesen zu einem schauerlichen Schicksal im Toten Wald verdonnern. Lieber würde sie, genau wie ich, die paar Kilometer durch den Wald rennen, falls nötig.

»Gut, aber wie kommen wir unbemerkt zur Koppel und in den Toten Wald?«, wende ich mich Schattenmann zu. Ich vermute, dass er auch dafür

schon einen Plan hat. Es fühlt sich komisch an, das zu denken, denn normalerweise verlaufen sich seine Pläne immer im Chaos und er ist auf meinen strategischen Plan B angewiesen. Abermals komme ich mir vor wie das unwissende Kind, dabei will ich eigentlich genau das Gegenteil davon sein. Ich hasse es einfach, mich unnütz und übergangen zu fühlen. Aber in meinem Zustand bin ich nicht in der Position, darüber zu verhandeln, und muss Schattenmann und seinem verrückten Plan vertrauen.

Nervös stoße ich die Luft aus. Etwas loszulassen, und sei es nur die Abgabe von Kontrolle, kann so viel schwerer sein, als man glaubt.

Schattenmann öffnet das Fenster und stemmt abenteuerlustig die Hände in die Seite. Mit strahlendem Gesicht und einem zuversichtlichen Lächeln auf den Lippen, das mir gerade fehlt, verkündet er: »Wir entkommen über das Regenrohr!«

Ich hoffe schwer, mich verhört zu haben.

»Ist das ein schlechter Scherz?« Schockiert starrt Grace ihn an.

»Nein, ist es nicht. Also, auf geht's. Noch sind draußen keine Wachen zu sehen, aber das wird nicht ewig so bleiben.« Entschlossen schnallt er sich seinen Rucksack um und reicht mir meinen. Zögerlich streife ich ihn mir über den Rücken und schnalle die Gurte um meinen Brustkorb fest zusammen. Schattenmann scheint es tatsächlich ernst zu meinen, auch wenn ich es kaum fassen kann. Ich weiß allerdings, dass unser Plan danach noch sehr viel mehr Wahnsinn beinhaltet, als an einem Fallrohr aus dem dritten Stock hinabzuklettern.

Abgesehen davon, würde uns die Alternative viel zu viel Zeit kosten. Wir müssten durch das komplette Waisenheim schleichen, ohne dass uns jemand sieht, und dann nach draußen gelangen, ohne dass uns jemand sieht, um letztendlich in den Toten Wald zu kommen.

Wieder, ohne dass uns jemand sieht.

Mit dem Rohr sparen wir uns zumindest die ersten zwei Schritte davon und schaffen es vielleicht unbemerkt zur Koppel.

Nervös werfe ich Schattenmann einen Blick zu. Ich vertraue ihm und seinem Plan, auch wenn dieser alles andere als perfekt ist. Aber Schattenmann tut das alles nur für mich und Grace, und dafür bin ich mehr als nur dankbar.

Meine anfängliche Angst verwandelt sich in prickelnde Aufregung. Wir werden *tatsächlich* ausbrechen. Wir sind mitten im Begriff, es zu tun. Und

wir werden eine Zukunft haben.

Ich klammere mich an diese Gedanken, denn sie sind das Einzige, was mich weitermachen lässt.

Plötzlich verstehe ich, wie wichtig es ist, die Hoffnung nicht aufzugeben, selbst wenn alles gegen sie spricht.

Grace macht es mir inzwischen nach und schnallt sich ebenfalls ihren Rucksack um.

»Na, dann los. Ich werde zuerst gehen, dann wissen wir, ob es sicher ist.« Schattenmann schwingt ein Bein aus dem Fenster. Mit der Hand hält er sich am Fensterrahmen fest.

Ich glaube, mir wird gerade schlecht vor Angst um ihn.

»Dann wirst du hinunterklettern, Grace, und zum Schluss Kaithy.«

Er schwingt sein anderes Bein hinaus. Jetzt hält mich nichts mehr und ich stürze nach vorn zum Fenster. In meinem Magen breitet sich ein ungutes Gefühl aus, als Schattenmann auch auf die Sicherheit des Fensterrahmens verzichtet und seine Hände das verrostete Regenrohr erfassen. Draußen ist es stockduster und ich erkenne seine Umrisse nur anhand der Bewegungen, die er zum Klettern macht. Geschickt stellt er seine Fußspitzen auf die Schellen, mit denen das Rohr an der Steinmauer befestigt ist. Wie eine Katze bewegt er sich hinab und ich bete, dass er sicher unten ankommt.

Jeder Meter, den er absteigt, bringt ihn näher zum Erdboden, und ich stoße erleichtert die Luft aus, als er endlich unten ankommt. Seine leise Stimme dringt zu uns hoch und ich höre heraus, dass es ihm gut geht und noch keine Wachen zu sehen sind.

Jetzt ist Grace an der Reihe.

Sofort meldet sich wieder das schlechte Bauchgefühl. Am liebsten würde ich mich übergeben, nur um es loszuwerden. Zu meiner Verwunderung sieht Grace alles andere als verängstigt aus. Tapfer reckt sie ihr Kinn in die Höhe und umfasst mit einem sicheren Griff das Fensterbrett.

Ich brauche nichts zu sagen, meine Besorgnis liest sie mir an der Nasenspitze ab.

»Es wird schon alles gut gehen«, meint sie zuversichtlich und gleitet behutsam aus dem Fenster. Ich halte sie an den Armen fest, bis sie mit den Füßen einen sicheren Stand auf dem Rohr gefunden hat. Jetzt sehe ich doch ein wenig Unsicherheit in ihrem Gesicht, als sie bedächtig die Finger vom

Fensterrahmen löst und sich am Fallrohr festklammert. Vor Anspannung rutscht sie ein paar Zentimeter zu früh ab. Reflexartig halte ich die Hand hinter ihren Rücken und fasse nach ihrem Arbeitskleid. Vor Schreck zittert sie.

»Hey, es ist alles gut. Ich hab dich«, sage ich mit beruhigender Stimme. »Du bist doch mein kleines Klammeräffchen, da schaffst du es doch mit links hier hinunter!« Ich ringe mir ein Lächeln ab. Sie ist für mich da, und jetzt bin ich es für sie. Ich werde immer da sein, wenn sie mich braucht, komme was wolle. Dass mir selber bei dieser Aktion nicht sonderlich wohl ist, muss sie nicht wissen.

»Du kannst das!«, spreche ich ihr gut zu, bis die Entschlossenheit in ihren Blick zurückkehrt und sie langsam mit dem Abstieg beginnt.

Sie ist kleiner als Schattenmann, aber nicht weniger wendig als er. Sie muss auf mehr Knubbel treten, um ihren sicheren Stand zu wahren, aber das hält sie nicht davon ab, rekordverdächtig schnell hinabzuklettern. Belustigt schüttle ich den Kopf.

Sie ist wirklich mein Klammeräffchen!

»Jetzt du!«, tönt Grace' Stimme von unten. Selbst in der Dunkelheit erkenne ich ihren blonden Lockenschopf und ich versuche, mir ein Beispiel an ihrem Mut zu nehmen.

Jetzt kommt es nur noch auf mich an. Ich schlucke die Nervosität hinunter und krabble umständlich aus dem Fenster. Mit dem Fuß suche ich nach einer der Schellen, wie zuvor auch Grace und Schattenmann. Als ich eine finde, hake ich meinen Schuh schräg hinein, um möglichst fest zu stehen. Nur widerwillig löse ich meine Hände vom Fenster und atme noch einmal tief durch. Ich schwitze und meine Hände rutschen gefährlich an dem rostigen Rohr, dennoch kralle ich mich so sehr fest, als wäre es mir das liebste, was ich habe.

Ich bin bei weitem nicht so elegant und geschickt wie Schattenmann, oder so flink wie Grace. Manchmal habe ich schon Mühe, überhaupt geradeaus zu gehen, und im Klettern bin ich eine absolute Versagerin, was mir gerade überdeutlich bewusst wird. Im Schneckentempo bewege ich mich vorwärts. Wäre die Lage nicht so ernst, würde Schattenmann sich köstlich über mich amüsieren, da bin ich mir sicher. Doch jetzt fließt uns die Zeit durch die Hände.

Ich versuche, mich zu konzentrieren, um etwas schneller voranzukommen, aber es ist zwecklos. Sobald ich an Geschwindigkeit zunehme, werde ich gleichzeitig auch fahrlässiger mit der Sicherheit und rutsche mehr, als dass ich klettere. Meine Gedanken haben sich völlig ausgeschaltet und ich bin nur noch darauf fixiert, einen Fuß nach dem anderen hinabzusetzen und mit den Händen entsprechend nachzuziehen. Als ich schon glaube, niemals unten anzukommen, spüre ich endlich festen Boden unter den Füßen. Beinah sofort knicken mir die Beine weg und ich sacke zusammen.

Zwei starke Arme fangen mich gerade so noch auf, bevor ich mit dem Kopf auf den Boden knallen kann.

»Na, hoppla. Gut, dass du erst jetzt fällst, einige Meterchen früher und es wäre schwierig mit dem Auffangen geworden«, raunt mir eine tiefe Stimme ins Ohr. Mir entweicht ein Glucksen. Lächelnd drehe ich meinen Kopf und schaue direkt in Schattenmanns Gesicht. Das satte Grün seiner Augen nimmt mich gefangen und gaukelt mir vor, in einen Wald zu schauen, statt in ein Augenpaar. Was für eine schöne Vorstellung.

Ich habe schon ewig keinen echten Wald mehr gesehen. Der Tote zählt bei weitem nicht als Ersatz. Ein echter Wald sprüht vor Leben und die Blätter seiner Bäume tanzen mit dem Wind. Mehr als alles andere wünsche ich mir, genau dieser Wind zu sein. Leicht und Frei.

Meine Vorstellung wird abrupt durch Schattenmanns lautes Räuspern unterbrochen. »Wir sollten dann mal weiter.«

Ich richte mich auf und stecke peinlich berührt eine lose Haarsträhne hinter mein Ohr. Habe ich ihn gerade ernsthaft angeschmachtet? Hoffentlich habe ich nicht auch noch gesabbert! Ich bin echt froh über das mangelnde Licht, sonst würde er die Röte sehen, die sich auf meine Wangen gestohlen hat. Ach du meine Güte! Wie kann nur ein einziger Blick von ihm ausreichen, um mich so durcheinander zu bringen?

Ich schüttle den Kopf über mich selbst.

Ich sollte wirklich mal an meiner Selbstbeherrschung arbeiten …

»Alles okay?« Grace wirft mir einen vielsagenden Seitenblick zu.

»Alles bestens«, erwidere ich hastig und hoffe, dass sie der Höhe meiner Stimmlage keine Beachtung schenkt. Gemeinsam schließen wir zu Schattenmann auf, der einige Meter vor uns läuft und um die nächste Ecke schielt.

»Die Wachen, sie kommen.« Er schnalzt missbilligend mit der Zunge.

»Wir sind zu spät. Haben sie sich erst einmal positioniert, kommen wir nicht mehr an ihnen vorbei.«

»Aber …?«, frage ich und hoffe, dass es überhaupt ein Aber gibt.

Schattenmann dreht sich mit ernster Miene zu uns um. »Wenn wir jetzt losrennen, haben wir wenigstens einen Vorsprung.«

Entsetzt reiße ich die Augen auf. »Das kann doch nicht dein Ernst sein!«, protestiere ich. »Sie werden uns sehen und uns sofort auf den Fersen sein!«

»Gibt es denn gar keine andere Möglichkeit?« Verzweifelt schaut Grace von mir zu Schattenmann und zurück. Mir fällt ausnahmsweise auch nichts ein, was uns jetzt noch retten könnte. Ich beiße auf meine Lippen.

Eine Sekunde lang ist es mucksmäuschenstill.

»Nein«, gibt auch Schattenmann zu. Es klingt endgültig und ich stoße schockiert die Luft aus. »Unsere einzige Chance ist es, in den Toten Wald zu gelangen, bevor sie uns erwischen. In ihm wird es so finster sein, dass sie Mühe haben werden, uns zu folgen, was uns einen Vorsprung verschaffen wird. Aber dafür müssen wir genau jetzt losrennen!« Abwartend und sprungbereit wie ein Tiger, schaut er uns an. In der gleichen Sekunde, in der Grace und ich nicken, schreit er: »LOS! LAUFT!«, und stürzt vorwärts. Grace und ich hinterher.

Die Wachen bemerken uns beinah sofort.

»Stehen bleiben!«, hallen ihre Stimmen hinter uns nach, doch ich denke nicht einmal daran und beschleunige nochmals meine Schritte. Ich war schon immer die langsamste von uns dreien und auch jetzt hinke ich hinterher, was mich mehr als verärgert. Ich fühle mich schwach und ausgelaugt, und mein Körper protestiert lautstark gegen die Höchstleistungen, die ich ihm abverlange. Ich komme mir ein bisschen vor wie eine Schnecke im Ruhestand. Okay, nicht nur ein bisschen. Lange halte ich dieses Tempo sicher nicht. Und ganz bestimmt nicht einige Kilometer durch den Toten Wald. Ich keuche ja jetzt schon wie ein Walross auf zwei Beinen. Dennoch lege ich noch einen Zahn zu, als ich die Wachen nur wenige Meter hinter mir höre.

Da! Der Stall! Nur über ihn gelangen wir zur Koppel.

Schattenmann hat bereits die Tür erreicht und stemmt sich dagegen, um sie Grace und mir aufzuhalten.

»Komm schon, Kaithy! Beweg endlich deinen Hintern hierher!«, ruft er und normalerweise hätte ich ihm dafür eine Kopfnuss verpasst, aber jetzt

höre ich die Panik in seiner Stimme, was mir Angst macht und meinen Füßen Flügel verleiht. Ich rausche an ihm vorbei und renne die lange Stallgasse entlang zur hinteren Tür, die Grace gerade durchquert. Ich folge ihr so schnell ich kann und lasse die Tür gegen eine der Boxen knallen. Die Pferde wiehern laut, empört darüber, dass wir ihre Ruhe stören. Ich spüre Schattenmanns heißen Atem in meinem Nacken, als er direkt hinter mir durch die Tür schlüpft.

»Zusammen?« Schattenmanns fragender Blick trifft mich, doch bevor ich überhaupt begreife, was er von mir will, nimmt er meine Hand und zieht mich mit. Jetzt fliege ich wirklich!

Es kommt mir vor, als würden meine Füße nicht einmal mehr den Boden berühren und die Angst hinzufallen verstärkt sich dadurch ungemein. Gleichzeig habe ich das Gefühl, nirgendwo besser aufgehoben zu sein als in Schattenmanns Hand, die sich fest um meine schließt.

Wir sind so schnell, dass wir Grace innerhalb weniger Sekunden eingeholt haben und uns gemeinsam mit ihr daran machen, über den hohen Holzzaun der Koppel zu klettern. Schattenmann lässt dafür meine Hand los, um sich mit seiner am Zaun abzustützen, Schwung zu holen und sich darüber zu schwingen. Neidisch schaue ich ihm dabei zu und verziehe das Gesicht zu einer Grimasse.

Das würde ich niemals im Leben so toll hinbekommen. Eher breche ich mir beide Beine. Grace ist derweil hoch genug geklettert, dass Schattenmann sie einfach vom Zaun pflücken kann wie eine Blume, und sie sicher neben sich abstellt. Türen krachen und ich drehe mich erschrocken um. Wachleute strömen aus dem Stall und eilen uns hinterher.

Na klasse.

»Kaithy! Jetzt klettere endlich über diesen verdammten Zaun!«, faucht Schattenmann mich an. Mir bleibt wohl keine andere Wahl.

Ich versuche es ihm gleich zu tun, nehme ordentlich Schwung, stütze mich am obersten Holzbrett des Zaunes ab und ziehe meinen Körper unter einem Ächzen auf die andere Seite. Ich wäre vermutlich wie ein Sack Kartoffeln im Dreck gelandet, hätte Schattenmann mich nicht abermals gekonnt aufgefangen.

Wie macht er das nur immer? Hat er etwa tigerartige Reflexe, um mich jederzeit aufzufangen?

Ich habe keine Zeit, weiter darüber nachzudenken, denn Schattenmann setzt mich ohne viel Federlesens wieder auf dem Boden ab und zieht mich weiter. Ich gestatte mir noch einen letzten Blick über die Schulter, bevor die Dunkelheit alles um mich herum verschluckt. Hinter uns höre ich die Wachmänner noch fluchen, dann sind sie endgültig verschwunden.

»Haben wir sie abgehängt?«, fragt Grace außer Atem. Mein eigener ist mittlerweile so laut, dass ich kaum etwas anderes als ihn hören kann. In dem Versuch leise zu sein, gehe ich zu einer Art Schnappatmung über und versuche angestrengt, etwas in der Umgebung auszumachen. Nur langsam gewöhnen sich meine Augen an die Finsternis, aber es reicht, um zumindest schemenhaft zu erkennen, was vor uns liegt.

»Wir haben sie abgehängt, aber nur fürs erste. Ich kann ihre Rufe und Schritte noch hören. Sie verfolgen uns, wenn auch sehr langsam, wie zu erwarten«, bestätigt Schattenmann. »Unsere einzige Möglichkeit ist jetzt, unseren Vorsprung weiter auszubauen, aber dafür müssen wir weiter rennen.«

Grace und ich stöhnen gleichzeitig auf.

»Aber ich kann nicht mehr!« Schwer atmend lässt sich Grace auf einem umgefallenen Baumstumpf nieder.

Mitleidig schaue ich sie an. Sie ist vielleicht schneller als ich, aber was Ausdauer angeht, kann sie definitiv noch nicht mit Schattenmann mithalten. Von mir mal ganz zu schweigen. Zur Erinnerung, ich bin die Schnecke im Ruhestand UND besitze die Ausdauer eines Faultieres. Das kann ja noch heiter werden. Das ganze Unterfangen wird von Sekunde zu Sekunde gefährlicher.

»Wir müssen nicht so schnell sein wie eben, wir sollten lediglich nicht zu langsam sein.« Schattenmann mustert sie einen kurzen Augenblick. »Ich werde dich tragen«, bestimmt er. »Dann sind wir schneller. Gib mir bitte deinen Rucksack, ich lege damit eine falsche Fährte. Das wird uns etwas Zeit verschaffen.« Grace zieht einen Schmollmund, reicht ihm aber den Rucksack. Ich weiß, dass sie ihre Sachen nur ungern dafür opfert, aber auch sie sieht ein, dass dies unsere einzige Chance ist.

»Wartet hier, ich bin gleich wieder da!« Schattenmann schnappt sich den Rucksack und rennt in einer scharfen Kurve nach links. Die Stille, die uns daraufhin umgibt, ist beinah unerträglich. Nur die lauter werdenden Rufe der immer näher kommenden Wachen durchbrechen sie. Hoffentlich ist Schat-

tenmann rechtzeitig wieder da.

Nervös versuche ich in der Dunkelheit des Waldes etwas zu erkennen, aber es ist unmöglich. Die Bäume stehen so dicht aneinander, dass sie uns beinah wie eine Decke bestehend aus ewiger Nacht einhüllen. Für den Moment ist das vielleicht sogar ganz gut so, denn dadurch fällt es den Wachen schwerer uns zu finden. Zum ersten Mal scheint die Dunkelheit auf unserer Seite zu sein und uns Schutz zu bieten.

Plötzlich raschelt es im Gebüsch neben uns und eine Gestalt tritt heraus. Für einen angespannten Moment halte ich die Luft an. Ich presse mir die Hand auf den Mund, um nicht laut aufzuschreien.

»Alles gut! Ich bin es nur.« Abwehrend hebt Schattenmann die Hände und ich atme erleichtert aus.

»Jag uns doch nicht so einen Schrecken ein«, werfe ich ihm vor.

Er lacht leise. »Okay, weiter geht's, Mädels! Wir dürfen nicht noch mehr Zeit verlieren.« Er macht eine auffordernde Handbewegung, dass ich vorneweg gehen soll, und hebt dann Grace auf seinen Rücken.

Seufzend setze ich mich wieder in Bewegung.

Eins steht fest, dies wird eine lange Nacht.

Kapitel 23

Schnell, wir müssen uns beeilen!«, keuche ich und kämpfe mich durch das dichte Gestrüpp. Die Pflanzen und Bäume mögen zwar tot sein, aber sie sind dafür nicht weniger kratzig und sperrig. Es existiert gerade mal ein kleiner Trampelpfad, dem wir seit mindestens zwanzig Minuten folgen. Anfangs haben wir einen ziemlichen Lärm veranstaltet durch das Knacken der Äste, aber inzwischen schaffen wir es deutlich lautloser durch den Wald. Unsere Augen haben sich an die anhaltende Finsternis gewöhnt. Ein Feuerzeug anzuzünden können wir uns laut Schattenmann nicht leisten. Das wäre viel zu auffällig. Doch den Wachen können wir trotz jeglicher Vorsichtsmaßnahmen nicht ewig davon laufen. Ich höre ihre Schritte nicht allzu weit entfernt. Sie sind uns schon viel zu nah. Panik ergreift mich. Was ist, wenn wir es nicht rechtzeitig schaffen und sie uns vorher wieder einfangen? Nein!

Das darf einfach nicht passieren!

»Wie weit noch, Grace?«, rufe ich über meine Schulter hinweg. Schattenmann läuft dicht hinter mir und trägt Grace auf den Schultern. Zum einen, weil sie nicht so ausdauernd laufen kann mit ihren viel kürzeren Beinen, und zum anderen, weil sie uns so den Weg weisen kann.

»Nur noch ein *kleines Stück*.« An ihrer belegten Stimme höre ich, dass dieses kleine Stück größer ist, als sie uns sagen will.

Mir dreht sich der Magen um. Das war eine beschissene Idee!

Ich will mir gar nicht erst ausmalen, was passiert, wenn sie uns schnappen. Was ist wohl die Strafe für einen solchen Ausbruch? Wird die Heimleiterin uns dann sofort in die Keller einsperren? Oder gar schlimmeres? Grace würde das nicht durchstehen und all das wäre allein meine Schuld. Weil ich diesem Himmelfahrtskommando zugestimmt habe.

Das schlechte Gewissen nagt an mir, doch ich schiebe es beiseite. Noch

ist nichts verloren und vielleicht haben wir noch die Chance, es hier herauszuschaffen, bevor die Kavallerie der Heimleiterin uns einholt. Mehr als die Hälfte des Weges haben wir immerhin schon geschafft. Vor uns liegt weniger als ein Kilometer Toter Wald und dann sollten wir den Ausgang des Schwarzen Lochs erreicht haben.

»Sie kommen!« Grace' ängstliche Stimme reißt mich aus meinen Gedanken. Ich höre Hufgetrappel und erstaunt drehe ich mich zu den anderen um. Meine Vermutung wird prompt bestätigt.

»Die haben Pferde!« Vor Schreck stolpere ich über eine Wurzel und lande unsanft auf den Knien. Schnell rapple ich mich wieder auf. Ich kann es mir nicht leisten hinzufallen, wenn die Wächter uns tatsächlich mit Pferden verfolgen. Schweiß rinnt mein Gesicht hinab und behindert meine Sicht, doch aus den Augenwinkeln mache ich mindestens fünf Reiter aus.

Scheiße!

In einem Affenzahn galoppieren sie auf uns zu. Das darf doch wohl nicht wahr sein! Zu Fuß haben wir keine Chance!

»Sie haben uns entdeckt! Lauft!«, rufe ich und will schon losrennen, da packt mich Schattenmann am Arm.

»Kaithy, warte! Ich hab eine Idee. Dafür müssen wir allerdings einen kleinen Umweg machen ...«

»Kommt nicht infrage! Wir müssen so schnell wie möglich zum Ausgang des Schwarzen Lochs gelangen, sonst haben wir keine Chance! Wir haben beim besten Willen keine Zeit für einen Umweg!« Verzweifelt raufe ich mir die Haare. Versteht er nicht, dass wir diesmal wirklich keine Zeit für einen seiner verrückten Pläne haben? Allein weil wir hier nur dumm rumstehen, vertrödeln wir viel zu viel Zeit!

»Jetzt hör mir doch wenigstens erst mal zu! Du weißt doch gar nicht, was ich vorhabe!«, brüllt er mich an. Da wir entdeckt wurden, müssen wir uns auch nicht mehr darum bemühen, leise zu sein.

»Hört auf zu streiten!« Grace bricht in Tränen aus. Sie hasst es, wenn wir uns streiten. Schattenmanns strafender Blick trifft mich und macht deutlich, dass er mich dafür verantwortlich macht.

»Wir streiten nicht. Ich versuche Kaithy lediglich zu erklären, warum ich recht habe!«

Wütend funkle ich ihn an. »Na schön! Dann klär uns auf, aber mach es

schnell, denn in weniger als drei Minuten sind wir Geschichte!«

»Gut, dann hör zu. Dort hinten hab ich einen schmalen Trampelpfad entdeckt, der voll mit abgestorbenen Mohnblumen ist und in einer Art Lichtung zu münden scheint, wo sicher noch mehr von diesen Blumen sind.« Gespannt schaut er mich an, so als müsste ich verstehen, was er damit sagen will.

»Und?«, frage ich verwirrt. »Was genau soll mir das jetzt sagen?«

Er rollt mit den Augen. Grace ist derweil von seinem Rücken heruntergerutscht und hat eine dieser Blumen gepflückt, die sie mir jetzt unter die Nase hält.

»Das ist Schlafmohn!«, ruft sie begeistert.

Schattenmann nickt. »Wir locken sie in das Gebiet mit den Blumen und unsere Verfolger werden tief und fest einschlafen, sobald sie den Duft der Mohnblumen einatmen. Und während die seelenruhig schlafen, können wir fliehen!«

Ich muss zugeben, dass klingt soweit nicht schlecht, dennoch würde das Ganze an einer Sache scheitern.

»Aber die Blumen sind tot! In diesem Zustand könnten sie nicht mal eine Fliege in den Schlaf versetzen! Geschweige denn fünf große Pferde, inklusive ihrer Reiter!«

»Deshalb wird Grace die Blumen mit ihrem Gesang auch zum Leben erwecken«

Fassungslos starre ich ihn an. »Dann wird sie doch aber selbst einschlafen!«, erwidere ich aufgebracht.

»Egal was wir tun, wir müssen es jetzt tun!«, schreit Grace und deutet auf unsere Verfolger. Sie haben uns fast erreicht.

»Los jetzt!«, ruft Schattenmann und schnappt sich Grace, um sie wieder auf seinem Rücken zu tragen. So schnell ich kann, renne ich den beiden hinterher, mitten durch die Blumen.

»SING!«, befiehlt Schattenmann. »Und Kaithy, du musst die Luft anhalten, sonst sind wir verloren!«

»Ach nee, wär ich nie drauf gekommen!«

»Klappe jetzt!«, brüllt er zurück, was mir trotz der gefährlichen Situation ein Lächeln entlockt. Schnell beiße ich mir jedoch auf die Lippe. Jetzt ist beim besten Willen nicht die richtige Zeit für Scherze. Ich hole noch einmal tief

Luft und schiebe dann meinen Pullover hoch über die Nase, um so wenig wie möglich von dem Schlafgift der Blumen einzuatmen. Ich höre das Schnauben der Pferde dicht hinter uns und widerstehe der Versuchung, mich nach ihnen umzudrehen. Ich würde nur stolpern und hinfallen.

Meine Lungen brennen höllisch und verursachen mir Kopfschmerzen. Das Blut rauscht so stark in meinen Ohren, dass das Einzige, was es übertönt, Grace' Stimme ist. Sie schreit mehr, als dass sie singt, aber den Blumen scheint das zum Glück egal zu sein. Erleichtert beobachte ich aus den Augenwinkeln, wie die vorher grauen Blütenblätter sich in weiße Schönheiten mit roten Tupfen verwandeln. Überall dort, wo Schattenmann mit Grace vorbeirennt, recken sich ihr Hunderte Blütenköpfe entgegen, um etwas von ihrem Leuchten abzubekommen. Auch ich kann meinen Blick kaum von ihr lösen. Sie strahlt wie ein riesiges Glühwürmchen und erhellt uns so den Weg. Auch wenn es kaum etwas bringt. Der Trampelpfad, wie Schattenmann ihn nannte, besteht aus Tausenden von Wurzeln und dornigem Gestrüpp, sodass ich mehr stolpere, als tatsächlich renne. Dornen reißen an meiner Kleidung und meine Haare verfangen sich in herunterhängenden Zweigen. Der Zopf hat sich schon längst aufgelöst und einige Strähnen kleben mir wirr im Gesicht. Der Druck in meinem Inneren ist unerträglich und mir wird schwindelig. Wenn ich nicht bald wieder Luft bekomme, kippe ich um.

Plötzlich wird Grace' Licht schwächer und ihre Stimme so leise, dass es nur noch ein Flüstern ist. Kurz darauf ist sie auch schon eingeschlafen und schnarcht an Schattenmanns Halsbeuge. Sie sieht so friedlich aus, während sie schläft, dass ich für einen Moment meine eigene Angst vergesse und ein Lächeln über meine Lippen huscht. Ein letztes Mal geht ein leuchtender Schein von ihrem Körper aus, dann ist er erloschen. Doch es reichte aus, um zu erkennen, wo wir sind.

Die Lichtung! Wir haben es geschafft!

Ich halte mir die Hand vor den Mund, um vor Freude nicht laut aufzuschreien. Wir befinden uns schließlich immer noch in einem Feld voller giftiger Blumen. Und auch wenn bereits dunkle Punkte meine Sicht trüben, darf ich jetzt nicht aufgeben.

Sonst wäre alles umsonst gewesen. Wir sind fast an unserem Ziel. Mit allerletzter Kraft kletterte ich Schattenmann hinterher, der dabei ist, sich und Grace einen großen Baum hinaufzubugsieren. Das ist keine schlechte Idee,

aber eine äußerst schwere und anstrengende Aufgabe. Wenn wir hoch genug klettern, kann uns der schläfrig machende Duft der Blumen nichts anhaben und wir wären fürs erste in Sicherheit.

Ich helfe ihm Grace festzuhalten, während er sich einen weiteren Ast nach oben zieht. Ist das geschafft, reiche ich ihm Grace und ziehe mich selbst weiter hinauf. Meine Arme schmerzen bis zur Unendlichkeit und meine Hände sind bereits wundgerieben von den trockenen Ästen.

Doch ich gebe nicht auf, ich darf es einfach nicht!

Auch wenn alles in meinem Körper nach Erlösung schreit. Von einer Sekunde auf die andere, verdichten sich die Punkte vor meinen Augen und es wird gänzlich schwarz um mich herum.

Das ist nicht gut, ganz und gar nicht. Vor Schreck verfehle ich den Ast, auf dem ich mit dem Fuß hätte auftreten müssen, um Haaresbreite.

Ich versuche mit den Händen noch nach den oberen Ästen zu greifen, doch dabei verliere ich endgültig das Gleichgewicht.

Verzweifelt suche ich nach etwas zum Festhalten, blöd nur, dass mir sämtliche Kraft dazu fehlt.

»Kaithy!«, ruft eine Stimme, die mich nur gedämpft wie durch eine dicke Wattewolke erreicht.

Das ist mein Ende, denke ich, als ein schmerzhafter Ruck durch meinen Körper geht und meinen Fall stoppt. Erstaunlicherweise ist das Gegenteil der Fall. Der Schmerz hilft mir, wieder zur Besinnung zu kommen. Endlich schaffe ich es, meine Augen wieder zu öffnen. Das Erste, was ich erblicke, ist Schattenmanns besorgtes Gesicht.

»ATME gefälligst!«, befiehlt er und ich tue es. Röchelnd hole ich so tief Luft, wie es meine Lungen zulassen. Doch mein Körper rebelliert, offenbar ist er der Meinung, er bräuchte so etwas Unnötiges wie Sauerstoff nicht. Dummer Körper!

Ich huste und huste und verschlucke mich letzten Endes dabei. Besser geht's echt nicht. Keuchend ringe ich um jedes bisschen Luft, das in meine Lungen muss, aber sich weigert, hineinzugehen. Ich spüre, wie Schattenmann mich behutsam unter größter Anstrengung zu sich auf den Ast zieht und mir auf den Rücken klopft. Mir wird klar, dass er mich in letzter Sekunde aufgefangen haben muss.

Er hat mich gerettet, mal wieder, und ich bin ihm unsagbar dankbar dafür.

Selbst wenn ich noch Luft für Worte übrig hätte, gäbe es kein Wort der Welt, mit dem ich ihm meine Dankbarkeit ausdrücken könnte. So bleibt mir nur eine einzige andere Option.

Überschwänglich falle ich ihm um den Hals und presse ihn so fest an mich, wie es meine schlaffen Arme zulassen. Leise schluchze ich an seine Schulter und überlasse ihm das Festhalten. Tränen der Erleichterung rollen meine Wangen hinab und zerschellen auf seinem Nacken. Beruhigend streicht er über meinen Rücken.

Ein Blick nach unten verrät mir, dass Schattenmanns Plan aufgegangen ist. Unter uns auf der Lichtung, mitten zwischen all dem rot-weißen Mohn, liegen laut schnarchend fünf weitere Menschen, deren Gesichter ich jedoch nicht kenne. Die Pferde müssen wohl schon auf dem Weg den Düften der Mohnblumen zum Erliegen gekommen sein. Denn selbst auf meiner erhöhten Position kann ich sie in all dem Dickicht nicht entdecken. Und auch wenn ich erleichtert bin, tut es mir leid um die Wächter und Pferde, die so lange hier schlafend liegen bleiben, bis Grace' Zauber abschwächt und der Mohn wieder verblüht.

»Wir haben es geschafft! Alles ist gut! Hier oben sind wir in Sicherheit!«, flüstert Schattenmann wie ein Mantra vor sich hin, als müsste er sich erst noch selbst durch diese Worte damit überzeugen. Seine rauchige und sonst so tiefe Stimme hört sich kratzig und leicht verzerrt an, was mich daran erinnert, dass auch er alles und sogar etwas mehr getan hat, nur um uns in Sicherheit zu bringen. Ohne ihn wäre unser Vorhaben gnadenlos gescheitert.

Vor Erleichterung atme ich laut aus. Meine Brust schmerzt dabei immer noch, als hätte sie jemand mit einem Amboss bearbeitet und dann wie ein Stück Knete zusammengequetscht. Aber es wird besser, je länger meine Atemzüge werden. Die Luft beginnt mich Stück für Stück von innen heraus wieder aufzufüllen. Eine Hand umfasst sanft die meine und ich schaue auf, direkt in Schattenmanns sorgenvolles Gesicht.

»Mir geht's gut«, beteuere ich, obwohl das Kratzen in meinem Hals das Gegenteil behauptet. Vorwurfsvoll sieht er mich an. Er weiß genau, dass ich lüge, doch er erwidert nichts darauf. Er dreht sich um und greift nach Grace, die schräg hinter ihm in eine Astgabelung gelehnt schläft und leise vor sich hin schnarcht. Ihr Kleid ist selbst nach unserer rasanten Flucht durch den Wald noch strahlend weiß und unbeschädigt.

Nur ihre rosa Schuhe erzählen von unserer Flucht. Sie haben Grasflecken und Schmutz klebt an ihren Sohlen, was Grace' sonst makellosem Zustand einen Knick versetzt. Ich sehe schon jetzt ihr trauriges Gesicht vor mir, wenn sie erkennt, dass sie nichts anderes mehr machen kann, als sie wegzuschmeißen. Es waren ihre Lieblingsschuhe. Aber es gibt weitaus Schlimmeres im Leben als verdreckte und kaputte Schuhe.

Schattenmann setzt sie derweil zwischen uns ab und ich packe sie an den Schultern und versuche, sie wachzurütteln. Doch es ist, als läge sie im Koma, nicht einmal ein Augenlid zuckt. Sie schläft einfach weiter. Ich stöhne auf.

»Hast du eine Ahnung, wie wir sie wieder wach bekommen?«, frage ich. Ratlos schüttelt Schattenmann den Kopf, hält jedoch kurz darauf inne und schnipst mit den Fingern.

»Warte kurz, ich hab da schon eine Idee!« Er schnallt sich seinen Rucksack vom Rücken. Eine Weile kramt er darin herum, bis er anscheinend gefunden hat, was er sucht.

»Tadaaa!« Stolz hält er mir eine Wasserflasche unter die Nase, meinen skeptischen Blick ignorierend.

»Du willst ihr doch nicht etwa das Wasser ins Gesicht spritzen, oder?«, frage ich in der Hoffnung, mich zu irren.

»Natürlich, was denn sonst? Oder hast du einen besseren Plan?« Fragend zeigt er mit der Wasserflasche auf mich.

»Nein.« Ergeben senke ich den Kopf und Schattenmann nickt zufrieden. Mit der rechten Hand schraubt er die Flasche auf und gießt, ohne zu zögern, Grace einen ordentlichen Schwall Wasser ins Gesicht. Kaum eine Sekunde später reißt sie erschrocken die Augen auf und begibt sich in die Senkrechte.

»Na also.« Selbstgefällig grinst Schattenmann in die Runde.

Kapitel 24

Was ist passiert? Wo sind wir? Haben wir sie abgehängt?« Die Fragen sprudeln nur so aus ihr heraus, als sie sich mit großen Augen umsieht. Ich bin so froh, ihre Stimme zu hören, dass ich gar nicht anders kann, als sie fest an mich zu drücken.

»Kaithy! Du zerquetscht mich ja! Was ist denn los?«

»Ha! Glaub mir, das ist nichts im Vergleich dazu, wie sie sich vorhin an mich geklammert hat. Ich konnte mich kaum vor ihr retten!«, beschwert sich Schattenmann belustigt und hebt abwehrend die Hände, als ich ihn mit einem Blick zu erdolchen versuche.

»Das hättest du wohl gerne«, sage ich und kann mir ein Schmunzeln nicht verkneifen. Als ich Grace schließlich freigebe, fällt auch ihr Blick nach unten, zu den im Gras liegenden Wachen. Wenn sie überrascht ist, lässt sie es sich jedenfalls nicht anmerken. Ihr Lächeln zeugt lediglich von Erleichterung

»Du warst toll!«, bestätige ich ihr, nicht ohne Stolz in der Stimme.

»Der absolute Wahnsinn!«, ergänzt Schattenmann und grinst.

»Auch wenn ich sagen muss, dass ich heute Töne von dir gehört habe, deren Existenz mir bisher unbekannt waren.« Er kann es einfach nicht lassen, sie trotz ihrer unglaublichen Leistung aufzuziehen. Ich muss lachen, als Grace ihn für seinen Kommentar in die Seite knufft.

»Hey! Mein Gesang hat uns schließlich gerettet! Hab mal ein bisschen Respekt!«

»Und wer hatte bitte die rettende Idee? Ohne mich stündet ihr jetzt immer noch dort unten, wetten?«, erwidert Schattenmann und zieht einen Schmollmund.

»Aber ohne mich hätte dein ach so toller Plan nie funktioniert!« Grace streckt ihm die Zunge heraus.

»Und du hast gar nichts dazu zu sagen?« Schattenmanns anklagender Blick trifft mich.

Gespielt gleichgültig zucke ich mit den Schultern. »Wo sie recht hat ...«

»Ernsthaft, du fällst mir in den Rücken? Aua!« Theatralisch fasst er sich ans Herz. »Ist das der Dank dafür, dass ich dich gerettet habe?« Er legt den Kopf schief und schaut mich entrüstet an. Das belustigte Glitzern in seinen Augen steht im Gegensatz zu seinen harten Worten.

»Oh, entschuldigen Sie, gnädiger Herr, habe ich etwa ihren Stolz verletzt? Ich bitte um Vergebung und tue hiermit meinen aufrichtigsten Dank bezüglich meiner Rettung in allerletzter Sekunde kund«, krächze ich in der höchsten Fiedelstimme, die mir möglich ist, und deute eine Verbeugung an. Eine gelungene Vorstellung, bis ich bei der Verbeugung mein Gleichgewicht verliere und beinah seitlich vom Ast rutsche. Hilflos rudere ich mit den Armen in der Luft und schaffe es gerade so, mich wieder am nächstgelegenen Ast festzuhalten, bevor ich endgültig fallen kann.

Nach einem kurzen Moment der Schockstarre fängt Grace leise an zu kichern und auch Schattenmann kann nicht mehr an sich halten. Sein lautes Lachen schallt noch weit in den Toten Wald hinein und haucht ihm wohl zum ersten Mal etwas Leben ein. Auch ich pruste los und Stück für Stück fällt die Anspannung von mir ab. Das Adrenalin verlässt meinen Körper und ich merke, wie erschöpft ich eigentlich bin. Meine verkrampften Muskeln lockern sich wieder und der Schweiß hinterlässt eine wohltuende Kälte auf meiner Stirn.

Ich gebe einen entkräfteten Seufzer von mir und streiche mir ein paar lose Haarsträhnen aus dem Gesicht. »Wir sollten weiter.«

Schattenmann nickt und sein Lächeln weicht einer ernsten Miene. »Ja. Das müssen wir wohl.«

Grace lacht. »Wenn ihr mal eure Augen zum Himmel wenden würdet, könntet ihr sehen, dass wir längst da sind.« Mit dem Finger deutet sie nach oben und legt den Kopf in den Nacken. Erstaunt tue ich es ihr gleich und auch Schattenmann folgt ihrem Beispiel.

Ein »Wow!« entschlüpft meinem Mund, bevor ich es aufhalten kann.

Der Anblick, der sich uns bietet, ist einfach unbeschreiblich. Die uns umgebende Schwärze der Nacht scheint an einer Stelle des Himmels wie aufgerissen. Ein Loch so groß wie zehn Fußballfelder, das an den Seiten ausgefranst

ist, als hätte jemand willkürlich hineingebissen, schmückt den Nachthimmel. Doch *Loch* trifft es nicht ganz – es erscheint vielmehr wie ein Fenster.

Ein Fenster in eine andere Welt.

Dahinter funkeln eine Vielzahl von Sternen um die Wette und eine bunte Galaxie erhellt den Nachthimmel. Ihr Strahlen gleicht Grace' Leuchten, wenn sie singt. Eine Sternschnuppe fliegt vorbei und lässt eine Träne der Rührung meine Wange hinablaufen. Noch nie habe ich etwas derart Schönes gesehen. Meinen stummen Wunsch, dass alles gut gehen wird, trägt der Kosmos hinaus in die Welt.

»Das ist es. Unser Weg raus aus dem Schwarzen Loch«, flüstert Schattenmann ehrfürchtig.

»Na, dann mal her mit unserer Fahrkarte!«, fordere ich und versuche dabei, so optimistisch wie möglich zu klingen. »Fühlst du dich schon wieder fit genug dafür, Grace?«

»Natürlich! Immer her mit dem Sternchen!« Freudig klatscht sie in die Hände und reibt sie aneinander.

»Und du bist dir wirklich sicher, dass du das kannst?«, hake ich trotzdem nach. Sie verdreht die Augen.

»Ich hab geübt! Du warst doch selbst dabei und hast zugesehen!«

»Aber in deinen Übungen musstest du nicht im Vorfeld eine Horde Verfolger samt Pferde in den Schlaf singen. Was ist, wenn dir jetzt die Kraft fehlt, um den Stern zu entzünden?«, entgegne ich und mache eine vage Handbewegung zu den am Boden liegenden Wächtern. Für einen kurzen Moment sehe ich Besorgnis in ihren Augen aufblitzen, dann schüttelt sie energisch den Kopf.

»Ich schaff das schon! Vertrau mir doch einfach mal!«

Ergeben stoße ich Luft aus. »Na schön. Eine andere Wahl haben wir eh nicht, als es zumindest zu versuchen.« Ich nicke Schattenmann zu, der gespannt auf den Ausgang unseres Gesprächs gewartet hat. In der Hand hält er seinen Rucksack, doch diesmal kramt er nicht wie wild darin herum, sondern zieht an den Schnüren, um ihn so weit wie möglich zu öffnen. Gespannt beobachten wir, wie aus dem Rucksack graue, mit weißen Fäden durchzogene Nebelschwaden emporsteigen. In der Mitte schwebt ein kleiner schwarzer Stein, der eigentlich gar keiner ist – sondern ein Stern, der darauf wartet, zum Leben erweckt zu werden.

»Grace, dein Auftritt«, sagt Schattenmann und nickt ihr auffordernd zu.

Die kleine Nebelwolke, inklusive Stern, schwebt mittlerweile direkt vor uns, auf Augenhöhe. Ohne zu zögern, greift Grace mitten hinein und umschließt mit ihrer Hand den kleinen Stern beinah vollständig. Sie schließt die Augen und legt ihre Stirn in Falten. Ich wage es kaum zu atmen, zu viel Angst habe ich, dadurch ihre Konzentration zu stören. Ab jetzt darf ihr kein Fehler unterlaufen. Ein Summen verlässt ihre Lippen und sorgt für ein leichtes Glimmen auf ihrer Haut, das zu einem Leuchten heranwächst, als die Worte ihrem Mund entströmen. Es ist ein altes Kinderlied mit einer einfachen und beruhigenden Melodie, die ihr hilft, Ruhe zu bewahren und sich zu konzentrieren.

Twinkle Twinkle Little Star. Passender hätte das Lied kaum sein können. In Gedanken singe ich mit Grace gemeinsam, um sie zu unterstützen, auch wenn ich weiß, dass sie mich nicht hören kann. Doch es gibt mir ein Gefühl der Verbundenheit und ich klammerte mich daran, ebenso sehr wie Grace sich an den Stern. Das, was jetzt passiert, ist für mich pure Magie.

Grace' Leuchten taucht alles in ein sanftes hellblaues Licht und auf ihrer Haut explodieren klitzekleine Funkenregen, die auf die Nebelwolke übergreifen. Winzige Kometenteilchen kollidieren miteinander und lösen eine Kettenreaktion von buntem Nebel aus.

Lila, Pink, Blau, Rot vermischen sich zu einer einzigen farbenfroh glitzernden Wolke. Der Stern in Grace' Hand beginnt, in einem warmen azurblauen Ton zu glühen und strahlt inzwischen mit ihr selbst um die Wette.

»Grace, es reicht!«, warnt Schattenmann. Sie öffnet die Augen, sichtlich zufrieden mit ihrem Ergebnis. Doch der eigentlich schwierige Teil kommt erst jetzt.

»Kaithy, du bist die Erste. Gib mir deine Hand«, fordert Grace und schwenkt mitsamt dem Stern zu mir herum. Ich schlucke nervös, jetzt ist es also so weit. Zögerlich strecke ich ihr meine Hand entgegen. Grace lächelt mir aufmunternd zu. Sie wirkt so gefasst und selbstsicher, als hätte sie das Ganze schon hundert Mal gemacht. Mit konzentriertem Gesichtsausdruck und einer zwischen den Lippen hervorlugenden Zunge, fummelt sie mit spitzen Fingern am Stern herum. Dabei bemerke ich die vielen Brandblasen auf ihren Handinnenflächen. Der Stern muss unvorstellbar heiß sein, aber Grace verzieht keine Miene. In dem Moment holt sie eine Art blaue Flüssigkeit aus dem Stern hervor, die sich wie ein festes Band um ihre Finger

wickelt. Geschickt holt sie es aus der Nebelwolke heraus, ohne dass es sich dabei verheddert oder verknotet, und bindet es mit einer Schlaufe um mein Handgelenk. Wie ein Hund an der Leine bin ich nun an den Stern gekettet.

Ob das gut oder schlecht sein wird, kann ich jetzt noch nicht sagen. Denn wer traut schon einer schwebenden Flüssigkeit? Die Hitze, die es ausstrahlt, ist auch nicht gerade förderlich, um mein Vertrauen zu erwecken. Mein nicht mehr vorhandenes Leben hängt demzufolge, im wahrsten Sinne des Wortes, am seidenen Faden. Na super.

Größere Sorgen mache ich mir jedoch um Grace. Schweiß rinnt von ihrer Stirn und angestrengt versucht sie gerade zum dritten Mal, ein zweites Band herzstellen. Doch immer auf dem halben Weg aus der Nebelwolke heraus, fällt es in sich zusammen. Als es ihr endlich gelingt, sehe ich sofort, dass etwas nicht stimmt. Das Band ist viel dünner als meines und flackert sacht, wie bei einem Wackelkontakt.

Mir wird mulmig zumute. Auch Schattenmann bemerkt es. Auf seinen Befehl hin, bindet sie es um ihre eigene Hand. Ihre Finger zittern dabei so stark, dass sie es kaum schafft, eine vernünftige Schlaufe zu binden. Ich will sie beruhigen, doch die Worte prallen wirkungslos an ihr ab. Wenn ich nicht wüsste, wie wenig Zeit wir haben, würde ich sie bitten, eine Pause zu machen. Doch bei unserem Probelauf hat es kaum fünf Minuten gedauert, ehe Schattenmanns sogenannter *Schluckauf-Effekt* einsetzte. Uns bleiben daher nur noch wenige Minuten, bevor der Stern implodieren und uns aus dem Schwarzen Loch hinauskatapultieren wird. Vor Nervosität beiße ich mir auf die Unterlippe. Als mein Blick auf den Stern fällt, bilde ich mir ein, dass er bereits sehr viel dunkler ist als zuvor. Je blauer er wird, desto heißer wird er auch, bis er am Ende an der Hitze verglüht und uns mit sich reißt. Welch rosige Aussichten.

Grace stößt einen Fluch nach dem anderen aus.

»Nein! Nein, Nein!!!«, ruft sie verzweifelt.

Zum bestimmt zehnten Mal fällt das dritte Band in sich zusammen. Der Duft von verbranntem Fleisch steigt in meine Nase und geschockt landet mein Blick auf ihren Händen. Die Blasen sind mittlerweile alle offen und Blut quillt heraus. Ihre Fingerkuppen sind stark gerötet, als würde sie sie in offenes Feuer halten.

Gewissermaßen tut sie das ja auch.

Grace muss unglaubliche Schmerzen haben, doch kein Schmerzenslaut verlässt ihren Mund. Dafür hat sie meine stille Bewunderung. Sie ist noch so klein und trägt schon so viel Mut und Tapferkeit in sich. Als ich versuche ihr zu helfen, schiebt sie mich fort. Der Stern hat inzwischen eine beängstigende blaue Färbung angenommen. Uns läuft die Zeit davon.

Grace beginnt zu weinen. Große runde Tränen laufen ihre Wangen hinab, bevor die Hitze sie verdunsten lässt. Die Luft um uns herum ist zum Zerreißen gespannt und die Hitze lässt meine Haare aufwirbeln. Der Geruch nach Verbranntem verstärkt sich. Blaues Licht ist überall um uns herum, sodass es mich beinah wundert, dass die trockenen Äste des Baumes noch kein Feuer gefangen haben.

»Ich schaff es nicht!«, stößt Grace hervor und ihre Stimme bricht. Sie lässt die Hände sinken und ihre Schultern sacken frustriert zusammen. Ihr Strahlen erlischt mit einem Schlag und löst eine heiße Druckwelle aus, die mich fast vom Ast wirft. Das flüssige Band fällt prompt in sich zusammen. Jetzt kommen auch mir die Tränen, als mir die Bedeutung ihrer Worte bewusst wird.

Schattenmann wird nicht mit uns kommen.

Aber ich will nicht ohne ihn gehen! Ich kann nicht!

Wie soll ich das allein schaffen? Hektisch versuche ich, mein Band zu lösen. Wenn er nicht mitkommen kann, werde ich auch nicht gehen!

Der Stern beginnt sich langsam zu bewegen und ich verfluche Grace' Talent für feste Knoten. Entschlossen folgt sie meinem Beispiel und beginnt sich ebenfalls wieder zu entknoten.

Entweder alle oder keiner!

»Hört auf!«, fleht Schattenmann. Mit traurigen Augen schaut er uns an. »Es ist okay. Ihr müsst gehen. Ich lasse nicht zu, dass ihr meinetwegen hier versauert! Das ist eure Chance auf ein neues Leben, schmeißt sie nicht weg! Ihr werdet die Erinnerungen finden und uns alle hier retten!« Seine Stimme ist kaum mehr ein Flüstern, aber dennoch fest und bestimmend. Er versucht sich an einem tapferen Lächeln, das kläglich scheitert. Sein Anblick zerreißt mich innerlich.

Er will sich opfern. Für Grace und mich.

Damit wir es eines Tages besser haben werden. Ich schlucke schwer.

»Wir gehen aber nicht ohne dich!«, ruft Grace und unterdrückt einen

Schluchzer. Sie spricht mir damit aus der Tiefe meiner Seele. Eine Welt ohne Schattenmann kann ich mir einfach nicht vorstellen. Grace klammert sich an ihn fest und er drückt ihr einen sanften Kuss auf die Stirn. Als sein Blick den meinen streift, sehe ich sowohl Trauer als auch Entschlossenheit darin. Mit der Hand streicht er mir einmal kurz über die Wange und wischt damit die Tränen fort.

»Doch«, sagt er, »das werdet ihr.«

Mit einer blitzschnellen Bewegung greift er nach dem Stern und wirft ihn mit aller Kraft in die Luft. Keine Sekunde zu spät, denn der Stern schießt mit einem ohrenbetäubenden Knall hoch in den Himmel. Steinsplitter zerkratzen mir das Gesicht und ich hebe erschrocken meine Arme, um wenigstens meine Augen zu schützen. Die Druckwelle schleudert mich und Grace vom Baum, nur dank des Bandes fallen wir nicht herunter. Grace' schmerzhafter Aufschrei vermischt sich mit meinem, als sich die Hitze des Bandes in unsere Handgelenke schneidet und wir durch den implodierenden Stern durch die Luft gewirbelt werden.

Mein Magen rebelliert lautstark. Das hier ist schlimmer als jede Achterbahnfahrt! Der Stern zieht uns mit sich nach oben, fort vom Boden, fort von Schattenmann. Sein Gesicht ist nur noch ein verschwommener Schemen.

Plötzlich vernehme ich ein lautes Ratschen zu meiner Rechten und reiße den Kopf herum. Ich sehe noch, wie Grace versucht, mit den Händen ihr Band zu fassen zu bekommen, doch es entgleitet ihr um wenige Zentimeter. Geschockt stelle ich fest, dass es gerissen sein muss.

»GRAAACE!!!« Mein verzweifelter Schrei wird vom Wind fortgetragen. Geistesgegenwärtig greife ich nach ihrem Band, als sie an mir vorbeigeschleudert wird. Ein Ruck geht durch meinen Körper und ich habe das Gefühl, mein eigener Arm fällt ab. Das Band schneidet sich scharf in meine Haut. Ich versuche, den brennenden Schmerz so gut es geht zu ignorieren, denn alles was zählt, ist Grace festzuhalten.

»Ich hab dich«, brülle ich erleichtert und will sie am Band weiter zu mir ziehen, als es abermals reißt und Grace außerhalb meiner Reichweite rutscht. Die nächsten Sekunden passieren wie in Zeitlupe.

Mein schlimmster Albtraum wird gerade wahr.

Das darf ich nicht zulassen!

»NEEEIN!!!« Sie streckt die Hand nach mir aus und ich gebe alles, um

sie zu erreichen. Meine Finger streifen die ihren für eine Sekunde, dann zerrt mich mein eigenes Band weg von ihr, weiter hinauf.

Ihre vor Schock geweiteten Augen werde ich nie vergessen.

Die Tränen, die in ihnen glitzern, als sie begreift, dass sie verloren ist. Ihre Hand noch immer verzweifelt in meine Richtung gestreckt.

Ein Schrei entweicht meinen Lippen, als ich mich ein letztes Mal mit all meiner Kraft gegen mein Band stemme und wie wild mit Händen und Füßen strample, um Grace noch irgendwie zu erreichen, doch es ist zwecklos.

Sie ist bereits zu weit von mir entfernt.

Fällt jede Millisekunde weiter hinab.

Unaufhaltsam.

»NEIN!!!«, brülle ich abermals und voller Entsetzen.

Tränen verschleiern meine Sicht.

Ich kann nicht glauben, dass das gerade passiert.

Ich *will* es nicht glauben.

Grace fällt immer weiter nach unten, ohne dass ich etwas dagegen tun kann.

Und es ist allein meine Schuld!

Ich schließe die Augen, denn ich bringe es nicht übers Herz, mit anzusehen, wie sie auf dem Boden aufkommt. Obwohl ich weiß, dass ich es ihr schuldig bin. Ihre blauen, vor Schrecken geweiteten Augen brennen sich tief in mein Gedächtnis ein. Stumm bitte ich sie um Vergebung.

Ein Rascheln und das Knacken von Ästen erwecken meine Aufmerksamkeit und ich öffne die Augen.

Vor Überraschung und Dankbarkeit fällt mir ein Stein vom Herzen und ein erleichterter Seufzer entweicht meiner Kehle. Meine Gebete wurden wohl ausnahmsweise erhört.

Schattenmann steht an der obersten Spitze der Baumkrone des höchsten Baumes und hält Grace sicher in den Armen. Er muss sie in letzter Sekunde aufgefangen haben, was aus der Höhe, aus der sie gefallen ist, sicher nicht leicht war. Überglücklich würde ich den beiden am liebsten um den Hals fallen, doch stattdessen zieht mich der Stern unnachgiebig nach oben. Weg von ihnen, egal wie sehr ich mich wehre. Das Letzte, was ich tun kann, ist mir ihren Anblick so gut es geht einzuprägen. Ein dicker Kloß bildet sich in meiner Kehle bei dem Gedanken daran, dass ich gleich ganz allein mitten im Weltall sein werde.

Ich kann es einfach nicht fassen.

Mein Versprechen Grace gegenüber, dass uns niemals etwas zu trennen vermag, ist hiermit gebrochen. Ebenso wie mein totes Herz.

Grace' verzweifelte Rufe hallen mir noch lange nach.

Plötzlich wird es schwarz um mich herum und erschrocken registriere ich, dass das Schwarze Loch dabei ist, sich wieder zu schließen.

Nein, nein, nein, nein, nein, nein, nein!

Das darf einfach nicht wahr sein. Stumm gebe ich Grace ein weiteres Versprechen, nein einen *Schwur*, und ich werde alles daransetzen, diesen auch einzuhalten. Ich werde wiederkommen, um sie und Schattenmann zu befreien. Sie sind meine Freunde, mehr noch, meine Familie.

Und seine Familie lässt man nicht im Stich, komme was wolle.

Eines wird mir in diesem Augenblick klar:

Je größer die Liebe ist, die man für jemanden empfindet, desto größer ist auch der Schmerz, wenn man denjenigen verliert. Und dieser reißt mich einfach entzwei, ohne die Chance auf Rettung. Denn was mich zusammengehalten hat, waren Grace' und Schattenmanns Liebe.

Was soll ich nur ohne sie machen?

Ich schlucke schwer und wende meinen Blick nach oben.

Ein Blick Richtung Zukunft.

Etwas, von dem ich niemals geglaubt hätte, es noch zu erleben.

Fortsetzung folgt

Danksagung

Der wohl größte Dank gilt meinen Freundinnen, *Autorenkolleginnen* und Vorbildern Melanie Bayer, Annemarie Blenk und Marliese Arold. Ohne euch stünde ich niemals da, wo ich jetzt bin. Ich konnte jederzeit auf euch zählen und tapfer habt ihr alle meine Sprachnachrichten oder E-Mails ertragen. Ihr seid die Besten!

Ebenso eine wundervolle Hilfe und Unterstützung ist meine *Lektorin* Keah Rieger! Dir ist es zu verdanken, dass meine Geschichte von einer kleinen unförmigen Raupe am Ende zu einem Schmetterling wurde, der jetzt die Buchwelt unsicher macht. Deine Tipps waren und sind Gold wert und ich bin unheimlich glücklich, dich meine Lektorin nennen zu dürfen.

Ein besonderer Dank gilt meiner *Grafikerin* Lisa Umminger, ohne die meinem Buch sämtliche Farbe fehlen würde. Im wahrsten Sinne des Wortes, denn durch das Cover hast du meine Geschichte lebendig werden lassen. Ich kann mich gar nicht genug daran sattsehen!

Mein Dank geht natürlich auch an den *Wreaders Verlag*, welcher mir einen großen Traum erfüllt hat. Danke für euren Glauben an mich und meine Geschichte.

Auch möchte ich all meinen *Freunden* danken, die spitze darin sind, mir Inspiration zu liefern und Plot Holes zu finden. Jasmin, Josi, Sophie, Steffi, Niclas – ich rede natürlich von euch.

Danke an meine *Eltern* und meine *Familie*, die immer versuchten, mir genü-

gend Freiraum zum Schreiben einzuräumen, auch wenn dies bedeutete, dass ich mich den ganzen Tag in meinem Zimmer verschanzte und mich niemand zu Gesicht bekam. Ein besonderer Dank gilt Eva, welche sich als Erste meiner Geschichte annahm und mir immer mit Rat und Tat zur Seite steht.

Mein Dank gilt außerdem *Birgit Elsner* und *Frau Mäbert*, meinen ehemaligen Lehrerinnen, die mich sowohl auf sprachlicher als auch auf künstlerischer Ebene gefördert und weiterentwickelt haben.

Last, but not least, gilt mein Dank meinen lieben *Lesern*. Nichts macht mich glücklicher, als meine Geschichte mit euch teilen zu können und euch ein paar schöne Lesestunden zu schenken. Ich hoffe, ihr habt Kaithy, Schattenmann und Grace ebenso ins Herz geschlossen wie ich, und ich habe euch mit der Geschichte auch ein bisschen zum Nachdenken gebracht. Darüber, wie wichtig selbst der kleinste Funken Hoffnung ist, und dass man mit ihm sogar das Unmögliche bewerkstelligen kann, wenn man nur fest genug daran glaubt.